군림천하 20

개정판 1쇄 발행 2012년 5월 30일
개정판 4쇄 발행 2024년 1월 10일

지은이 | 용대운
발행인 | 최원영
편집장 | 이호준
편집디자인 | 한방울
영업·관리 | 김민원 조은걸

펴낸곳 | ㈜디앤씨미디어
등록 | 2002년 4월 25일 제20-260호
주소 | 서울시 구로구 디지털로 26길 111 JnK디지털타워 503호
전화 | 02-333-2513(대표)
팩시밀리 | 02-333-2514
E-mail | papy_dnc@dncmedia.co.kr
블로그 | blog.naver.com/gnpdl7

ISBN 978-89-267-1555-0 04810
ISBN 978-89-267-1535-2 (SET)

※ 저자와 협의하여 인지는 붙이지 않습니다.
※ 이 책은 ㈜디앤씨미디어(파피루스)가 저작권자와의 계약에 따라 발행한 것으로 본사와 저자의 허락 없이는 어떠한 형태나 수단으로도 내용을 이용할 수 없습니다.

용대운 대하소설
군림천하
3부 군림의 꿈 [君臨之夢]

君臨天下

⑳

소림비무(少林比武) 편

目次

제199장	월녀지보(越女之步)	9
제200장	망화왕회(望花王會)	37
제201장	고궤고사(古櫃故事)	67
제202장	삼파비무(三派比武)	103
제203장	천룡조진(天龍朝眞)	131
제204장	검풍권풍(劍風拳風)	157
제205장	진공검도(眞空劍道)	183
제206장	선실방담(禪室放談)	211
제207장	용인용병(用人用兵)	235
제208장	비무행로(比武行路)	259

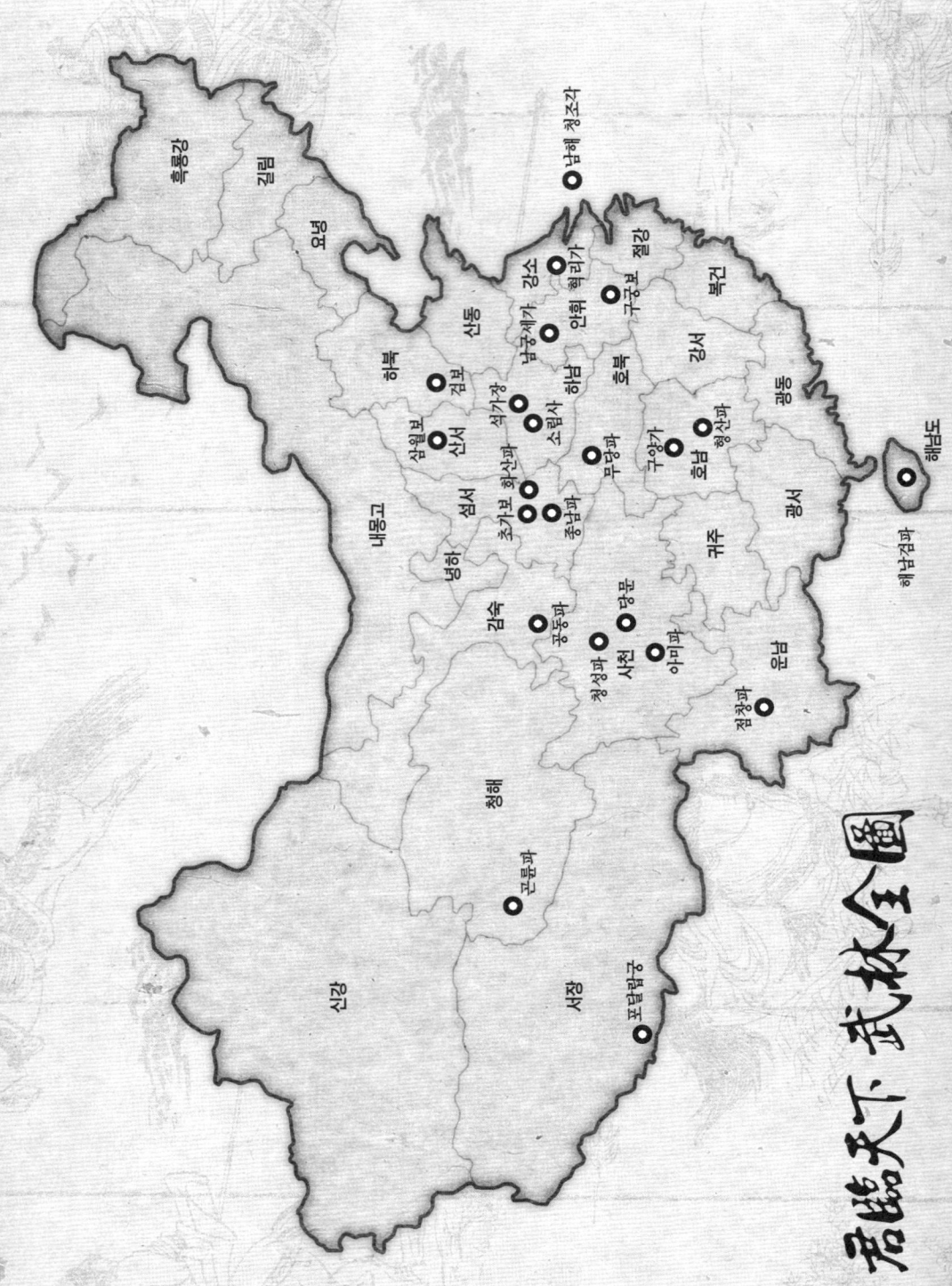

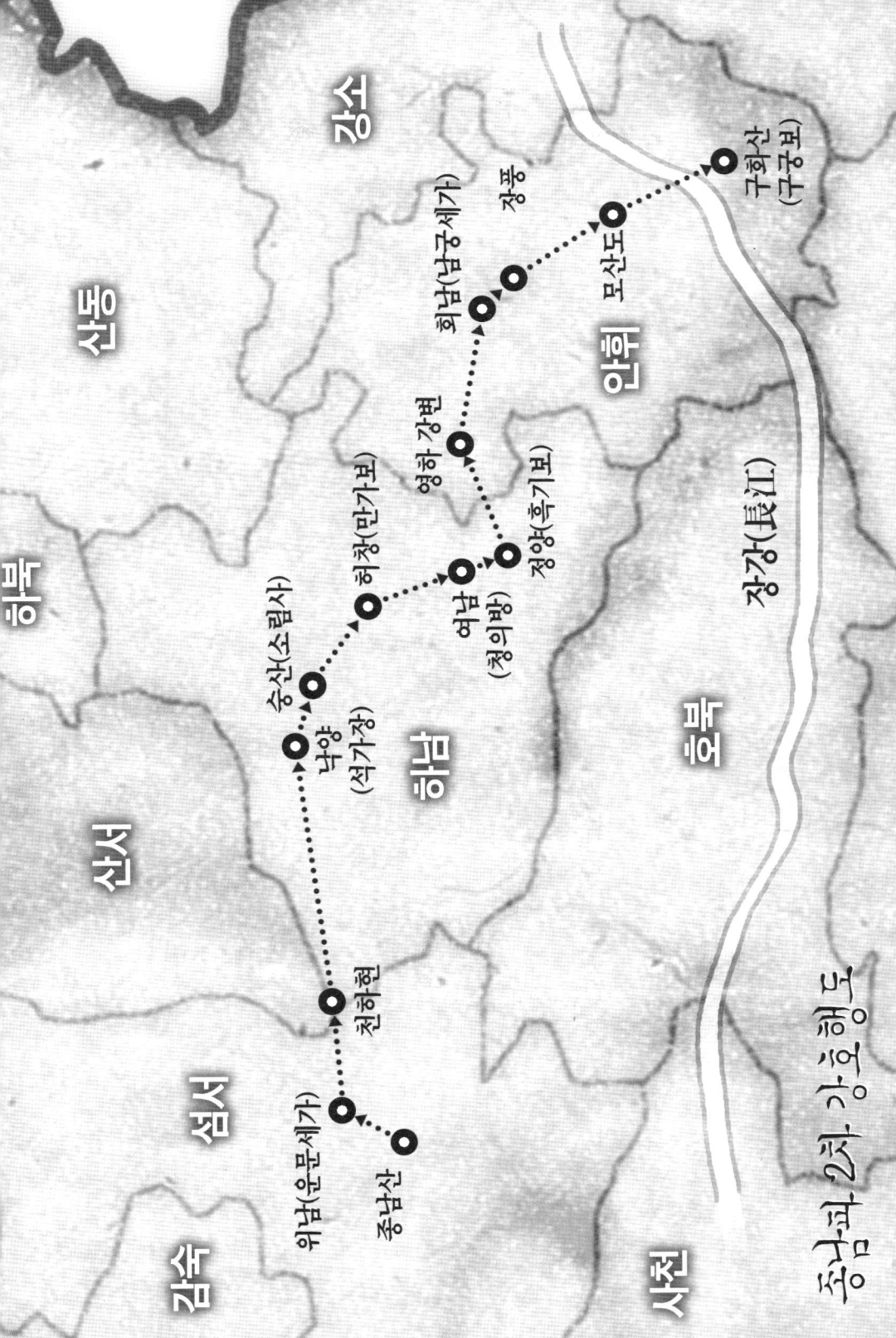

제 199 장
월녀지보(越女之步)

제199장 월녀지보(越女之步)

"이상하네."

서문연상은 고개를 갸웃거리며 바닥을 내려다보았다. 바닥에는 몇 개의 발자국이 선명하게 찍혀 있었다.

"분명히 제대로 걸은 것 같은데, 왜 일곱 번째 동작에서 자꾸 틀리는 걸까?"

바닥에 찍혀 있는 발자국은 모두 열여덟 개였다. 마치 누군가가 정성을 다해 조각해 놓은 듯 선명하게 찍힌 발자국은 그리 크지 않아서 여인의 것임을 쉽게 알 수 있었다. 그 발자국들은 얼핏 보기에는 두서없이 아무렇게나 찍혀 있는 것 같았으나, 그 발자국을 응시하는 서문연상의 표정은 진지함을 넘어 심각한 빛을 띠고 있었다.

그녀는 바닥에 찍힌 발자국들을 한참 동안이나 바라보다가 다시 발자국을 따라 몸을 움직이기 시작했다. 천천히 앞으로 발을 내딛는 그녀의 모습은 평소와는 달리 신중하고 조심스러워 보였다.

하나 절반도 걷기 전에 그녀는 다시 고운 아미를 찡그리며 고개를 흔들었다.

"아니야. 이번에도 틀렸어. 대체 무엇이 문제일까?"

그녀는 바닥에 찍힌 발자국을 똑같이 밟으며 걷고 있었는데, 자세히 보면 그녀의 오른발이 일곱 번째 발자국에서 한 치쯤 옆으로 벗어나 있다는 것을 알 수 있을 것이다. 얼핏 보기에는 별로 대수롭지 않은 것 같았는데도 그녀는 몹시 신경이 쓰이는지 발자국을 벗어난 자신의 오른발을 못마땅한 눈으로 쏘아보고 있었다.

그때 등 뒤에서 누군가의 음성이 들려왔다.

"네가 벌써 월녀보(越女步)를 익힐 단계까지 왔단 말이냐?"

난데없는 음성에 깜짝 놀란 서문연상이 고개를 돌려보니 노해광이 멀지 않은 곳에 우뚝 서서 신기한 눈으로 그녀를 쳐다보고 있었다.

"제자가 사숙조님을 뵈옵니다."

그녀는 그에게 다가가 얌전하게 인사를 했다. 평소의 천방지축인 모습과는 판이하게 다소곳한 모습에 언뜻 노해광의 입가에 엷은 미소가 스치고 지나갔다.

"보름 만에 보는구나. 그동안 본 파에 별일은 없었느냐?"

"예. 사숙과 사고도 모두 잘 계십니다."

노해광의 시선이 그녀를 지나 조금 전까지 그녀가 밟고 있던 발자국으로 향했다.

"그나저나 네가 본 파에 입문한 지가 몇 달 되지도 않았는데 어찌 월녀보를 익히고 있는 게냐?"

노해광의 음성에는 의아함과 놀라움의 빛이 숨기지 않고 담겨 있었다.

월녀보가 무슨 대단한 절학이어서는 아니었다. 사실 월녀보는 그 자체만으로는 별다른 효력이 없는 무공이었다. 월녀보는 월녀검법을 좀 더 쉽게 익히기 위해 만들어진 일종의 보조 보법으로, 이 보법을 완벽하게 익혀 놓으면 월녀검법의 검로(劍路)를 한층 수월하게 이해할 수 있었다.

그것은 월녀검법이 그만큼 복잡하고 난해한 무공이기 때문이었다.

월녀검법은 종남파의 무공 중에서도 삼락검에 비견할 만한 상승의 절학이었다. 특히 날카로운 위력을 지녔으면서도 변화가 무쌍하고 검로가 섬세해서 아미파(峨嵋派)의 난파풍검법(亂波風劍法)과 화산파의 비연검법(飛燕劍法), 보타산(普陀山)의 은하무궁검법(銀河無窮劍法), 무산신녀궁(巫山神女宮)의 옥녀집금검법(玉女集錦劍法), 천산목가장(天山穆家莊)의 냉염절정검법(冷焰切情劍法) 등과 함께 여인들이 익힐 수 있는 검법의 최고봉으로 손꼽히고 있었다.

그런데 종남파에 입문한 지 불과 서너 달밖에 되지 않은 서문연상이 월녀검법의 입문 무공인 월녀보를 익히고 있으니 노해광이 의아해하는 것도 무리는 아니었다. 그가 알기로 서문연상은 비록 재질이 뛰어나고 검법의 기초도 잘 닦여 있기는 했으나, 성격상 종남파의 무공을 익히는 데 약간의 어려움이 있어서 종남무공의 기초가 되는 장쾌장권구식을 배우는 일조차 상당히 애를 먹고 있다고 들었던 것이다.

자신의 실력을 무시하는 듯한 노해광의 말에 서문연상의 고운 아미가 살짝 꿈틀거렸으나, 입 밖으로 나오는 음성은 여전히 예의 바르면서도 공손하기 그지없는 것이었다.

"사고께서 저는 권장(拳掌)보다는 검법이 더 적성에 맞는다며 본 파의 검술을 익혀도 된다고 허락하셨습니다."

서문연상도 이제는 눈앞의 이 점잖은 상인처럼 보이는 중년인이 서안 일대의 뒷골목에서 제왕 같은 위세를 떨치는 실력자임을 알고 있었다.

노해광의 첫인상은 어딘지 모르게 호락호락해 보여서 넉살 좋은 호인(好人) 같았으나, 실상은 전혀 달랐다. 사실 그는 무척이나 냉정하고 치밀한 성격의 소유자일 뿐 아니라 원하는 것을 얻기 위해서는 수단과 방법을 가리지 않는 냉혹한 인물이었다. 그러지 않았다면 실력을 숨긴 고수들이 우글거리고 음모와 궤계가 난무하는 복마전(伏魔殿)과도 같은 서안의 무림계에서 그토록 짧은 시간에 확고한 뿌리를 내릴 수 없었을 것이다.

진산월이 강호행을 떠난 지 얼마 되지 않아 검보의 고수들 몇 사람이 종남파를 찾아온 적이 있었다. 그들을 이끌고 온 사람은 검보의 오대검객 중 한 사람이며 서문연상과 유독 친한 비룡검 위소룡이었는데, 그는 검보의 보주인 서문장천이 진산월에게 보내는 친필 서신(親筆書信)을 소지하고 있었다.

위소룡은 진산월이 이미 종남파에 없는 것을 알고 하루 만에 돌아가 버렸다. 돌아가기 전에 그는 서문연상에게 이런저런 주의 사항을 말해 주었는데, 그중에는 노해광에 관한 것도 있었다.

위소룡의 말에 따르면, 노해광은 서안은 물론이고 최근 섬서성 전체에서 가장 유력한 정보통(情報通)일 뿐 아니라 최고의 해결사로 불리고 있다고 했다. 위소룡은 그가 정말 상대하기 까다로우며 적으로 삼기 두려운 인물이니 행여라도 함부로 행동하여 그의 눈 밖으로 벗어나는 일이 없도록 하라고 몇 번이나 신신당부를 했던 것이다.

서문연상의 성격상 위소룡의 그런 당부를 제대로 새겨들을 리가 없었으나, 어찌 된 일인지 그 후로 노해광을 대하는 서문연상의 태도는 다소곳하면서도 예의 바르게 변해 있었다. 노해광은 그런 그녀의 태도 변화를 눈치 차렸으면서도 전혀 내색하지 않고 여전히 입가에 빙글빙글 미소를 매달았다.

"검에 소질이 있다면 검법부터 익히는 것도 괜찮겠지. 그렇다면 천하삼십육검은 모두 익혔겠구나?"

천하삼십육검은 종남 무공의 근간(根幹)이라고 할 수 있으므로 장괘장권구식과 함께 종남파의 문하라면 반드시 익혀야 하는 무공이었다.

서문연상의 얼굴이 조금 붉어졌다.

사실을 말하자면 그녀는 천하삼십육검을 초반 열두 초식만 배웠을 뿐이다. 그것도 방취아의 시범을 몇 번 보고 사 오 일쯤 대충 흉내만 내다가 그친 것에 불과했다. 자신이 태어나고 자란 검보의 무공에 나름대로 상당한 자부심을 가지고 있던 그녀의 눈에는 천하삼십육검의 초식들이 상당히 단순하고 수준이 낮아 보여서 배우고 싶은 욕구가 그다지 들지 않았다. 서문연상은 며칠을 건성으로 보내다 용기를 내어 방취아에게 천하삼십육검보다 좀 더 높은 수준의 검법을 가르쳐 달라고 부탁했는데, 당연히 거절할 줄 알았던 방취아가 무슨 생각을 했는지 그녀의 부탁을 선뜻 승낙했던 것이다.

그때 방취아가 서문연상에게 가르쳐 준 것이 바로 월녀검법의 기초가 되는 월녀보였다. 그녀는 서문연상이 열흘 이내에 월녀보를 완벽하게 익히면 월녀검법을 배울 수 있게 해 주겠다고 약속했다.

월녀검법이 종남파의 무공 중에서도 최고 수준의 것임을 알고 있는 서문연상은 방취아가 이제야 비로소 자신의 재질을 알아보았다고 만족하고는 신이 나서 월녀보를 연습했다. 하나 일은 그녀의 예상처럼 전개되지 않았다. 처음에는 한나절이면 충분히 익힐 줄 알았는데, 벌써 열흘 중 절반이 넘게 지나도록 월녀보를 제대로 터득하지 못한 것이다.

열여덟 개의 발자국을 따라 움직이기만 하면 되는데, 언뜻 보면 식은 죽 먹기처럼 간단해 보이던 것이 실제로 걸음을 밟으면 밟을수록 몸이 마음먹은 대로 움직여 주지 않았다. 그제야 서문연상은 단순해 보이는 월녀보에 무언가 심오한 현기(玄機)가 있음을 알아차리고는 호승심이 일어 더욱 보법을 밟는 데 매진했다. 아마 그녀가 진즉에 이토록 열심히 무공 연마에 몰두했다면 장괘장권구식과 천하삼십육검 등 종남파의 기초 무공을 모두 배우고도 남았을 것이다.

하나 그토록 전심전력을 기울였는데도 월녀보의 문은 좀처럼 열리지 않았다. 그래서 그녀는 점차로 초조한 생각이 들고 있던 터였다.

이런 자세한 사정을 일일이 밝힐 수가 없던 서문연상은 약간은 어색하고 약간은 공손한 음성으로 입을 열었다.

"저의 무공 수준은 사고께서 잘 알고 계시니 궁금하시면 사고께 직접 여쭈어 보세요."

그녀가 방취아에게 공을 넘기는 것을 알면서도 노해광은 안면에 부드러운 웃음을 지어 보였다.

"알겠다. 그나저나 월녀보를 익히는 게 생각만큼 쉽지가 않지?"

노해광이 마치 모든 사정을 짐작하고 있다는 듯 의미심장한 미소를 지으며 물어보자 서문연상의 얼굴에 살짝 홍조가 어렸다. 그녀는 자존심이 구겨지고 속이 상하기도 했으나, 용기를 내어 시인을 했다.

"사숙조님 말씀대로 자꾸 일곱 번째 걸음에서 어긋나는군요. 분명 사고께서 가르쳐 준 대로 따라 했는데도 영 진도가 나가지 않아 고민입니다."

"그럴 것이다. 네가 왜 월녀보를 쉽게 익히지 못하는지 아느냐?"

"겉보기와는 달리 월녀보에 나름대로 독특한 묘용이 있다는 건 알겠는데, 왜 동작이 제대로 이어지지 않는지는 도무지 모르겠습니다."

노해광은 서문연상의 얼굴 표정이 시무룩해지는 광경을 재미있다는 듯 빙글거리며 바라보더니 알쏭달쏭한 말을 내뱉었다.

"월녀보는 월녀(越女)의 걸음을 본떠서 만든 것이다. 그런데 너는 월녀가 아니니 당연히 따라 하기 어려울 수밖에 없지."

서문연상의 눈이 동그랗게 뜨였다.

"네? 그게 무슨 말씀이세요?"

"잘 생각해 보아라. 왜 하고많은 이름 중에서도 하필이면 월녀보라는 이름이 붙었는지. 본 파의 무공은 단 하나도 허투루 만들어진 것이 없느니라."

그 말만을 하고는 노해광은 서문연상이 더 무어라고 묻기도 전에 휑하니 몸을 돌려 안으로 들어가 버렸다. 서문연상은 멀어져 가는 노해광의 뒷모습을 멍하니 응시하고 있다가 배꽃 같은 얼굴을 빨갛게 상기시켰다.

"나를 놀리는 거야, 뭐야? 월녀가 뭐 어쨌다고? 나는 당연히 월녀가 아니지. 그 강남 촌구석 여자들이 나하고 비교가 되겠어?"

그녀는 정신없이 투덜거리며 노해광이 사라진 곳을 쏘아보았다.

"사숙조라고 모처럼 얌전히 대해 줬더니 나를 아예 가지고 노는구나. 이 서문연상이 어쩌다가 강남의 엉덩이만 크고 미련 곰탱이 같은 여자들에 비교당하는 신세가 되었단 말이······."

쉴 새 없이 무언가를 조잘거리던 서문연상이 갑자기 입을 다물었다.

'가만. 그러고 보니 월녀라는 게······.'

그녀는 그 자리에 우두커니 선 채로 골똘히 생각에 잠겼다.

원래 '월녀검(越女劍)'란 오래된 설화(說話)에 나오는 이야기였다.

'오월춘추(吳越春秋)'에 의하면, 월나라의 깊은 산속에 격검(擊劍)을 매우 좋아하는 소녀가 살고 있었다.

월나라의 재상 범여가 그녀에 대한 소문을 듣고 그녀를 초빙하여 왕에게 데려오려 했다. 그녀는 왕을 만나러 가는 도중 원공(猿公)과 겨루게 되었는데, 그녀의 검술이 너무도 빠르고 날카로웠기 때문에 원공은 당해 내지 못하고 도망쳐 버리고 말았다.

월왕을 만난 그녀는 월왕에게 검도(劍道)에 대해 강론하여 월왕을 감복시켰고, 월왕은 그녀에게 '월녀'라는 호칭을 내렸다. 그리고 군사들로 하여금 그녀의 검술을 배우게 하니, 당세에 '월녀검'을 당해 내는 이가 없었다.

이것이 서문연상이 알고 있는 '월녀검'에 얽힌 설화였다.

그녀는 지금까지 종남파의 월녀검법이 이 '월녀검'의 설화에서 따온 이름인 것으로만 생각했었는데, 노해광은 사정이 그렇게 단순하지 않다고 언질을 준 것이다.

월녀란 '월(越)나라의 여인'들을 말한다. 월나라는 강소성(江蘇省)과 절강성(浙江省) 일대에 세워진 나라였으니, 지금의 강남 지방이었다. 그래서 통상적으로 강남의 여인들을 월녀라고 지칭하기도 했다.

서문연상은 대대로 하북의 명문인 검보의 출신이니 전형적인 강북 여인이라고 할 수 있었다. 대체로 강북 여자들은 키가 크고 몸이 날씬한 반면에 강남의 여인들은 키가 그리 크지 않은 대신 몸매가 풍만하고 피부가 고왔다.
 서문연상은 강남 여인들의 걸음걸이가 어땠는지 생각해 보다가 갑자기 안색이 환해지며 눈빛이 영롱하게 반짝거렸다.
 "그래, 그거였구나!"
 그녀는 뾰쪽한 탄성을 내지르더니 무슨 생각이 들었는지 황급히 어딘가로 달려가기 시작했다.

* * *

 서문연상과 헤어진 노해광이 제일 먼저 찾아간 곳은 전풍개의 거처였다.
 "사숙. 그동안 별래무양하셨습니까? 자주 찾아뵙지 못해 죄송합니다."
 전풍개는 정중하게 인사를 하는 노해광을 다소 냉랭한 표정으로 쳐다보았다.
 "요즘 장사에 재미가 들려서 정신이 없다고 하던데 무슨 바람이 불어서 찾아온 거냐?"
 "하하…… 사숙께서도 소식을 들으신 모양이군요. 급하게 일을 진행하느라 미리 알려 드리지 못했으니 용서해 주시기 바랍니다. 사실 제가 이번에 작은 포목점 하나를 새로 차렸는데, 아래에 있는 녀석들이 제법 똑똑해서 당초 예상보다 수월하게 자리를 잡을 수 있었습니다."

"네놈이 예전부터 상재(商才)가 있는 줄은 알고 있었다. 하지만 자신의 본분이 무엇인지 잊어버리는 일은 없어야 한다."

전풍개의 엄격한 말에도 노해광은 전혀 인상을 찡그리지 않고 공손하게 대답했다.

"여부가 있겠습니까? 가끔이라도 사숙을 찾아뵙고 가르침을 청하겠습니다."

전풍개의 눈이 날카롭게 번뜩였다.

"그럼 지금 한 수 겨뤄 보겠느냐?"

노해광은 빙긋 웃으며 손을 내저었다.

"어이구. 오늘은 용서해 주십시오. 가게를 여느라 그간 너무 바빠서 몸 상태가 영 엉망입니다. 다음에 제대로 몸을 간수한 다음에 가르침을 받겠습니다."

맹렬한 기세를 끌어 올렸던 전풍개가 이내 기세를 거두며 퉁명스러운 음성을 내뱉었다.

"네가 요즘 장안에서 제법 명성을 얻는 것 같다만, 그럴 때일수록 배에 기름이 끼지 않도록 조심해야 한다. 손에 검을 드는 것을 두려워하는 순간, 무인으로서의 생명은 끝난 것이나 마찬가지다."

노해광은 얼굴의 미소를 거두고 진지한 표정으로 머리를 조아렸다.

"사숙의 당부를 명심하겠습니다."

전풍개는 지난 초가보와의 격전에서 입은 부상에서 거의 회복된 상태였으나, 아직도 약간의 후유증이 남아 있었다. 제갈외는 전풍개의 나이로 보아 그가 예전의 실력을 완전히 되찾기는 어려울 거라는 판정을 내렸다.

그런데도 그의 기상은 예전보다 한층 더 매서워졌고, 무공에 대한 열정은 조금도 변함이 없었다. 지금도 그는 종남파의 누구보다도 아침 일찍 일어나 무공을 수련했으며, 술과 기름진 음식을 멀리하고 나태한 모습을 보이지 않았다.

노해광은 그런 전풍개를 어려워하면서도 한편으로는 무척이나 존경하고 있었다. 한 사람이 평생 동안 자신의 모습을 흐트러트리지 않고 초심(初心)을 간직한 채 일로매진한다는 것은 결코 쉽지 않은 일이었다. 더구나 그 사람이 사문에 유일하게 남아 있는 존장(尊長)이라면 누구라도 공경하는 마음을 갖지 않을 수 없을 것이다.

노해광을 보는 전풍개의 시선 또한 처음과는 많이 달라져 있었다.

젊은 시절의 노해광은 사람 사귀기를 즐겼고, 한곳에 머물러 있기보다는 여기저기 떠돌아다니기를 좋아했다. 무공에 매진하기보다는 무공 외적인 것에 더 신경을 쓰는 것 같아서 종남파의 어른들은 그를 걱정스러운 눈으로 바라보고는 했다.

그중에서도 특히 전풍개는 성실치 못하고 금전적인 이득에 민감한 노해광의 행동거지를 무척이나 못마땅해했다. 평생을 종남파의 부흥을 위해 전심전력을 다해 온 전풍개로서는 문파보다는 개인의 영달(榮達)을 더 중히 여기는 노해광의 모든 행동거지가 눈에 거슬릴 수밖에 없었다. 아마 장문인이었던 천치검 하원지가 노해광을 감싸지 않았다면 전풍개는 무슨 수를 써서라도 노해광을 종남파에서 쫓아내고 말았을 것이다.

하나 사람 좋은 하원지는 노해광이 무슨 짓을 해도 화를 내는 빛이 없이 허허거리며 웃기만 해서 전풍개도 차마 장문인에게 노해광을 내보내라고 강권을 할 수가 없었다. 전풍개로서는 그저 마음씨 좋은 하원지 같은 사람을 사부로 모신 노해광의 운이 엄청나게 좋다는 생각에 씁쓸한 웃음을 흘리는 게 고작이었다.

그런 노해광이 사부인 하원지가 죽고 종남파가 기산취악의 치욕을 당한 후에 자신의 사형인 임장홍이 장문인에 오른 것에 불만을 품고 종남파를 뛰쳐나가 버렸으니, 나중에 그 사실을 알게 된 전풍개가 얼마나 이를 갈며 원통해했는지는 보지 않아도 짐작이 가는 일이었다.

전풍개가 이십여 년 만에 종남파로 돌아온 후에도 노해광은 여전히 종남파 밖을 떠돌고 있었다. 전풍개는 노해광이 위기에 처한 종남파를 도와주기는커녕 오히려 나이 어린 장문인을 위협하여 그나마 남아 있던 알토란 같은 주루들을 빼앗아 갔다는 사실을 뒤늦게 알고는 당장이라도 그를 찾아가 요절을 내 주려고 했었다. 아마 초가보의 거듭된 습격으로 종남파가 풍전등화의 위기에 처한 상황이 아니었다면 전풍개는 정말로 검을 뽑아 들고 노해광의 주루로 뛰어들었을지도 모른다.

그런데 동문이었던 백동일의 죽음으로 충격을 받았는지 뒤늦게 종남파로 돌아온 노해광은 예전과는 판이한 모습을 보여 주었다. 잔꾀가 많고 자기 잇속만 차리던 모습은 어딘가로 사라지고,

생각이 깊고 치밀하면서도 냉정한 인간이 되어 있었다. 게다가 어지간한 일로는 평정심을 흐트러뜨리지 않는 여유마저 지니고 있어, 짧은 시간 내에 종남파 제자들의 신망(信望)을 얻어 가고 있었다.

노해광이 아니었으면 종남파가 초가보와의 결전 이후 서안 일대의 상권(商圈)을 그토록 수월하게 되찾을 수 없었을 것이다. 그뿐만 아니라 제대로 파악조차 하지 못했던 종남파의 전답들을 찾아내어 체계적인 관리를 통해 빠르게 재산을 불려 가고 있으니, 그의 수단을 보는 것만으로도 전풍개를 비롯한 종남파의 제자들은 입이 다물어지지 않을 정도였다. 이런 상태로 몇 년만 지나면 적어도 금전적인 면에서는 전혀 부족함이 없이 문파를 운영할 수 있을 것이다.

전풍개는 비록 종남파에 칩거하여 밖으로 나간 적이 극히 드물었으나, 들려오는 풍문으로 노해광이 짧은 시간에 서안의 유력자 중 한 사람이 되었다는 것을 알고 있었다. 서안의 최고 실력자였던 이세적의 죽음으로 힘의 공백이 생긴 서안의 세력 판도에 교묘하게 끼어들어 자신의 자리를 확고하게 잡아 가고 있는 것이다.

전풍개는 노해광의 그런 모습이 한편으로는 믿음직스럽게 생각되면서도 다른 한편으로는 그가 종남파의 안위를 위해 너무 위험한 줄타기를 하고 있는 게 아닌가 하는 불안한 마음이 들기도 했다. 노해광이 서안에서 세력을 쌓으면 쌓을수록 필연적으로 그를 노리는 자들은 늘어날 수밖에 없었고, 그들의 면면 또한 강력한 것일 수밖에 없었다.

전풍개로서는 그저 노해광이 자신이 감당할 수 없는 상대를 만나지 않기만을 바랄 뿐이었다. 만일 노해광이 스스로 감당할 수 없는 상대를 만나게 된다면 그때는 노해광 한 사람이 아니라 종남파 전체의 안위가 위태로워질 것이기 때문이다.

* * *

눈부신 검광이 반경 일 장 이내를 뒤덮고 있었다. 그 검광의 검로는 변화무쌍했고, 검기는 삼엄했다. 일각이 지나도록 장내를 뒤덮은 검광은 끊임없이 이어지며 오묘한 변화를 일으키고 있었다.

그러다 어느 순간, 검광이 씻은 듯이 사라져 버렸다.

검광이 사라진 자리에는 한 사람이 가쁜 숨을 헐떡이고 서 있었다. 약간은 창백한 안색에 비 오듯 땀을 흘리고 있는 사람은 아직 약관(弱冠)도 되지 않은 십 대 후반의 소년이었다.

소년의 이름은 방화. 이제 막 열여덟 살이 된 종남파의 젊은 제자였다.

방화는 잠시 숨을 고른 다음 한쪽에 우두커니 서 있는 소지산을 돌아보았다.

소지산은 아직도 홍조가 어려 있는 방화의 얼굴을 가만히 바라보다가 나직한 음성으로 입을 열었다.

"천하삼십육검은 그만하면 됐다. 내일부터는 유운검법을 배우도록 해라."

방화의 얼굴에 기쁜 빛이 떠올랐다.

"감사합니다, 사부님."

얼마 전, 방화는 정식으로 소지산을 사부로 모시고 그의 제자가 되었다. 종남파의 제자들은 입문 시기를 거쳐 일정한 수습 단계를 지나면 스스로 스승을 고를 자격이 주어진다. 방화보다 입문이 빠른 유소응은 이미 중원으로 떠나기 전에 진산월을 스승으로 선택했으며, 나이가 많아서 특정인을 스승으로 삼기 어려운 동중산은 그냥 일 대 제자의 신분으로 만족하기로 했다.

단리상과 손풍은 수습 단계가 끝나려면 몇 달의 시간이 더 필요했고, 오직 서문연상만이 아직 뚜렷한 방향을 정하지 못하고 있었다. 그녀는 방취아에게 가르침을 받는 형편이므로, 당연히 방취아를 스승으로 모셔야 함에도 불구하고 아직 아무런 의사 표시도 하지 않았다.

방화는 고민 끝에 소지산의 제자가 되기로 결심했으며, 지금도 자신의 결정을 후회하지 않았다. 물론 종남파의 최고 고수이며 장문인인 진산월을 사사하지 않은 것에 일말의 미련이 없는 것은 아니었으나, 중원으로 떠난 진산월이 돌아오기만을 막연히 기다리는 것보다는 소지산 밑에서 충실히 수련하는 것이 더 낫다고 판단한 것이다.

그런 판단의 바탕에는 소지산에 대한 굳은 신뢰가 깔려 있었다.

소지산은 입이 무겁고 과묵한 성격에 좀처럼 경거망동을 하지 않았고, 문파에 대한 충성심도 각별했다. 그의 무공 실력은 강호의 절정 검객으로 손색이 없었고, 적을 대함에 있어 한 치의 두려움도 없었다.

　무엇보다 그는 믿고 의지할 수 있는 사람이었다. 방화에게는 그의 그러한 점이 다른 어떤 것보다 중요하게 생각되었다. 소지산의 제자가 된 지 열흘 남짓밖에 되지 않았으나 방화는 자신의 선택이 올바른 것이었다고 확신했다.

　소지산의 지도 방식은 진산월과는 많이 달랐다. 진산월은 처음에는 자세 하나하나와 초식의 사소한 변화까지 꼼꼼하게 설명해 주었지만, 일단 어느 정도 틀이 잡혔다고 판단되면 그 후의 성과는 전적으로 본인에게 맡겨 버렸다. 어찌 보면 방임(放任)에 가까울 정도로 내버려 두어서 너무 성의 없는 것이 아닌가 하는 생각이 들 정도였다.

　그에 비해 소지산은 매일매일의 성과를 면밀히 지켜보았고, 잘못된 동작이 없는지 몇 번이고 확인을 했다. 진산월이 초식 자체의 이해에 더 비중을 두어 초식의 운용(運用)에 융통성을 용인하는 반면, 소지산은 초식을 구현하는 동작에 한 치의 착오도 용납지 않았다.

　두 사람의 방식은 일장일단이 있지만, 방화는 소지산의 방식이 더 자신에게 적합하다고 생각했다. 아직 뚜렷한 자기 주관이 부족한 방화에게는 세심한 곳까지 지적하는 소지산의 가르침 하나하나가 금과옥조(金科玉條)처럼 여겨졌던 것이다. 누군가가 관심을 가지고 자신을 지켜본다는 것이 그렇게 기쁘고 든든할 수가 없었.

　그리고 오늘 비로소 소지산의 제자가 된 후 처음으로 작은 성과를 이루어 냈다. 비록 입문 무공에 불과한 천하삼십육검이었지만, 칭찬에 인색한 소지산의 입에서 '이제 됐다.'라는 말이 나왔다는 것은 적어도 초식의 구현만큼은 완벽하다고 인정을 받은 셈이었으니 방화로서는 가슴 벅찬 느낌을 받지 않을 수 없었다.

소지산의 옆에 나란히 서 있던 방취아가 방화의 앞으로 다가오더니 손에 들고 있는 수건을 내밀었다.

"수고가 많았다. 확실히 요즘 들어 검법이 부쩍 늘었구나."

방화는 공손하게 수건을 받아 들고는 땀으로 흠뻑 젖은 얼굴을 닦으며 멋쩍은 듯 작은 목소리로 말했다.

"모두 사부님 덕분입니다. 미흡한 점이 없도록 세세한 부분까지 지적해 주셔서 더 빨리 깨우칠 수 있었던 것 같습니다."

방취아가 입을 가리고 나직한 웃음소리를 냈다.

"호호…… 그 소심한 성격은 여전하구나. 최근에 네가 얼마나 열심히 무공을 수련하는지는 내가 잘 알고 있다. 너무 무리해서 몸을 상하지 않을까 걱정이 되었을 정도니까 말이다. 그 아이가 너의 반만 따랐어도 좋았을 텐데……."

방취아가 딱 꼬집어 누구라고 지칭하지 않았으나 방화는 그녀의 말이 서문연상을 가리키는 것임을 알고는 조심스럽게 입을 열었다.

"사매도 요즘 들어서는 상당히 열중하는 것 같습니다. 어제도 보니까 제법 늦은 시간까지 보법을 연마하고 있더군요."

방취아는 서문연상을 생각하자 못마땅한지 얼굴 표정이 그다지 좋지 않았다.

"눈앞에 보이는 욕심에 나름대로 애를 쓰고 있는 모양이지만,

정신을 차리려면 아직도 멀었다."

방화는 무어라고 할 말이 없어 쓴웃음을 지으며 입을 다물고 말았다.

그때 마침 노해광이 그들 앞에 모습을 드러냈다.

"이곳에 있는 줄 모르고 한참을 찾았구나."

소지산과 방취아가 황급히 그에게 정중하게 인사를 했다.

"사숙께서 오신 줄도 모르고 번거롭게 해 드렸으니 송구스럽습니다."

노해광은 손을 휘휘 내저으며 너털웃음을 터뜨렸다.

"허허…… 말도 없이 불쑥 찾아온 내 탓이니 신경 쓰지 마라. 그보다 너의 차 끓이는 솜씨가 제법 일품이라고 들었는데, 차 한 잔 마실 수 있겠느냐?"

눈치가 빠른 방취아는 식사를 준비하겠다며 방화를 이끌고 사라졌다.

소지산은 노해광을 자신의 거처로 안내했다. 방에 들어와 차 한 잔을 다 마실 때까지도 노해광은 가벼운 안부만을 물었을 뿐 소지산을 찾아온 용건을 말하지 않았다. 소지산은 노해광이 차를 모두 마신 것을 확인한 다음에야 비로소 진중한 음성으로 입을 열었다.

"제게 하실 말씀이 있으면 하교(下敎)해 주십시오, 사숙."

노해광은 들고 있던 찻잔을 내려놓으며 소지산의 얼굴을 가만히 응시했다.

소지산은 그다지 잘생긴 사람이 아니었다. 얼굴은 말상으로 길었고, 피부는 가무잡잡했으며, 볼이 홀쭉해서 다소 초췌해 보이기도 했다. 하나 유난히 각진 턱에 굳게 다물어진 입술과 헝클어진 머리카락 사이로 번뜩이는 차갑고 냉정한 눈빛은 그가 얼마나 의지견정(意志堅定)한 성격인지를 여실히 보여 주고 있었다.

노해광도 소지산을 만난 것은 채 열 번도 되지 않았으나, 그가 입이 무겁고 행동거지가 진중하며 쉽사리 경동(驚動)하지 않는 침착하고 다부진 성격임을 파악하고 있었다. 노해광은 한동안 의미를 알 수 없는 눈길로 소지산을 응시하고 있다가 불쑥 말문을 열었다.

"이번에 내가 작은 가게를 낸 건 알고 있겠지?"

"만화원(滿華院)이라는 포목점이라고 들었습니다."

만화원은 엄밀히 말하면 단순한 포목점이라기보다는 일종의 상회(商會)라고 할 수 있었다. 주 업무는 비단을 파는 것이었지만, 그 외에도 다양한 물품들을 취급하고 있어 노해광의 말과는 달리 상당히 커다란 규모였다.

소지산은 정해를 통해서 서안 일대의 소식을 듣고 있기 때문에 노해광이 차린 만화원이 빠른 시간에 서안에서 착실하게 자리를 잡고 있다는 것을 알고 있었다.

"그동안 애를 쓴 끝에 이제는 제법 가게다운 틀을 갖추게 되었다. 시작치고는 그럭저럭 괜찮은 편이라고 할 수 있지. 이런 상태라면 올해가 가기 전에 투자한 돈을 모두 회수하고 이익을 낼 수 있을 것이다. 그런데……."

노해광이 말꼬리를 흐리자 소지산이 의아한 눈으로 그를 쳐다보았다. 노해광은 상당히 배짱이 좋고 성격이 담대해서 좀처럼 남 앞에서 말을 머뭇거리는 법이 없었다. 노해광은 문득 쓴웃음을 짓더니 한숨을 내쉬며 입을 열었다.

"이번에 한 가지 문제가 생겼다. 그래서 네 도움이 필요해서 찾아온 것이다."

노해광의 입에서 이런 말이 나올 줄은 몰랐는지라 소지산은 놀랍기도 하고 한편으로는 궁금증이 일기도 했다.

"제가 도와 드릴 일이 있다면 당연히 도와 드리겠습니다. 그런데 어떤 문제가 생긴 것입니까?"

"이틀 전에 만화원의 창고가 모두 털렸다."

소지산은 놀라지 않을 수 없었다.

"세 개 모두 말입니까?"

"그렇다."

"피해 금액이 얼마나 됩니까?"

"대략 팔천 냥 정도 될 거다. 액수도 액수지만, 중요한 건 그 창고를 지키던 내 부하 다섯 명이 죽었다는 것이다. 그들 중 두 명은 제법 괜찮은 실력을 지닌 녀석들이었다."

노해광은 다른 사람의 평가에 무척이나 박한 편이었다. 그의 입으로 괜찮은 실력이라고 한다는 것은 실제로는 상당히 뛰어난 무공을 지닌 고수들이라는 의미였다.

"범인들에 대한 단서는 잡았습니까?"

노해광은 고개를 저었다.

"아무런 흔적도 남아 있지 않았다. 심지어는 내 부하들과 싸운 흔적도 없었다."

"의심이 가는 자들은 있습니까?"

"창고 세 개에 가득 든 물품들을 밤사이에 들키지 않고 모두 빼 간 걸로 보아 흉수는 적어도 절정의 무공을 지닌 고수들이 포함된 상당히 잘 짜인 조직임이 분명하다. 내가 알기로는 현재 장안 일 대에서 그 정도 솜씨를 보일 수 있는 자들은 모두 세 부류뿐이다."

노해광의 음성은 담담했으며 얼굴 표정 또한 전혀 변화가 없었 다.

"첫째는 손 노태야다. 하지만 손 노태야는 나와 언약한 것이 있 어서 적어도 몇 년 동안은 나를 적대시하지 않을 것이다. 그래서 그가 손을 썼을 가능성은 별로 없다고 생각한다."

소지산은 묵묵히 그의 말에 귀를 기울였다.

"둘째는 유화상단이다. 그들은 어느 정도 가능성이 있다. 아무 래도 포목점은 그들의 주 업종인 데다 이번에 만화원을 차리면서 그들과는 약간의 마찰이 있었지. 앞으로도 그들은 지속적으로 문 제가 될 소지가 있다."

노해광은 말을 더 잇지 않고 입을 굳게 다문 채 앉아 있었다.

소지산은 나직한 음성으로 물었다.

"세 번째는 어디입니까?"

노해광의 시선이 소지산에게로 향했다. 잠시 그의 얼굴을 가만 히 쳐다보던 노해광이 차를 한 모금 마신 후 천천히 입을 열었다.

"화산파다."

그 말에야 비로소 소지산은 노해광이 자신을 찾아온 이유를 알아차렸다.

이번 일이 단순히 유화상단과의 분쟁이라면 노해광 혼자의 힘으로 충분히 수습이 가능할 것이다. 하나 화산파가 배후에 있다면 아무리 노해광이 서안에 탄탄한 세력을 구축하고 많은 부하를 거느리고 있다고 할지라도 어려움에 처할 수밖에 없었다. 범인으로 화산파를 염두에 두었다면, 노해광으로서는 종남파의 힘을 빌리지 않을 수 없을 것이다.

소지산은 잠시 생각에 잠겼다가 물었다.

"사숙께선 그들 중 어느 곳이 더 유력하다고 보십니까?"

"가능성은 어느 곳이나 마찬가지다. 심지어는 손 노태야도 예외일 수는 없지. 물증(物證)이 전혀 없는 상태에서 섣부른 판단은 화를 자초할 수 있다."

"제가 어떻게 해 드렸으면 좋겠습니까?"

노해광은 이미 생각해 놓은 것이 있는 듯 주저하지 않고 말했다.

"정해를 빌려 다오."

정해는 종남파의 당대 장문인인 신검무적의 사제일 뿐 아니라 현재 종남파 소유의 객잔들을 모두 관리하고 있는 중추적인 인물이었다. 게다가 기지가 뛰어나고 판단력이 좋아서 사태를 올바로 판단할 수 있는 능력을 가지고 있다. 무공이 그리 뛰어나지 않다는 것이 흠이지만, 정말 위급할 경우에는 장인인 비룡객 상원건의 도움을 받을 수도 있기 때문에 그리 큰 약점은 되지 않을 것이다.

소지산은 노해광이 정해를 택한 이유를 어렵지 않게 짐작하고는 선뜻 승낙을 했다.

"그렇게 하겠습니다."

소지산은 잠시 말을 멈추었다가 묵직하면서도 단호한 음성으로 말했다.

"혹시라도 이번 일에 화산파가 연루되었다면 다시 연락을 주십시오. 그때는 제가 직접 나서겠습니다."

노해광은 무거운 표정으로 그를 응시하더니 혼잣말처럼 나직하게 중얼거렸다.

"그런 일이 없기를 바라야지."

* * *

저녁 준비를 하려다 문득 생각나서 서문연상을 찾아가던 방취아는 무엇을 보았는지 눈을 크게 떴다. 의당 자신이 새겨 놓은 월녀보의 발자국을 앞에 놓고 골머리를 싸매고 있을 거라고 생각했던 서문연상이 머리 위에 커다란 물동이를 진 채 휘청거리고 있는 광경을 목격한 것이다.

서문연상은 물동이를 머리에 올려놓은 채 발자국을 따라 걸음을 옮기고 있었는데, 한 걸음을 움직일 때마다 물동이의 물이 흘러넘쳐 상반신이 흠뻑 젖어 있었다. 그런데도 용케도 쓰러지지 않고 한 걸음, 한 걸음씩 조심스러운 동작으로 걸음을 내딛고 있었다. 그 표정이 어찌나 진지하고 신중한지 평소의 쾌활하고 다소는 산만하기조차 했던 모습은 전혀 찾아볼 수가 없었다.

    방취아는 한동안 물끄러미 그 광경을 바라보고 있었다. 그러다 서문연상이 마침내 버티지 못하고 물동이를 떨어뜨린 채 바닥에 나뒹구는 모습을 보고는 피식 웃고 말았다.

    "용케도 월녀보를 익히는 방법을 알아냈군. 운이 좋은 건지 잔머리가 비상한 건지……."

    서문연상은 물에 빠진 생쥐 꼴이 된 채 물바다로 변한 땅바닥에 주저앉아 있더니 돌연 벌떡 일어나 어딘가로 부리나케 달려가기 시작했다. 잠시 후 다시 돌아온 그녀의 머리 위에는 물이 가득 담긴 물동이가 얹혀 있었다. 무거운 물동이를 머리에 인 채 엉덩이를 흔들며 아슬아슬하게 걷고 있는 그녀의 뒷모습은 영락없는 강남 여인들의 그것이었다.

    방취아는 서문연상이 다시 휘청거리는 걸음으로 바닥에 새겨진 발자국을 따라 앞으로 내딛는 모습을 가만히 지켜보더니 이내 가느다란 한숨을 불어 내쉬었다.

    "아무래도 이번에는 저 말괄량이에게 월녀검법을 넘겨줘야 할 것 같구나."

제 200 장
망화왕회(望花王會)

제200장 망화왕회(望花王會)

마료군(馬瞭君)이 백일정(白日亭)에 도착했을 때는 해가 막 중천으로 기어오르는 정오 무렵이었다.

백일정은 낙양의 동문 밖 오 리(五里) 지점에 있는 정자로, 비록 외떨어져 있기는 했으나 완만한 구릉의 정상에 위치한 탓에 탁 트인 주변의 경관을 감상할 수 있는 곳이었다. 한낮에 내려다보이는 낙양성 밖의 경치가 가히 절경이라 할 만큼 뛰어난 반면에 해가 지면 특별히 구경하거나 지낼 만한 곳이 없어서 '밝은 대낮에만 쓸모 있는 정자'라는 의미에서 백일정이란 이름이 붙게 되었다.

백일정 안에는 이미 이십여 명이 모여 앉아 담소를 나누고 있었다. 그들 대부분이 문사(文士) 차림의 이삼십 대 젊은이들이어서인지 장내는 그들이 뿜어내는 열기로 활기에 차 있었다.

그들 중 유난히 미간이 넓고 옷차림이 화려한 백삼 청년이 문득 고개를 돌렸다가 막 백일정 안으로 들어서는 마료군의 모습을 발견하고는 반색을 하고 손짓을 했다.

"이제 오는군. 여길세. 어서 오게."

마료군은 빙긋 웃으며 성큼성큼 다가와 백삼 청년의 앞에 털썩 주저앉았다.

"일찍도 왔군. 모임의 시작은 미시경부터인데 벌써부터 나와 있는 건가?"

백삼 청년은 하얀 이를 드러내며 활짝 웃었다.

"우리야 워낙 성질이 급하고 참을성이 없는 소인배들이니 오전부터 자리를 잡고 앉아 있었지만, 자네는 항상 군자연하면서 느긋하던 사람이 무슨 바람이 불어 한 시진이나 일찍 온 건가?"

"날이 너무 좋아서 집에서 조금 일찍 나왔을 뿐이네. 그나저나 오늘은 평소에 안 보이던 자들도 제법 모습을 보이는 걸 보니 근래에 보기 드물게 성황일 것 같군."

"아무래도 올해의 화회(花會)도 거의 끝나 가기 때문이 아닐까? 더구나 날씨마저 이렇게 화창하니 한 해의 화회를 마무리하기에는 더할 나위 없이 좋은 날 아니겠는가?"

"확실히 좋은 날씨로군."

백삼 청년이 마료군과 이런저런 이야기를 나누고 있을 때, 다시 한 사람이 그들에게로 다가왔다.

"조보(鳥保)와 청람(靑藍)이 나란히 앉아 있으니 정말 보기 좋군. 이제 종학(從鶴)과 진현(眞賢)만 있으면 모처럼 낙양십수(洛陽十秀) 중의 절반이 모이는 셈인가?"

그는 짙은 흑삼을 입고 얼굴이 길쭉한 이십 대 후반의 문사였다. 병약(病弱)한 모습이었으나, 눈빛이 날카로워서 다소 신경질적인 인상을 풍겼다.

백삼 청년이 반색을 하며 그를 반겼다.

"어서 오게, 오유(烏遊). 그런데 오늘 종학과 진현도 온다고 했던가?"

흑삼 문사는 두 사람의 앞에 다가와 앉으며 고개를 끄덕였다.

"어제 종학을 만났는데, 오늘이 아무래도 올해의 마지막 화회가 될 것 같아서 가급적이면 참석하겠다고 하더군."

"그렇다면 오늘 모처럼 그들 두 사람을 모두 볼 수 있겠군. 진현은 종학과 늘 붙어 다니니 말일세."

"그렇겠지."

대화를 나누는 세 사람은 나름대로 낙양 일대에서 문명(文名)이 알려진 문사들이었다. 마료군을 처음 맞이했던 백삼 청년은 하정소(夏靜素)라는 인물로, 조보는 그의 친우들이 그를 부르는 이름이었다. 뒤늦게 온 흑삼 문사는 자(字)가 오유였고, 본명은 위한길(魏漢吉)이었다.

그들과 마료군은 모두 낙양의 수재들이라는 낙양십수에 속해 있었는데, 낙양십수 중 상당수가 망화왕회(望花王會)라는 화회에 몸을 담고 있었다.

낙양은 예로부터 모란이 유명해서 매년 봄이 되면 낙양 전체가 모란에 뒤덮이다시피 했는데, 이 모란꽃을 구경하기 위한 화회가 수백 개나 존재했다. 망화왕회는 그중에서도 규모나 참여 인원의 면면에서 제법 유명한 화회 중 하나로, 매년 삼월에서 모란이 지는 사월까지의 이 개월 동안 대략 열 번의 모임을 열었다.

초창기에는 단순히 낙양 일대의 모란을 감상하는 화회에 불과했으나, 이런 세월이 수십 년을 이어 오면서 나름대로 탄탄한 인맥이 형성되고 이름이 알려져서 낙양의 학계에 상당한 영향력을 행사하고 있었다. 매번의 화회 때마다 참석 인원은 이십 명을 넘지 못했었는데, 오늘은 무슨 바람이 불어서인지 모임 시간이 상당히 남아 있는데도 벌써 삼십 명에 가까운 인원들이 모여들었다.

"나는 늘 궁금했는데, 진현과 종학은 왜 그렇게 같이 다니는 걸 좋아하는지 모르겠더군. 단순히 우의가 돈독하다고 하기에는 조금 심하다는 생각이 들어서 말이지. 자네는 혹시 그 이유를 알고 있나?"

위한길의 물음에 하정소는 하얀 이를 드러내며 웃었다.

"하하…… 별다를 게 있겠나? 어려서부터 동문수학(同門修學)한 데다 나이도 비슷하고 쌍둥이처럼 어울리다 보니 특별히 친해진 거겠지."

옆에서 묵묵히 그들의 말을 듣고 있던 마료군이 불쑥 입을 열었다.

"단순히 그것만이 아닐걸."

하정소가 눈을 휘둥그렇게 뜨며 그를 돌아보았다.

"엥? 내가 모르는 다른 거라도 있나?"

"진현이 어려서부터 맺고 끊는 게 없이 우유부단한 성격이라 그의 부친께서 비슷한 나이의 어린이들 수백 명을 모아 그중에서 특별히 한 명을 선별해서 함께 어울리도록 했다고 하더군. 성격도 고치고 말벗으로 삼기 위해서 말이지. 처음에는 두 사람의 성격이 너무 달라서 서로 먼 산 닭 보듯 했었는데, 진현의 부친께서 일 년 동안 무조건 한 방에서 기거하도록 명령을 내리셨지."

"그분이라면 능히 그런 명을 내리실 만도 하지."

"일 년 후에 그 명이 해제되어 서로 각방을 쓸 수 있게 되었는데, 그사이에 무슨 일이 있었는지 두 사람은 그 후로 삼 년 동안이나 같은 방에서 생활했다고 하더군. 그때부터 늘 같이 붙어 다니더니 지금은 친형제들보다도 더욱 가까운 사이가 되어 버린 것일세."

하정소와 위한길은 처음 듣는 이야기인 듯 흥미로운 표정을 감추지 못했다.

"그런 일이 있었군. 진현이 우유부단한 성격이었다니 믿어지지 않는 일일세. 일 처리가 확실하고 진퇴가 분명해서 '단칼'이라고 부르는 사람도 있지 않은가? 그에 비하면 종학은 좀처럼 말도 없고 행동이 불분명해서 '새가슴'이라고 놀리는 자들도 있는 형편인데…… 정말 모를 일이로군."

"진현의 아호(兒號)가 무엇이었는지 아나?"

하정소가 생각할 것도 없다는 듯 재빨리 대답했다.

"노호(怒虎) 아닌가? 그래서 모두들 강단 있는 진현의 성격과 잘 어울리는 이름이었다고 생각하지 않는가?"

마료군은 알 듯 모를 듯 한 묘한 미소를 지었다.

"그건 자네가 그 집 식구들의 성향을 몰라서 그런 걸세. 그들

형제들의 아호는 모두 그들의 부친께서 직접 지으셨는데, 아들들의 성격이 아니라 당신의 소망을 감안한 것들이지. 노호라는 이름도 진현이 어렸을 때부터 워낙 소심하고 일을 행하는 데 주저함이 많아서 노한 호랑이처럼 추진력 있게 살라는 뜻에서 붙여진 것일세. 그의 둘째 형님의 지우(遲牛)라는 아호도 성격이 너무 급해서 느린 소처럼 차근차근 일을 해결하라는 의미가 담겨 있다고 하네."

"그러고 보니 그런 말을 들었던 것도 같군. 그렇다면 그림자 친구를 이용한 진현의 성격 개조가 확실히 효과를 본 모양이군."

그때 위한길이 나직한 음성으로 속삭였다.

"그들이 왔네."

마료군과 하정소가 퍼뜩 고개를 돌려 보니 과연 두 명의 인물들이 정자 안으로 막 들어오고 있었다.

그들은 각기 회색 장삼과 황삼을 입은 삼십 대 중반의 문사들이었는데, 회삼 문사가 키가 크고 체구가 당당한 반면에 황삼 문사는 키가 작고 왜소해서 멀리서 보기에도 확연히 구분이 될 정도로 판이한 인상을 풍겼다. 마료군과 하정소를 비롯한 장내에 있는 모든 사람들의 시선이 그들에게로 쏠렸다. 중인들의 따가운 시선을 받으면서도 두 사람은 전혀 당황하거나 어색해하는 기색도 없이 정자의 중앙으로 걸음을 옮겼다.

중앙에 앉아 있던 삼십 대 후반의 문사가 반색을 하며 그들을 맞았다.

"어서들 오게. 정말 모처럼 모임에서 자네들을 보는 것 같군."

그는 갈효명(葛曉明)이란 인물로, 망화왕회의 현재 회주(會主)였다. 망화왕회의 회주는 삼 년에 한 번씩 선임되는데, 전대 회주가 다음 회주를 지명하는 방식이어서 모임을 소집하고 진행하는 일 외에는 특별히 의미 있는 자리가 아니었다. 그래도 회의 전반적인 운영을 책임질 뿐 아니라 대외적인 상징이 되기 때문에 모든 회원들이 나름대로 우대를 해 주고 있었다.

회삼 문사가 가볍게 인사를 하며 빙긋 웃었다.

"오늘 모임에도 안 나오면 회에서 제명시키겠다고 회주께서 일부러 사람까지 보내 그렇게 엄포를 놓았는데 어찌 빠질 수 있겠소?"

갈효명은 껄껄 소리 내어 웃으며 그의 어깨를 가볍게 두드렸다.

"하하…… 그렇게라도 하지 않았으면 자네들 두 사람의 얼굴을 언제 볼 수 있겠나? 아무튼 모처럼 어려운 걸음을 했으니 좋은 시간을 보내기 바라네."

회삼 문사와 황삼 문사가 자리에 앉자 갈효명은 일어나서 주위를 한 차례 둘러보더니 낭랑한 음성으로 입을 열었다.

"이제 대충 올 사람들은 모두 온 것 같으니 오늘의 화회를 시작할까 하오."

소란스러웠던 장내가 점차로 조용해지고 사람들의 시선이 자신에게로 향하자 갈효명은 목소리를 가다듬은 다음 다시 말문을 열기 시작했다.

"험. 오늘 모임은 모두들 짐작했겠지만 아무래도 올해의 마지막 화회가 될 것 같소. 그래서 화회가 끝난 후 작은 연회를 열 계획이니 가급적이면 모두 그 연회까지 참석해 주기 바라겠소."

갈효명은 간략하게 오늘 모임의 의미를 설명한 후 화회의 개회(開會)를 선언했다. 이제부터 대략 두 시진 동안 낙양성 동문 일대의 모란을 감상한 후 다시 모여서 자신이 지은 시(詩)를 발표하거나 부(賦)를 읊으며 모란의 아름다움을 칭송하는 것으로 모임이 마무리된다.

모란을 감상하는 장소는 그때그때 달랐는데, 오늘의 목적지는 백일정에서 가까우면서도 풍광이 뛰어나기로 유명한 함월원(含月園)이란 정원이었다.

함월원은 여타의 정원에 비해 그리 넓은 편은 아니었으나, 연못과 건물들이 절묘한 조화를 이루고 있어서 사시사철 온갖 기화이초들이 아름다움을 자랑하는 곳이었다. 특히 모란이 만발하는 이맘때면 정원 전체가 온통 분홍빛 구름에 파묻힌 듯해서 그야말로 좀처럼 보기 힘든 선경(仙境)을 이루고는 했다. 연홍색 모란 사이로 언뜻언뜻 보이는 노랗게 채색된 처마와 파란 하늘은 보는 이의 넋을 앗을 듯한 절경 중의 절경이라 할 수 있었다.

다섯 개의 크고 작은 건물들과 일곱 개의 연못, 그리고 십여 개의 화원들은 몇 개의 작은 소로(小路)들로 연결되어 있어 소로를 따라 걷다 보면 어느새 함월원 전체를 한 바퀴 돌게 되어 있었다. 망화왕회의 문사들은 각기 마음에 맞는 지인들과 어울려 함월원의 경내를 돌아다니기 시작했다.

마료군이 하정소, 위한길과 담소를 나누며 걷고 있을 때, 회삼 문사와 황삼 문사가 그들에게 다가왔다.

"오랜만일세. 그동안 잘 있었나?"

회삼 문사가 먼저 말을 건네자 마료군이 활짝 웃으며 그를 반겼다.

"어서 오십시오. 대체 무슨 일을 하시느라 겨우내 그렇게 꽁꽁 숨어 계셨습니까?"

"숨긴 누가 숨었다고 그러나? 작년에 너무 이런저런 일에 쓸데없는 심기를 소모한 것 같아서 잠시 휴식을 취했을 뿐이네."

회삼 문사와 황삼 문사는 낙양십수에 속해 있는 인물들로, 회삼 문사의 자는 진현, 황삼 문사는 종학이었다. 그들 두 사람은 마료군 일행보다 대여섯 살 연상이었으나, 낙양십수 간의 모임에서 자주 만나서인지 평소에도 제법 친분이 있는 사이였다.

마료군이 다시 무어라 입을 열기 전에 진현이 먼저 말을 내뱉었다.

"그보다 요즘 좋은 소식이 들리던데, 미리 축하하겠네."

마료군은 어리둥절한 표정이었다가 이내 무슨 말인지 알아차린 듯 계면쩍은 미소를 흘렸다.

"아직 확정된 건 아닙니다. 양가(兩家)에서 제대로 된 상견례도 하지 않았고, 단지 매파(媒婆)만 서너 차례 왔다 갔을 뿐입니다."

"그 콧대 높은 송 대부인(宋大婦人)께서 매파가 들락거리는 것을 허락했다는 것만으로도 일은 성사된 거나 다름없지 않겠나. 송가장(宋家莊)의 실권은 뭐니 뭐니 해도 대부인이 쥐고 있는 것이나 마찬가지이니 말일세."

송가장은 낙양에서도 손꼽히는 명문으로, 현재의 가주는 내각대학사를 지낸 송일도(宋日到)였다. 송일도의 둘째 딸인 송혜린(宋慧璘)은 미모가 뛰어날 뿐 아니라 시서금화에 두루 능한 일대재녀로 알려져 있었는데, 마료군은 얼마 전부터 그녀와 혼담이 오가는 중이었다.

그들은 담소를 나누며 함월원의 경내를 거닐다가 마침 멀지 않은 곳에 정자 하나를 발견하고는 그곳으로 걸음을 옮겼다. 정자 일대는 제법 커다란 연못이 있을 뿐 아니라 유달리 풍광이 수려해서 근처를 지나는 사람이라면 누구라도 한 번쯤 잠시 쉬어 가고 싶은 충동이 들 정도였다.

한데 정자로 막 들어서던 마료군 일행은 잠시 주춤거릴 수밖에 없었다. 정자에는 이미 한 사람이 자리를 잡았던 것이다.

"이런…… 선객(先客)이 계셨군."

마료군이 아쉽다는 듯 탄성을 토하며 돌아서려 하자 정자에 홀로 앉아 있던 사람이 그들을 제지했다.

"어차피 공간도 많이 남았는데, 몇 분쯤 더 앉는다고 해도 충분한 것 같소."

그 사람은 키가 유달리 크고 몸이 비쩍 마른 청년이었는데, 한쪽 뺨에 흉터가 있어서 첫인상은 다소 차가워 보였다. 하나 눈빛이 부드럽고 음성이 정중해서 크게 거부감이 들거나 하지는 않았다.

마료군은 어찌해야 할지 묻는 시선으로 진현과 종학을 돌아보다가 진현이 살짝 고개를 끄덕이자 이내 그 사람에게 가볍게 인사를 하고는 정자의 한쪽으로 걸음을 옮겼다.

"실례가 안 된다면 잠시 신세를 지겠소."

다른 사람들도 모두 그의 뒤를 따라 자리를 잡았다.

정자는 밖에서 보던 것보다 넓어서 그들이 모두 자리에 앉고도 넉넉할 정도였으나, 그래도 먼저 와 있던 사람에게 신경이 쓰이지 않을 수 없었다. 그들은 서로 이런저런 이야기를 나누면서도 틈틈이 그 사람을 힐끔거렸다.

그 사람은 중인들의 시선이 자신에게 계속 쏠려 있는 것을 알고 있을 텐데도 전혀 표정의 변화가 없이 담담한 모습으로 앉아 있었다. 무언가 깊은 상념에 잠긴 것처럼 보이기도 했고, 누군가를 기다리고 있는 모습 같기도 했다. 하나 무심한 듯 조용히 앉아 있는 태도에서 자연스러운 위엄이 풍겨 범속한 인물이 아님을 느끼게 했다.

마료군은 그 사람의 전신을 조심스럽게 살펴보다가 진현을 돌아보며 목소리를 낮추어 소곤거렸다.

"나이가 그리 많지 않은 것 같은데도 범상치 않아 보이는군요. 허리춤에 검을 차고 있는 것을 보니 강호인 같은데, 혹시 누군지 아시겠습니까?"

진현은 고개를 저었다.

"처음 보는 인물일세. 그나저나 그렇게 사람을 계속 힐끔거리면 상대가 기분 나빠하지 않겠나? 정 관심이 간다면 직접 인사를 하고 안면을 트는 게 좋을 것 같군."

마료군의 얼굴에 멋쩍은 웃음이 떠올랐다.

"옳은 말씀입니다. 제가 조금 경솔했군요."

마료군은 얼굴에 흉터가 있는 강호인과 안면을 트고 싶은 생각까지는 없는지 그 사람에 대한 관심을 끊고 동료들과 이야기를 나누는 데 주력했다.

그때 다시 한 사람이 정자 안으로 불쑥 들어왔다. 중인들의 시선이 자연스레 그 사람에게로 향했다. 들어온 사람은 짙은 색의 청삼을 입은 청년이었다. 옷이 비록 깔끔하기는 했으나 여기저기에 기운 자국이 있어 전체적으로 추레한 인상이었는데, 반면에 얼굴에 떠올라 있는 표정만큼은 무척이나 생동감이 넘쳐 활기에 차 보였다.

청삼 청년은 정자 안을 한 차례 둘러보더니 이내 입가에 엷은 미소를 지은 채 정자 안에 제일 먼저 앉아 있던 사람에게로 다가갔다.

"자네로군. 이런 곳에서 우연히 만나다니 확실히 자네와 나는 인연이 깊은 모양일세."

정자 안의 사람은 담담한 시선으로 청삼 청년을 응시하더니 조용한 음성으로 입을 열었다.

"지금 자네가 이곳에 나타난 것이 우연이란 말인가?"

"그렇지. 원래 오늘같이 화창한 날이 모란을 감상하기에는 제일 좋은지라 방구석에만 처박혀 있을 수 없어 나왔다가 이곳까지 흘러왔네. 그런데 뜻밖에도 자네를 보게 되다니 실로 운이 좋았다고 할 수밖에 없지 않겠나."

정자 안의 사람은 잠시 생각에 잠겨 있는 듯하더니 이내 고개를 끄덕였다.

"확실히 운이 좋았군."

청삼 청년은 자연스러운 동작으로 정자 안의 사람 앞에 앉으며 빙긋 웃었다.

"그동안 어떻게 지냈나? 도통 소식도 없고 모습을 볼 수도 없어서 나는 자네가 이미 낙양을 떠난 줄로 알았다네."

"그렇지 않아도 내일쯤 길을 떠날 생각이었네. 그래서 오늘 저녁에 자네를 불러 술이라도 마시려고 했지."

"그랬군. 그렇다면 굳이 저녁까지 기다릴 필요 없이 지금 한잔하는 게 어떻겠나?"

"이곳에서 말인가?"

"안 될 것도 없지 않나?"

청삼 청년은 어깨를 한 차례 으쓱거리더니 품속에서 작은 술병 하나를 꺼냈다.

"마침 이렇게 술도 준비되어 있네."

정자 안의 사람은 청삼 청년이 들고 있는 술병을 힐끗 쳐다보더니 청삼 청년의 얼굴을 가만히 응시했다.

"자네가 이렇게 준비성이 철저할 줄은 미처 몰랐군."

"언제 무슨 일이 있을지 모르니 늘 비상용 술 한 병은 가지고 다니지. 자네도 배워 두도록 하게. 크윽! 좋군."

청삼 청년은 술병을 들어 크게 한 모금 들이마시더니 입술을 훔치며 술병을 내밀었다. 정자 안의 사람은 주저하지 않고 술병을 입으로 가져갔다. 두 사람은 서로 번갈아 가며 술병을 나누어 마셨다.

　달콤한 주향(酒香)이 정자 안을 감돌며 주위의 꽃향기에 뒤섞이자 묘한 흥취를 불러일으켰다. 마료군은 청삼 청년이 들어올 때부터 그를 응시하고 있다가 두 사람이 술을 마시는 모습을 보고는 자신도 모르게 입맛을 다셨다.

　"쩝……."

　옆에 있던 진현이 나직한 웃음을 흘리며 그의 옆구리를 툭 쳤다.

　"자네도 마시고 싶은가?"

　"오늘 같은 날에 저런 광경을 본다면 누구라도 그러지 않겠습니까?"

　진현의 얼굴에 떠올라 있는 웃음이 조금 더 짙어졌다.

　"확실히 자네는 순진한 구석이 있군. 나라면 아무리 술 생각이 간절해도 저런 술은 마시지 않으려고 할 걸세."

　마료군의 눈에 의아한 빛이 떠올랐다.

　"저런 술이라니요? 그들이 어때서 그렇습니까?"

　"그들이 어떤지 내가 알 리가 없지 않나? 내가 말하는 것은 그들이 마시고 있는 술이라네."

　"술이라뇨? 그게 무슨 특별한 것으로 만든 술이라도 된단 말입니까?"

　"저 술이 무엇으로 만들어졌는지는 나도 모르네. 다만 한 가지는 분명히 알고 있지."

　"그게 뭡니까?"

진현의 두 눈이 야릇한 빛으로 번쩍거렸다.

"일단 저 술을 마신 이상 두 사람 중 한 사람은 앞으로 두 번 다시 술을 마실 수 없게 된다는 것이지."

마료군은 평소에 두뇌가 영활하고 총명하기로 이름난 인물이었으나, 지금은 어리둥절한 기색을 숨기지 못하고 멀거니 진현의 얼굴을 쳐다보았다.

"무슨 말씀인지 이해하지 못하겠군요. 둘 중 한 사람이 앞으로 술을 마실 수 없을 거라니…… 그건 두 사람 중 누군가가 곧 죽게 될 거란 뜻입니까?"

진현은 번쩍이는 눈으로 마료군을 응시했다.

"잘 아는군. 둘 중 누가 그렇게 될지 한번 맞혀 보겠나?"

마료군의 시선이 자신도 모르게 술을 마시고 있는 두 사람에게로 향했다.

그들도 진현과 마료군의 대화를 들었는지 술을 마시는 것을 멈춘 채 그들을 쳐다보고 있었다. 정자 안에 먼저 와 있던 사람은 여전히 담담한 모습인 반면에 청삼 청년의 얼굴에는 무어라 형용키 어려운 묘한 표정이 떠올라 있었다.

마료군은 두 사람을 가만히 살펴보다가 무언가를 느낀 듯 번쩍이는 눈으로 진현을 돌아보았다.

"형님이 말씀하시는 사람은 혹시……."

진현은 더 이상은 아무 말도 하지 말라는 듯 살짝 고개를 끄덕이며 손가락으로 입술을 가렸다.

청삼 청년은 그 광경을 보고 있다가 슬쩍 턱으로 진현을 가리키며 앞에 앉은 사람에게 말을 건넸다.

"저자의 말을 어떻게 생각하나?"

앞에 앉은 사람은 심드렁하게 대꾸했다.

"관심 없네."

"그런가? 나는 자네가 저자에 대해 관심을 가지고 있는 줄 알았는데……."

"왜 내가 저자에게 관심을 가지고 있다고 생각하나?"

청삼 청년의 입가에 한 줄기 희미한 미소가 떠올랐다.

"그렇지 않았다면 자네같이 바쁜 사람이 한가하게 이곳에 죽치고 있을 까닭이 없지."

청삼 청년이 이렇게까지 말하자 앞에 앉은 사람도 예의상 묻지 않을 수 없었다.

"저자가 누구인데 내가 관심을 가져야 한단 말인가?"

"소문에 듣자하니 자네가 석가장주를 만났다고 하던데, 저자가 바로 석가장주의 셋째 아들인 노호 석단일세. 낙양의 학계에서는 진현이라는 자로 더 알려져 있지."

앞에 앉은 사람은 고개를 돌려 진현을 가만히 바라보더니 천천히 고개를 끄덕였다.

"저자가 석단이란 말이지. 그러고 보니 며칠 전에 그의 아버지를 만난 기억이 나는군."

"자네가 저자를 만나러 일부러 이곳에 왔다는 걸 알고 있네."

청삼 청년이 단정적으로 말하자 앞에 앉은 사람은 굳이 부인하지 않았다.

"그렇다고 해 두지. 그럼 자네는 그걸 확인하려고 날 찾아온 것인가?"

청삼 청년은 멋쩍게 웃었다.

"말이 그렇게 되나?"

앞에 앉은 사람은 다시 술을 마시려 했으나 술병이 비었는지 몇 번 흔들어 보고는 다시 내려놓았다.

"술은 제법 맛이 있었네. 우리 둘 중 누가 죽게 될지는 모르지만 말일세."

청삼 청년의 눈이 번쩍 빛났다.

"관심 없다고 하더니 석단이 했던 말을 믿는단 말인가?"

앞에 앉은 사람은 오히려 되물었다.

"자네는 믿지 않나?"

청삼 청년이 아무런 대꾸도 없이 자신의 얼굴을 쳐다보고만 있자, 그는 피식 웃으며 혼잣말처럼 중얼거렸다.

"사실 그건 중요한 게 아니지."

청삼 청년은 낮게 가라앉은 음성으로 물었다.

"그럼 무엇이 중요한가?"

"자네 입으로 말하지 않았나? 내가 오늘 이곳에 온 것은 누군가를 만나려는 목적이 있어서라고. 그러니 이제 그 목적을 이뤄야 하지 않겠나?"

그는 천천히 자리에서 일어나 석단을 향해 몸을 돌렸다. 하나 그가 채 걸음을 옮기기도 전에 어느새 석단이 그를 향해 다가오고 있었다.

"안녕하시오, 진 장문인? 인사가 늦었소. 내가 바로 석단이오."
"나를 알고 있소?"
석단의 입가에 한 줄기 야릇한 미소가 떠올랐다.
"진 장문인은 요즘 강호에서 가장 큰 명성을 떨치는 분인데, 내가 모를 리 있겠소?"
청삼 청년과 술을 마셨던 인물은 다름 아닌 진산월이었다. 그리고 청삼 청년은 진산월이 낙양에 와서 친구로 사귀게 된 손검당이었다.
진산월이 이곳에서 손검당을 만나게 된 것은 확실히 뜻밖의 일이었다. 그리고 당연히 자신을 피하리라 생각했던 석단이 먼저 다가와 아는 척을 한 것은 더욱 뜻밖의 일이라고 할 수 있었다.
"진 장문인이 나를 찾고 있다는 말을 듣고 조만간 만날 자리를 마련하려고 했소. 다행히 늦지 않게 이렇게 만나게 되었구려."
"그렇소? 나는 석 공자가 나를 만나는 것을 꺼릴 줄 알았는데, 내가 잘못 생각한 것 같소."
석단의 얼굴에 떠올라 있는 미소가 조금 더 짙어졌다.
"진 장문인은 일부러 만나려고 해도 만나기 어려운 분인데 내가 왜 진 장문인을 피하겠소?"
"그렇다면 다행이오. 혹시 내가 석 공자를 만나려고 한 이유를 알고 있소?"
"나같이 평범한 졸부가 어찌 진 장문인의 대해(大海)와 같은 흉중을 짐작할 수 있겠소?"
석단의 말은 제법 정중했지만 그 속에는 은근한 비꼼의 기색이 담겨 있었다. 하나 진산월은 전혀 눈치채지 못한 듯 담담한 시선으로 석단을 응시했다.

"작년에 내 사제가 석가장을 방문한 적이 있었소. 그때 집사 한 사람에게 각별한 은혜를 입었는데, 이번에 석가장에 가 보니 그 집사의 행방이 묘연하여 알 길이 없구려. 그래서 혹시 석 공자가 알고 있지 않을까 하여 만나려고 했던 거요."

"그런 일이 있었군요. 그 집사가 누군지 알 수 있겠소?"

"공영춘이라고 하오."

석단은 고개를 끄덕였다.

"진 장문인은 확실히 나를 잘 찾아왔소. 공 집사라면 물론 내가 잘 알고 있소."

"그가 지금 어디 있소?"

석단은 문득 의미 모를 한숨을 내쉬었다.

"그의 행방을 알려 주는 건 어렵지 않으나, 한 가지 문제가 있소."

"그것이 무엇이오?"

"공 집사가 지금 어디 있는지 알아 봤자 진 장문인은 그에게 은혜를 갚을 수 없을 테니, 이 어찌 문제가 아닐 수 있겠소?"

"내가 왜 그에게 은혜를 갚을 수 없단 말이오?"

"그건 진 장문인이 오늘 살아서 이 정자를 벗어나지 못할 것이기 때문이오."

석단의 말이 끝남과 동시에 정자 안으로 몇 개의 인영이 모습을 드러냈다.

그들은 삼남일녀였다. 세 명의 남자는 각기 삼십 대 후반에서 사십 대 초반의 장한들이었는데, 각기 다른 행색을 하고 있음에도 하나같이 전신의 기세가 잘 갈무리되어 있어 상당한 수련을 한 무인들임을 어렵지 않게 알 수 있었다.

반면에 여인은 이십 대 중반으로 보였는데, 풍만한 몸매에 요염한 눈매를 지니고 있어서 남자라면 누구나가 호감을 가질 만한 용모를 가지고 있었다. 붉은색 저고리에 짙은 남색 비단 치마의 평범한 복장이었으나 의복이 몸에 딱 달라붙어 있어 몸매의 굴곡이 그대로 드러나는 바람에 묘한 풍정(風情)을 느끼게 했다.

세 명의 남자는 정자 기둥에 등을 기댄 채 비스듬히 서 있었고, 여인만 석단의 옆으로 다가와서 그와 나란히 섰다. 두 사람이 나란히 서자 제법 잘 어울려 보였다.

여인은 찬찬히 진산월을 살펴보다가 그와 시선이 마주치자 차분한 음성으로 입을 열었다.

"소문으로 듣던 것과는 조금 다르군요."

진산월은 담담한 음성으로 물었다.

"무엇이 다르오?"

"소문으로는 진 장문인이 무척이나 냉정하고 까다로운 사람이라고 하더군요."

"그런데 실제로 보니 어떻소?"

여인은 살짝 눈웃음을 쳤다. 철담목석이라도 울렁거리게 만들 만큼 매혹적인 모습이었다.

"진 장문인이 이렇게 매력적인 사람이라고 아무도 말해 주지 않았어요. 아마 적지 않은 여인들이 진 장문인에게 넋이 나가 있을 거예요. 그렇지 않나요?"

"그런 말은 들어 본 적이 없소."

"그럴 리가요? 그 냉정한 시선에 사나워 보이는 얼굴의 흉터하며 낮게 가라앉은 음성까지…… 조금이라도 남자에 대해 아는 여자라면 매혹당하지 않을 리 없어요."

"그래서 그 말을 하려고 이곳에 온 거요?"

여인의 입가에 미소가 떠올랐다. 부드럽지도 않고 달콤하지도 않았으나 남자라면 가슴이 두근거릴 만한 미소였다.

"그건 아니에요. 나는 진 장문인을 죽이려고 왔어요."

그녀 같은 여인의 입에서 나왔다고 하기에는 지나치게 살벌한 말이었으나, 그 말을 하는 그녀도, 듣는 진산월도 조금도 표정이 변하지 않았다.

"내가 누군지 알면서도 나를 죽이겠다고 왔다니 자신의 실력에 대한 자신감이 대단하구려."

"내 무공이 제법 괜찮긴 하지만 솔직히 진 장문인을 상대로 하기에는 별로 자신이 없어요."

"그런데도 나를 죽이려고 온 거요?"

"평소의 진 장문인이라면 어려워도 지금은 가능성이 있지요."

"내가 마신 술 때문에?"

그녀의 눈에 한 줄기 별빛 같은 섬광이 스치고 지나갔다.

"알고 있었어요?"

진산월은 가만히 고개를 끄덕였다.

"나는 보기와는 달리 입맛이 제법 까다로운 사람이오."

"그렇다면 말하기 더욱 쉽겠군요. 진 장문인이 마신 술에는 우리가 특별히 주문한 것이 들어 있었어요. 그 술을 마신 이상 진 장문인은 오늘 살아서 이곳을 벗어나지 못할 거예요."

"그 특별한 것이 무엇이오?"

"장인몽(匠人夢)."

진산월은 고개를 갸웃거렸다.

"그런 이름은 들어 본 적이 없는데……."

"진 장문인 같은 사람을 상대하기 위해 어렵게 만든 거예요. 당대 최고의 독 전문가 열 사람이 그걸 만들기 위해서 모진 고생을 했지요. 그들의 장인 정신을 높이 사서 '장인몽'이란 이름을 붙일 정도였으니까요."

"그렇게 무서운 독이오?"

"그렇게 위험하지는 않아요. 공력(功力)을 끌어 올리지만 않으면 하룻밤을 잔 후에 자연스레 몸 밖으로 배출되지요."

"공력을 사용한다면 어떻게 되오?"

그녀는 진산월의 두 눈을 뚫어지게 주시하며 신중한 표정으로 대답했다.

"공력이 높을수록 빨리 죽게 돼요. 일 갑자쯤 되는 고수라면 향한 자루 탈 동안에 내장이 모두 녹아 버리더군요."

"섬뜩한 이야기군. 그런 독을 어떻게 만들었소?"

"운이 좋았죠. 실험하다가 죽은 독의 전문가도 세 사람이나 되니까 말이에요."

"그렇게 무시무시한 독을 내가 마신 술에 넣었단 말이오?"

"아쉽게도 우리로서는 그럴 수밖에 없었어요. 진 장문인의 실력이 너무 뛰어나서 정면으로 부딪쳤다가는 피해를 감당할 수 없을 것 같아서죠."

진산월의 시선이 슬쩍 손검당에게로 향했다.

"나와 같이 술을 마신 저 친구는 어떻소?"

그녀는 배시시 웃었다.

"말했잖아요. 공력을 끌어 올리지만 않으면 아무 일 없이 다음 날 체외로 배출된다고요."

"저 친구도 당신들과 같은 무리요?"

"그렇다고 해 두는 게 진 장문인으로서는 마음 편하겠죠?"

"그건 무슨 의미요?"

"말 그대로예요. 그는 오래전부터 우리와 함께 일해 온 사이예요. 그러니 친구에게 배신당했다는 기분은 가지지 않으면 좋겠군요. 그는 당신을 배신한 게 아니라, 우리의 동료로서 당연히 해야 할 일을 했을 뿐이에요."

진산월은 문득 한숨을 내쉬었다.

"그렇게까지 말해 준다니 고맙소. 당신들이 이런 수고를 하면서까지 나를 죽이려고 한 이유는 내가 공영춘을 찾고 있기 때문이오?"

"그건 별로 중요한 일이 아니에요."

"내 사제의 암습을 사주한 자가 공영춘이 아니란 말이오?"

"진 장문인의 사제를 잡아 오라고 살수를 보낸 사람은 공영춘이 맞아요. 사실 그때 종남파는 초가보에 의해 거의 멸문에 처한 상태라 진 장문인의 사제 한 사람을 죽이고 살리는 건 큰 의미가 없었어요. 그런데 공영춘이 괜한 공명심(功名心) 때문에 번거로운 일을 저지른 거죠."

"그는 지금 어디 있소?"

진산월의 뒤에 서 있던 세 명의 장한 중 검은 수염을 기르고 남색 장포를 걸친 중년인이 앞으로 나섰다.

"내가 바로 공영춘이오."

진산월은 담담한 시선으로 그를 응시했다.

공영춘은 진산월이 만났던 공망춘이나 공상춘과는 또 다른 인상이었다. 이목구비는 그들과 마찬가지로 청수했으나, 입술이 얄팍하고 눈빛이 날카로워서 성격이 예민한 인물이라는 느낌이 들었다.

"당신 때문에 내 사제가 절름발이가 되었다는 사실을 알고 있소?"

공영춘은 눈가를 살짝 찡그렸으나 이내 냉랭한 웃음을 매달았다.

"흐흐…… 그것 참 안타까운 일이로군. 그는 단지 지독하게 운이 나빴을 뿐이오."

"당신의 운도 그리 좋아 보이지 않는구려."

"나보다 진 장문인은 본인의 운을 더 걱정해야 할 거요. 오늘 진 장문인은 최고의 악운(惡運)을 만나게 된 거요."

진산월은 한 번 더 공영춘을 응시하다가 그의 옆에 서 있는 두 명의 장한들에게로 시선을 돌렸다.

"다른 분들도 소개해 주시겠소?"

두 사람 중 황의를 입고 체구가 건장한 장한이 먼저 입을 열었다.

"나는 노중련(路重練)이라 하오."

"오, 이제 보니 천동(川東)에서 명성이 자자한 황천비룡(黃天飛龍)이셨구려. 그 옆의 분은?"

제일 오른쪽에 서 있는 강퍅한 인상의 남삼인이 차가운 음성으로 말했다.

"내 이름은 형일손(邢一遜)이다. 들어 본 적이 있느냐?"

진산월은 서슴없이 고개를 끄덕였다.

"물론이오. 왕옥산(王屋山) 일대에서 악명을 떨치고 있는 혈수객(血手客)을 내가 어찌 모를 수 있겠소?"

진산월은 대수롭지 않은 듯 가볍게 말했으나, 노중련과 형일손은 결코 호락호락한 사람들이 아니었다. 그들은 중원의 한쪽 지방을 뒤흔드는 절정 고수들일 뿐 아니라 행적이 신비하고 손속이 잔인하여 모두들 상대하기 꺼리는 인물들이었다.

진산월은 세 사람을 차례로 훑어보다 여인에게로 시선을 돌렸다. 여인은 그와 시선이 마주치자 다시 눈웃음을 쳤다. 일부러 유혹하려 한다기보다는 습관적인 것 같았다.

"이제 내가 누군지 궁금한가요?"

"그렇소."

"나는 소조림(蘇照林)이라고 해요."

"숲을 비춘다라…… 무척 낭만적인 이름이오."

"어렸을 적 달빛에 비추인 숲이 너무 아름다워서 밤새 숲 속에 가만히 앉아 있곤 했었어요. 그러자 사부님께서 아예 이름으로 붙여 주었지요."

"그렇다면 소저의 사부님은 풍류재사(風流才士)라 할 만하겠구려."

그녀는 나직하게 웃었다.

"호호…… 내 사부님은 여자예요."

"그것 참 아쉬운 일이오."

"사부님께서도 당신이 여자로 태어나신 걸 종종 아쉬워하곤 했죠. 사부님께서는 늘 남자로 태어나셨더라면 낙화수사 조옥린 못지않은 풍류남아가 되었을 거라고 입버릇처럼 말씀하셨어요."

"정말 대단하신 분이구려. 그분의 함자를 알 수 있겠소?"

그녀는 진산월을 빤히 쳐다보더니 다시 야릇한 웃음을 날렸다.

"이름 알려 주는 거야 뭐가 어렵겠어요. 그분의 이름은 섭소심(葉素心)이라고 해요."

"이름만 들어도 그분의 용태가 떠오르는 것 같구려. 그런데 내가 과문(寡聞)해서인지 그분의 이름을 처음 듣는데, 별호도 알 수 있겠소?"

"진 장문인이 강호의 모든 사람을 알고 있는 건 아니잖아요. 내 이름도 오늘 처음 들었을 거예요."

"솔직히 그렇소."

소조림은 진산월의 얼굴을 빤히 응시하다가 한숨 섞인 음성을 내뱉었다.

"진 장문인이 궁금해하는 건 대충 정리가 된 것 같군요. 솔직히 진 장문인 같은 사람이 영문도 모르고 죽는 것은 너무 아쉬운 일 같아서 지금까지 편의를 봐 드린 거예요."

"그 점에 대해서는 고맙게 생각하고 있소."

"그럼 더 이상 물어볼 말이 없겠죠?"

"마지막으로 한 가지가 남았소."

"그게 뭔가요?"

진산월은 별빛같이 번뜩이는 눈으로 그녀를 응시하며 나직하면서도 묵직한 음성으로 물었다.

"당신들은 쾌의당에서 왔소?"

제 201 장
고궤고사(古櫃故事)

제201장 고궤고사(古櫃故事)

소조림은 순간적으로 멈칫거리더니 이내 배시시 웃으며 고개를 끄덕였다.

"맞았어요. 듣던 대로 진 장문인의 심기는 보통이 아니군요. 정말 감탄했어요."

"나야말로 당신들의 빠르고 치밀한 솜씨에 감탄을 금치 못하겠소. 내가 석단을 찾고 있다는 걸 알고 짧은 시간 내에 이런 함정을 마련해 놓았으니, 나로서는 그저 어안이 벙벙할 뿐이오."

"진 장문인은 운이 조금 나빴을 뿐이에요. 하필이면 진 장문인이 찾는 석단이 우리와 손이 닿아 있고, 또 하필이면 때맞추어 진 장문인을 제어할 절독이 마련되었으며, 무엇보다도 진 장문인에게 하독(下毒)할 만한 적당한 인물이 있었으니 말이에요. 그중 한 가지라도 준비되어 있지 않았다면 우리는 진 장문인 앞에 나타나지 않았을 거예요."

"확실히 그런 것 같군. 그런데 단순히 석단을 보호하기 위해서 이런 수고를 한 것 같지는 않구려."

"석단은 본 당에서 중요하게 생각하는 인물이에요. 물론 그 외에도 한 가지 용무가 더 있긴 하지요."

"그게 무엇이오?"

"진 장문인이 어제 공망춘에게서 건네받은 물건."

진산월은 양손을 들어 보였다.

"천룡궤인가 하는 것 말이오? 아쉽게도 지금 나는 가지고 있지 않구려."

그녀는 살짝 웃었다.

"그 때문에 우리가 아직 손을 쓰지 않은 거예요. 천룡궤를 어디에 두었지요?"

"내가 말하리라고 생각하오?"

"사실 말하지 않아도 상관없어요. 진 장문인이 가지고 있지 않다면 종남파의 누군가에게 맡겼겠죠. 진 장문인이 천룡궤의 행방을 알려 주지 않는다면 애꿎은 종남파의 고수들이 당하게 될 거예요."

"그것 참 무서운 협박이로군."

"협박이 아니라 현실을 말한 거예요."

"천룡궤의 행방을 알려 준다면 나를 순순히 돌려보내 줄 거요?"

그녀는 배시시 웃으며 고개를 절레절레 흔들었다.

"그건 어렵겠네요. 이번같이 진 장문인을 제거할 기회는 쉽게 오지 않을 테니 말이에요. 대신에 종남파의 다른 인물들에게는 손을 쓰지 않을 거라고 약속드리죠."

진산월은 문득 한숨을 내쉬었다.

"그렇다면 오늘 나는 무슨 일이 있어도 이곳을 살아 나가지 못하겠구려."

"안타깝지만 그게 사실이에요. 이제 천룡궤가 어디 있는지 말해 주세요."

진산월은 그녀의 뒤를 턱으로 가리켰다.

"저자가 가지고 있소."

소조림이 황급히 고개를 돌려보니 정자의 입구에 어느새 한 사람이 우뚝 서 있었다. 그를 보자 소조림은 물론이고 석단과 다른 세 사람의 안색이 모두 굳어졌다.

한쪽 눈에 검은 안대를 하고 있는 그 사람은 다름 아닌 동중산이었다.

동중산은 중인들의 시선이 자신에게로 쏠리자 얼굴 가득 야릇한 미소를 머금었다.

"이거 다 늙고 볼품없는 나를 이토록 환대해 줄 줄은 몰랐소. 낙 사숙에게 괜히 미안해지는군요."

그때 다른 누군가가 낭랑한 웃음을 흘렸다.

"하하…… 나는 이런 자들의 환심을 받고 싶은 생각은 조금도 없으니 동 사질은 안심하세요."

한 사람이 정자의 난간에 비스듬히 기댄 채 하얀 이를 드러내며 웃고 있었다. 눈이 번쩍 뜨일 만큼 수려한 그 미남자를 보자 누군가의 입에서 나직한 신음성이 흘러나왔다.

"옥면신권……."

낙일방은 만면에 미소를 지으며 고개를 끄덕였다.

"남들이 나를 그렇게 부르기도 하더군."

단지 두 사람만이 나타났을 뿐인데도 장내의 분위기는 완연히 달라져 버렸다. 소조림은 여전히 침착한 모습인 데 비해 석단과 다른 세 사람은 낭패한 기색을 숨기지 못했다.

소조림은 동중산과 낙일방을 한 차례 훑어보더니 다시 진산월에게로 시선을 돌렸다. 진산월과 시선이 마주치자 그녀는 나직한 한숨을 내쉬었다.

"이제 보니 진 장문인은 우리가 올 것을 미리 짐작하고 있었군요."

"강호는 워낙 귀계가 막측한 곳이라 나로서는 대비하지 않을 수 없었소."

그녀는 잠시 고개를 숙인 채 무언가 상념에 잠긴 듯하다가 천천히 고개를 쳐들었다. 그녀의 얼굴에는 뜻밖에도 희미한 미소가 떠올라 있었다.

"진 장문인의 대비는 비록 훌륭했지만, 아쉽게도 오늘의 일진을 되돌리지는 못하겠군요. 옥면신권과 비천호리가 아무리 뛰어나다고 해도 우리 여섯 명을 모두 막을 수는 없어요. 그런데 진 장문인을 쓰러뜨리는 데는 우리 중 아무나 한 사람만 있으면 되거든요."

"장인몽이 그렇게 무서운 독이오?"

그녀는 이미 여유를 되찾은 듯 예의 독특한 눈웃음을 쳤다.

"믿어도 좋아요. 진 장문인이 내공을 끌어 올리는 순간 가슴에 격렬한 통증이 일어나며 손가락 하나 까닥할 수 없게 될 거예요.

그 상태로 향 한 자루 탈 시간이 지나면……."

"내장이 모두 녹아 없어진다는 말이로군."

"그래요."

진산월의 얼굴에는 여전히 아무런 표정의 변화가 없었다. 그녀는 그가 자신의 말을 믿지 못한다고 생각했는지 고운 아미를 슬쩍 찌푸렸다.

"의심나면 모험을 해 봐도 좋아요. 어차피 결과는 마찬가지겠지만……."

"약의 효과를 의심하는 건 아니오. 다만 당신들에게 그럴 기회가 없다는 게 안타까울 뿐이지."

바로 그 순간, 느긋한 표정으로 난간에 몸을 기대고 있던 낙일방의 신형이 어느새 허공을 훌쩍 날아 노중련과 형일손의 사이로 뛰어들고 있었다. 그는 사전에 어떤 움직임도 없었을 뿐 아니라 마지막 순간까지도 표정이 너무나 태연해서 강호 경험이 풍부한 노중련과 형일손조차도 낙일방의 주먹이 코앞으로 날아들 때까지 어떠한 낌새도 알아차리지 못했다.

"이런 제길……."

형일손이 욕설을 내뱉으며 황급히 뒤로 물러난 반면에 노중련은 두 눈을 부릅뜬 채 쌍장(雙掌)을 질풍처럼 휘두르며 정면으로 맞서 갔다. 황천비룡이라는 외호에 걸맞은 신속하고 과감한 동작이었다. 하나 그가 자신의 성명절기인 신뢰십이장(迅雷十二掌)을 채 절반도 펼치기 전에 낙일방의 주먹이 질풍 같은 기세로 다가왔다.

파파팡!

장영(掌影)과 권풍(拳風)이 어지럽게 뒤섞이는 가운데 두 사람은 순식간에 십여 초를 주고받았다. 그러다가 한 사람이 휘청거리며 뒤로 물러났다.

그는 다름 아닌 노중련이었다. 노중련은 비 오듯 땀을 흘리며 옆구리를 움켜쥔 채 연신 뒷걸음치고 있었다. 전력을 기울였으나 낙일방의 번개 같은 주먹에 어느새 갈비뼈 두 개가 부러져 버린 것이다.

하나 그사이에 정신을 차린 형일손이 시뻘겋게 변한 양손을 휘두르며 낙일방의 뒤를 향해 달려들었다. 그의 혈수공(血手功)은 내가기공을 전문적으로 파괴하는 것으로, 그 살인적인 위력만큼이나 익히기가 어려워서 적어도 오 년 이상의 고련(苦練)을 필요로 하는 것이었다. 정통으로 가격당하면 제아무리 단단한 몸뚱이를 지녔다 하더라도 치명상을 면키 어려우며, 단순히 스치기만 해도 살이 갈라지고 뼈가 으스러지는 가공할 위력의 무공이었다.

그와 동시에 공영춘도 언제 뽑아 들었는지 철선(鐵扇)을 휘두르며 동중산에게로 몸을 날렸고, 석단과 손검당은 진산월의 좌우측을 막아섰다. 그들의 동작은 사전에 치밀하게 구상한 듯 한 치의 빈틈도 보이지 않았다.

소조림은 하얀 이를 살짝 드러내며 웃었다.

"진 장문인의 사제는 소문보다 더욱 무섭군요. 하지만 진 장문인을 구하지는 못할 거예요."

그녀는 천천히 양손을 들어 올렸다. 소맷자락이 밑으로 흘러내리면서 드러난 그녀의 손은 그야말로 백옥(白玉)을 깎아 만든 듯

했다. 유달리 새하얀 옥수(玉手)는 아름답다기보다는 무언지 모를 섬뜩함이 느껴졌다.

진산월은 그 옥수를 가만히 응시하고 있다가 혼잣말처럼 나직하게 중얼거렸다.

"일전에 그와 같은 손에 대해 들은 기억이 나는군."

소조림은 막 진산월을 향해 옥수를 휘두르려다 그의 말에 호기심이 이는지 손을 멈추고 물었다.

"무슨 말을 들었죠?"

"아주 오래된 이야기요. 옛날에 실연(失戀)을 당한 여고수가 자신을 배반한 남자를 죽이기 위해 한 가지 무공을 만들었는데, 그 무공은 능히 맨손으로 신병이기(神兵利器)를 상대할 수 있고 어떤 종류의 호신강기라도 종잇장처럼 뚫을 수 있다고 했소."

소조림은 무슨 생각에서인지 묵묵히 그의 말을 듣고 있었다.

"그녀를 배반한 남자는 한때 강호에서 가장 강력한 호신강기를 지녔다고 알려진 산서철혈문(山西鐵血門)의 고수였는데, 그녀는 자신이 만든 무공으로 그 남자를 비롯한 산서철혈문의 수뇌급 고수 스물네 명을 모두 격살했다고 하오. 그 무공의 이름은 원래 소수마공(素手魔功)이었으나, 그 위력이 너무 무시무시해서 사람들은 모두 소수겁(素手劫)이라고 불렀다고 했소."

진산월이 말한 것은 소수마후(素手魔后)의 전설이었다.

그녀가 활동한 것은 너무나 오래전 일이었고, 그 기간 또한 워낙 짧았기 때문에 그녀의 전설을 아는 사람은 그리 많지 않았다. 하나 아직도 강호에서 평생을 몸담은 노강호(老江湖)들 사이에서는 간혹 그녀의 이야기가 거론되고는 했다.

그녀는 자신을 배반한 산서철혈문에 단신으로 쳐들어가서 불과 한 시진 만에 산서철혈문의 고수들을 추풍낙엽처럼 쓰러뜨려 버렸다. 당시 강호에서 열 손가락 안에 꼽히는 성세를 자랑하던 산서철혈문은 문주와 최고 고수들이 전멸하는 바람에 결국 문을 닫을 수밖에 없었고, 그녀의 명성은 전 강호를 뒤흔들었다.

하나 산서철혈문이 멸문한 이후 그녀의 모습 또한 사라져 그 뒤로 두 번 다시 강호에 나타나지 않았고, 그녀에 대한 전설 같은 이야기만이 강호인들의 입에 가끔씩 오르내릴 뿐이었다.

진산월은 지금 소조림이 끌어 올린 공력이 바로 그 소수마공이 아닌가 하고 물은 것이다.

하나 소조림은 그 말에는 아무런 대꾸도 없이 냉랭한 웃음을 흘렸다.

"재미있는 이야기이긴 하지만 지금은 그런 말을 나눌 만큼 한가하지 않은 것 같군요."

그녀가 쳐들었던 손을 슬쩍 흔들자 그녀의 눈부신 옥수가 미끄러지듯 진산월의 앞가슴을 향해 날아들었다. 그 손이 움직이는 궤적이 어찌나 영활하고 자연스러운지 모르는 사람이 보았다면 연인의 앞가슴을 어루만지는 부드러운 손짓으로 오해했을 것이다.

막 그녀의 손이 가슴에 닿으려는 순간 진산월의 양쪽 어깨가 미약하게 흔들렸다. 그와 함께 그의 신형은 옆으로 한 걸음 이동해 있었다. 신묘한 몸놀림이라고 할 만했으나, 소조림은 조금도 표정이 변하지 않은 채 다시 옥수를 앞으로 쭈욱 내밀었다. 그녀의 무공이 전설적인 소수마공인지는 확실치 않았으나, 적어도 강호에서 좀처럼 보기 힘든 절세의 무공임은 분명해 보였다. 진산월이 이어롱을 펼쳐 몇 번이나 그녀의 공세를 피하려 했으나 어느 쪽으로 움직여도 그녀의 손 그림자를 벗어날 수가 없었다.

불과 몇 초도 지나지 않아 진산월은 더 이상 몸을 피할 곳을 찾지 못했다. 애초부터 공력을 끌어 올리지 않고 단순히 피하기만 하는 것으로 그녀와 같은 절정 고수의 공격을 감당할 수는 없었다.

몸을 피할 수도 없고, 그렇다고 공력을 사용하여 맞대응할 수도 없다. 그야말로 진퇴양난(進退兩難)이란 이를 두고 하는 말일 것이다.

막 소조림의 옥수가 진산월의 앞가슴을 가격하려는 순간, 진산월의 상반신이 휘청거리더니 시퍼런 검광이 피어올랐다. 소조림의 손 그림자로 뒤덮였던 장내가 온통 삼엄한 검기에 휩싸여 버렸다.

옆에서 초조한 표정으로 이 광경을 지켜보고 있던 석단이 쾌재를 토해 냈다.

"이제 끝났다!"

진산월이 마침내 참지 못하고 공력을 끌어 올려 검기를 발출한 이상 장인몽의 맹독에 곧 피를 토하며 쓰러지리라고 확신했던 것이다. 소조림 또한 그런 생각인지 반격하지 않고 유연한 동작으로 일단 뒤로 물러서려 했다. 하나 진산월이 발출한 검광은 그들의 예상을 뒤엎고 더욱 맹렬한 기세로 그녀의 전신을 압박해 들어왔다.

"아앗!"

그녀의 입에서 짤막한 경호성이 터져 나왔다.

석단이 놀라 보니 어느새 그녀의 새하얀 목에 진산월의 검이 닿아 있었다. 그녀는 진산월이 공력을 끌어 올릴 수 있으리라고는 상상도 못하고 있다가 자신의 실력을 제대로 발휘도 하지 못하고 어처구니없게도 단 이초 만에 맥없이 제압당해 버린 것이다.

"이…… 이럴 수가……."

석단은 그녀가 누구의 제자인지, 그녀의 무공 실력이 어느 정도인지를 잘 알고 있기 때문에 그녀가 진산월의 검을 제대로 받아 내지도 못하고 제압당해 버린 현재의 상황을 도무지 믿을 수가 없었다.

소조림의 안색 또한 창백하게 변했다. 하나 그녀는 이내 냉정을 되찾은 듯 차가운 눈으로 진산월을 쏘아보았다.

"당신은 중독되지 않았군요."

진산월은 여전히 용영검으로 그녀의 목을 겨눈 채 거의 알아차릴 수 없을 만큼 미약하게 고개를 끄덕였다.

"그런 것 같소."

"그렇다면 당신이 마신 술에 장인몽이 들어 있지 않았다는 말이군요."

"왜 그렇게 생각하는 거요?"

"장인몽에 중독되었다면 지금쯤 당신은 피를 토한 채 바닥에 나뒹굴고 있을 거예요."

"장인몽을 너무 믿는군."

"장인몽은 내공으로 억누를 수 있는 성질의 독이 아니에요."

진산월은 잠시 그녀를 응시하고 있다가 담담한 음성으로 입을 열었다.

 "예전에 나는 천하삼대극독 중 하나인 앙천지독에 중독된 적이 있었소. 그때 나를 치료한 사람이 말하기를 앞으로 나는 어지간한 독에는 결코 당하지 않을 거라고 했는데, 그래서인지 그 후로 독 때문에 어려움을 당한 적은 없었소."

 소조림은 잠시 생각에 잠겨 있다가 눈을 반짝 빛냈다.

 "그렇군요. 그 일이었지요? 사 년 전 사천에서 단목초를 암습할 때……."

 진산월은 가만히 그녀를 응시하다가 조용히 말했다.

 "그 일은 몇몇 사람 외에는 아는 자가 없는 줄 알았는데……."

 소조림은 움찔하다가 이내 아무렇지도 않은 듯 응수했다.

 "단목초의 죽음은 본 당에서도 무척 중요하게 생각한 사건이어서 전후 내막에 대해 자세한 조사가 있었어요."

 진산월은 당시의 일은 별로 거론하고 싶지 않은 듯 화제를 돌렸다.

 "아무튼 장인몽이 대단한 독인 건 알겠는데, 나에게는 별 효과가 없는 것 같소. 그러니 이제 우리 일을 마무리 지어 봅시다."

 소조림은 여전히 자신의 목을 겨누고 있는 진산월의 검을 내려다보더니 냉랭한 웃음을 날렸다.

 "진 장문인의 손속이 매섭다는 건 익히 들었어요. 그냥 손만 조금 움직이면 간단한 일인데 어떻게 마무리 짓겠다는 거죠?"

 "당신이 한 가지 대답만 해 주면 오늘 일은 없었던 것으로 해 주겠다는 뜻이오."

"그게 뭐죠?"

"쾌의당에서 이번에 천룡궤를 노리고 낙양에 파견한 고수들의 책임자는 누구요?"

좀처럼 침착함을 잃지 않았던 소조림의 얼굴이 몇 차례 변했다. 그녀는 이런 질문을 한 진산월의 의중을 파악하려는 듯 그의 얼굴을 뚫어지게 응시했으나 어떠한 것도 알아낼 수 없었다.

"그걸 꼭 알아야겠어요?"

"말하기 싫다면 말하지 않아도 좋소. 다만……."

"다만 뭔가요?"

"오늘 이곳에 온 자들 중 누구도 살아서 돌아가지 못할 거요."

그녀의 얼굴에 한 줄기 노기가 떠올랐다.

"당신이 감히……."

그 순간, 옆에서 폭음과 비명이 거의 동시에 터져 나왔다.

펑!

"크악!"

그녀가 힐끔 고개를 돌려보니 낙일방과 싸우고 있던 형일손이 가슴팍이 움푹 꺼진 채로 피 분수를 뿌리며 정자 밖으로 날아가고 있었다.

쿵!

요란한 소리를 내며 바닥에 처박힌 형일손은 한 차례 몸을 세차게 떨더니 그대로 숨이 끊어지고 말았다. 가공할 혈수공으로 왕옥산 일대를 뒤흔들었던 살성의 최후치고는 너무도 허무한 것이었다.

진산월은 그들에게는 시선도 주지 않은 채 담담한 음성으로 말했다.

"당신의 대답이 늦을수록 살아서 돌아갈 사람의 수는 적어지게 될 거요."

아닌 게 아니라 형일손과 함께 낙일방을 상대했던 노중련은 이미 허리를 부여잡고 한쪽 구석에 주저앉은 채 신음을 흘리고 있었고, 동중산과 싸우고 있는 공영춘 또한 거듭되는 격변에 당황했는지 우세한 무공에도 불구하고 수세에 몰린 채 연신 뒤로 물러나고 있었다.

장내에 아직 멀쩡한 사람은 석단과 손검당뿐이었는데, 그들만으로는 도저히 지금의 사태를 반전시킬 수가 없었다. 소조림은 입술을 지그시 깨물더니 어쩔 수 없다는 듯 천천히 입을 열었다.

"내 사부님이에요."

진산월은 그러지 않을까 생각했기 때문에 조금도 놀라지 않고 다시 물었다.

"그녀의 쾌의당 내에서의 신분은?"

"칠대용왕 중의 화중용왕(花中龍王)이세요."

"그녀가 바로 소수마후요?"

그녀는 대답하지 않고 진산월을 노려보더니 냉랭한 음성을 발했다.

"한 가지만 묻겠다고 하더니 자신의 입으로 내뱉은 말을 어길 생각인가요? 대종남파의 장문인답지 않군요."

진산월은 피식 웃으며 그녀의 목을 겨누고 있던 용영검을 거두어들였다.

"내가 실수했군. 소저는 이제 그만 가 보시오."

소조림은 말없이 진산월을 응시하더니 몸을 돌렸다.

석단이 쭈뼛거리며 그녀의 뒤를 따르려 하자 진산월이 그를 향해 입을 열었다.

"석 공자가 초가보를 후원했다는 건 알고 있소."

석단은 흠칫 놀라 진산월을 쳐다보았다. 진산월은 담담한 시선으로 그를 응시했다.

"오늘 일은 석곤 장주의 얼굴을 보아 그냥 넘어가겠소. 아마 앞으로 본 파에서 먼저 석 공자를 찾는 일은 없을 거요. 하지만 석 공자가 계속 본 파를 적대시한다면, 다음에는 오늘 같은 호의를 기대하기 힘들 거요."

"명심하겠소."

석단은 긴장된 얼굴로 정중하게 포권을 하고는 소조림의 뒤를 따라 정자를 벗어났다. 바닥에 쓰러졌던 노중련이 비틀거리며 일어나 한쪽에 있는 형일손의 시신을 들고 그들의 뒤를 따랐다.

동중산과 싸우고 있던 공영춘이 손을 멈추고 황급히 뒤로 물러나 그들을 따라 정자 밖으로 나가려 했으나, 그때 돌연 진산월이 그를 향해 용영검을 휘둘렀다.

"큭!"

막 정자를 벗어나려던 공영춘은 왼쪽 발목이 잘리는 듯한 통증을 느끼고 바닥을 나뒹굴었다.

진산월은 고통으로 일그러진 공영춘의 얼굴을 냉정한 시선으로 쏘아보았다.

"당신 때문에 내 사제는 절름발이가 되었소. 이 정도로 목숨을 부지한 것을 다행으로 생각하시오."

공영춘은 왼쪽 발목의 힘줄이 잘려 자신이 평생 다리를 저는 불구의 몸이 되었음을 깨닫고 얼굴이 잔뜩 일그러졌다. 그는 이를 악물고 바닥에서 일어나더니 한쪽 다리를 절룩거리며 정자를 벗어났다.

지금까지 한쪽에서 이 광경을 보고 있던 마료군과 그 일행들이 쭈뼛거리며 자리에서 일어났다. 그들은 엉거주춤한 자세로 정자의 입구를 향해 몸을 움직이더니 점차 빠르게 걸어가기 시작했다. 평생 동안 시문(詩文)을 벗 삼아 살아온 그들로서는 자신들의 눈앞에서 벌어진 유혈 사태에 충격을 받을 수밖에 없었다. 더구나 그 사건에 자신들의 일행이었던 석단이 연루되어 있으며, 그의 행적이 사전에 치밀하게 계획된 것임을 알게 되었으니 놀랍고 당황한 마음은 말로 표현하기 어려울 만큼 커다란 것이었다.

마지막까지 자리를 지키고 있는 사람은 의외로 손검당이었다. 술에 독을 타서 진산월에게 마시게 한 주범인 그는 종남파의 고수들을 제외한 모든 인물들이 정자를 빠져나갈 때까지도 그 자리에 가만히 선 채 평온한 모습을 유지하고 있었다.

더욱 이상한 것은 진산월의 반응이었다. 의당 그의 행동에 대해 배신감을 느껴야 하건만 어찌 된 일인지 태연한 모습으로 한쪽에 있는 탁자로 가서 앉더니 손검당을 자신의 앞자리로 앉게 했다.

손검당 또한 스스럼없는 모습으로 냉큼 다가와 진산월의 앞에 앉았다.

"어떻게 알았나?"

손검당의 물음에 진산월은 의아한 듯 되물었다.

"무얼 말인가?"

"내가 자네와 마신 술에 장인몽을 타지 않았다는 것을 말일세. 그걸 알았으니 주저하지 않고 공력을 끌어 올려 검을 펼친 것이 아닌가?"

진산월은 자신의 오른손을 들어 보였다. 손검당은 그의 오른손 중지에 끼워져 있는 은색 반지를 발견했다.

"그건 뭔가?"

"사응환이라는 것일세. 어떤 종류의 독이라도 닿으면 색이 변하지."

손검당의 눈이 번쩍 빛났다.

"강호를 행도할 때 무척이나 유용하겠군."

"술에 독이 들었다는 말을 듣고 술병 바닥에 조금 남아 있던 술을 묻혀 보았지만 지금 자네가 보는 대로 색이 전혀 변하지 않았네."

손검당은 히죽 웃었다.

"앙천지독 이야기를 꺼낸 건 정말 기발한 핑계였네. 덕분에 그녀는 내가 술에 독을 타지 않았다는 걸 짐작조차 하지 못했지."

"내가 앙천지독에 당했던 건 사실일세."

손검당은 눈을 크게 치켜떴다.

"그럼 정말 만독불침(萬毒不侵)이라도 된 건가?"

"그 일 이후 독에 어느 정도 내성이 생긴 건 사실일세. 하지만 장인몽같이 쾌의당에서 자신 있게 만든 절독까지 감당할 수 있을지는 나도 모르네."

손검당은 자신의 이마를 탁 치며 낭랑한 웃음을 흘렸다.

"하하…… 진실 사이에 거짓을 교묘하게 숨겨 놓았으니 그녀같이 눈치가 비상한 여자도 속을 수밖에 없었겠지. 아무튼 덕분에 쓸데없는 의심을 받지 않게 되어서 앞으로 내가 편하게 됐네."

"자네야말로 왜 그런 위험을 무릅쓰면서 술에 독을 타지 않은 건가?"

"모처럼 사귄 친구를 배신하기에는 내 낯짝이 그리 두껍지 않은 모양이지."

진산월은 한 차례 주위를 둘러보았다. 정자 안은 그들 외에는 아무도 없었고, 고요한 정적 속에 잠겨 있었다. 낙일방과 동중산은 두 사람이 이야기를 할 수 있도록 정자 밖으로 나갔는지 모습이 보이지 않았다.

한적한 오후였고, 평화로운 풍광이었다. 한쪽 구석에 있는 핏자국만 아니었다면 누구도 방금 전까지 이곳에서 생사가 오가는 싸움이 벌어졌다는 것을 알지 못할 것이다.

진산월은 정자 밖으로 보이는 눈이 부신 파란 하늘을 바라보고 있다가 다시 손검당에게로 시선을 돌렸다.

"쾌의당에는 언제부터 가입했나?"

"몇 년 되었네. 사부에게 쫓겨난 후 갈 데가 없는 나를 받아 준 유일한 곳이었지."

"이번 일에는 단순히 나와 안면이 있기 때문에 끼어든 것인가?"

"그렇지는 않네. 자네가 아니었어도 어차피 이번 일에는 내가 개입할 수밖에 없었네."

"이유를 알 수 있겠나?"

손검당은 잠시 허공을 응시하더니 문득 입가에 미소를 머금었다. 흥겹거나 우습다기보다는 왠지 모르게 쓸쓸함이 느껴지는 미소였다.

"쾌의당의 조직을 알고 있나?"

"잘 모르네. 그들의 조직 구성은 어떻게 되어 있나?"

"쾌의당은 한 명의 당주(黨主)와 두 명의 영주(令主), 그리고 일곱 명의 용왕들이 수뇌부를 형성하고 있네. 그들은 엄밀히 말하면 상하 관계라기보다는 동료 관계이지. 당주라고 해서 무조건 영주나 용왕들을 부릴 수 없다는 뜻일세. 영주와 용왕들은 각각 독자적인 조직을 가지고 있고, 사안에 따라 협력하기도 하고 때로는 반목하기도 한다네."

"그럼 당주가 있는 의미가 없지 않나?"

"당주는 그들 사이를 조율하고 당의 전체적인 운영을 책임진다네. 똑같은 일을 두고 용왕들 사이에 대립이 일어났을 때는 당주의 결정이 중요한 역할을 하지."

"자네는 그중 어디에 속해 있나?"

"화중용왕에게는 다섯 명의 제자가 있네. 모두 여자들인데, 하나같이 재색(才色)을 겸비한 미녀들이지. 그중 막내 여제자는 특히 미색이 뛰어나고 재기가 넘쳤지."

손검당의 두 눈은 마치 꿈이라도 꾸는 것처럼 몽롱하게 변해 있었다.

"내가 처음 그녀를 본 것은 삼 년 전의 어느 겨울날이었네. 마침 아버님의 기일(忌日)이라 무덤에 술이라도 한 잔 따라 드리려고 성 밖을 나섰다가 그녀를 보았지. 하얀 담비 목도리를 두르고 털조끼를 입고 있는 그녀의 모습은 그야말로 월궁항아(月宮姮娥)가 따로 없었네. 그때 나는 생각했지. '지금 나는 운명(運命)을 만나고 있는 것이다……'라고 말이지."

"그 기분이 어떤 것인지 알 것도 같군."

손검당의 시선이 진산월에게로 향했다. 그는 두 눈을 가늘게 뜨며 웃었다.

"그렇다면 내 심정을 이해하겠군. 나는 며칠간 그녀의 뒤를 따라다녔네. 그리고는 곧장 사부에게로 가서 파문(破門)시켜 달라고 요구했지."

진산월은 손검당이 사부인 동방표응에게 파문당했다고 알고 있었으나, 손검당의 말은 그것이 반대 상황이었음을 가리키고 있었다.

"사부는 내게 기대하는 바가 컸기 때문에 내 말에 몹시 실망을 했지. 하지만 결국 그분은 나를 파문시켰고, 나는 자유로운 상태로 그녀를 따라 쾌의당에 들어왔네."

"정말 대단한 여자인 모양이군. 자네가 스스로 파문을 당하면서까지 따라갔다니 말일세."

손검당의 눈가에 떠올라 있는 미소가 조금 더 짙어졌다.

"자네도 만나 보지 않았나? 자네도 무척 마음에 들어 했던 것으로 기억하는데⋯⋯."

진산월은 퍼뜩 떠오르는 생각이 있었다.

"그럼 난향원의 정난향이⋯⋯."

"그녀가 바로 화중용왕의 다섯 번째 제자일세. 또한 화중용왕이 가장 아끼는 제자이기도 하지."

진산월의 뇌리에 며칠 전에 보았던 낙양제일화의 절세적인 모습이 떠올랐다. 그녀의 아리따운 자태와 차분한 음성, 그리고 인상적이었던 그녀와의 대화를 반추해 보던 진산월이 무언가를 느낀 듯 각별한 시선으로 손검당을 응시했다.

"자네가 이번에 낙양의 연쇄 살인을 일으킨 흉수인가?"

손검당은 부인하지 않았다.

"이제 알았나? 생각보다 자네의 눈치도 그렇게 빠른 편은 아니로군."

"그렇다면 자네가 그날 그녀에게 냉대를 받았던 것은 풍림서각에서의 일이 제대로 진행되지 않았기 때문이었겠군."

"맞았네. 원래 계획대로라면 그날 아침에 나는 풍림서각의 각주를 암살했어야 했지. 그런데 공망춘이 미리 술수를 부려서 본당에서 포섭한 수석 지배인을 먼저 제거하는 바람에 일을 성사시키지 못했네. 덕분에 그날 그녀에게 매서운 질책을 들었지."

"별로 매서운 것 같지는 않던데⋯⋯."

"일을 마치면 그녀는 늘 나에게 술을 한잔 대접해 주었지. 그녀가 따라 주는 술을 마시는 게 요즘의 나의 유일한 기쁨이었네. 그런데 그날은 술을 얻어 마시지 못했네. 내게는 그것이 다른 어떤 질책보다도 혹독한 것일세."

"술 한 잔에 사람 목숨 하나라…… 너무 허망하군."

"어차피 강호의 일이란 게 알고 보면 모두 허망한 것일세. 천룡궤만 해도 그 안에 얽혀 있는 사연을 알게 된다면 누구라도 허망함을 느끼지 않을 수 없을 걸세."

"그 사연이라는 게 뭔가?"

"남녀 간의 치정(癡情)에 얽힌 재미없는 이야기지. 알고 싶은가?"

"말해 주게."

"오래전 이야기일세. 혹자는 한 갑자쯤 전이라고도 하고 또 다른 사람들은 백 년도 넘었다고 하지. 한 남자가 있었네. 그 사람에 대한 평도 엇갈리네. 누구는 자신의 것도 제대로 챙기지 못하는 희대의 바보라고 하기도 하고, 또 누구는 강호에서 좀처럼 보기 힘든 무학의 천재(天才)라고도 했네. 아무튼 그 사람에게는 부인이 한 명 있었는데, 부인과의 사이는 썩 좋은 편이 아니었네. 그 이유도 제각기였네. 그가 아무것도 모르는 바보라서 부인이 정이 떨어져 그렇다고도 하고, 그가 무학에만 미쳐 가정에 소홀했기 때문이라고도 했네."

"무척 알쏭달쏭한 사람이군."

"그런 셈이지. 그러던 어느 날 부인은 그 사람이 다른 여인과 사귀고 있다는 걸 알게 되었네. 부인 입장에서는 무척이나 속상하고 분통 터지는 일이었겠지. 머리끝까지 화가 치밀어 오른 부인은 그 사람이 애지중지하는 물건을 몰래 훔쳐 은밀한 곳에 숨기고 말았네."

"그 부인은 그 남자를 사랑했던 모양이로군."

"그런 것 같네. 그녀는 그 남자가 다른 여자를 사랑한다는 걸 알고 그 남자의 마음을 돌리기 위해 무진 애를 썼지만 결국 실패했네. 그래도 그 물건을 내놓지는 않았네. 오히려 더욱 꽁꽁 숨겨 놓았지. 그 물건을 자신이 가지고 있는 한 그 남자가 언젠가는 반드시 자신에게로 돌아오리라고 믿었던 걸세."

"그 남자는 돌아오지 않았겠군."

"자네 말대로일세. 남자는 떠나고 부인 혼자 남아서 오랜 세월 동안 피눈물을 쏟았겠지."

"그 물건이 천룡궤란 말인가?"

"그렇다네. 그 남자는 천룡처럼 뛰어난 인물이라 천룡객(天龍客)이라고 불렸고, 그 부인은 한번 결심한 일은 반드시 이룬다고 하여 단심자(丹心子)라고 한다더군."

진산월은 잠시 생각에 잠겼다가 고개를 갸웃거렸다.

"그런 명호는 들어 본 적이 없는데…… 자네 말처럼 천룡객이 엄청난 무학의 천재라면 어느 정도는 강호에 명성이 알려졌을 게 아닌가?"

"그래서 오래전 사람이라고 하지 않았나?"

"천룡객이 부인 몰래 사귀었다는 여자는?"

"봉황인(鳳凰人)이라고 한다네. 봉황처럼 아름다운 여인이었던 모양이네."

진산월의 눈이 번쩍 빛났다.

그가 봉황인이란 이름을 들은 건 이번이 두 번째였다. 서안의 이씨세가에서 이존휘가 그의 품에 안겨 죽어 가면서 처음으로 봉황인이란 이름을 언급했던 것이다. 그 이름을 이곳에서 다시 듣게 되리라고는 전혀 상상조차 못했다.

"그럼 천룡객은 새로 사귄 그 봉황인이란 여인과 어딘가로 떠나서 행복하게 잘 살았겠군."

"그렇지는 않았네. 천룡객은 비록 부인을 떠나 자신이 사랑하는 여자와 살았으나, 얼마 지나지 않아 그녀와도 헤어지고 말았지."

"그 이유는?"

"자세한 이유는 누구도 모른다네. 아무튼 그렇게 서로 사랑하던 세 사람은 뿔뿔이 헤어지고 말았지. 참 재미없고 허망한 이야기가 아닌가?"

"듣고 보니 그렇군. 그런데 그 천룡궤를 쾌의당에서 왜 그렇게 찾고 있단 말인가?"

"천룡객이 희대의 무공 천재라고 했지?"

"그렇다네."

"천룡객은 평소에 자신이 가장 아끼는 무공 비급을 천룡궤에 넣어 두었다고 하더군. 그 때문에 단심자는 자신이 천룡궤를 가지고 있으면 언제가 되었든 천룡객이 돌아올 거라고 믿고 있었던 것일세."

"그 무공 비급이 무엇이기에 쾌의당에서 이토록 어려운 수를 쓰면서까지 찾으려 한단 말인가?"

"정확한 건 나도 모르겠네. 다만 쾌의당주는 물론이고 칠대용왕 중 대부분이 천룡궤의 행방에 이목을 집중시키고 있다고 하니 자네는 앞으로 각별히 조심해야 할 걸세."

"자네는 더 이상 천룡궤를 노리지 않을 셈인가?"

손검당의 입가에 씁쓸한 미소가 떠올랐다.

"아무리 쾌의당과의 일이 중요하다고 해도 그 때문에 모처럼 사귄 친구를 배신할 수는 없지."

"그래도 괜찮겠나?"

"그녀는 이해해 줄 걸세."

"내가 본 그녀라면 그럴지도 모르겠군. 하지만 그녀의 사부가 자네를 눈감아 주겠나?"

손검당은 그 말에는 아무런 대꾸도 하지 않고 입을 굳게 다물었다. 한참 후에야 비로소 그는 빙긋 웃으며 어깨를 으쓱거렸다.

"그녀가 알아서 처리해 주겠지. 그녀의 사부는 그녀를 끔찍이 아끼니 말일세."

진산월은 손검당의 말과는 달리 일이 그리 수월하게 진행되지 않으리라고 생각했으나 그 점에 대해서는 더 이상 무어라고 말을 할 수가 없었다. 자꾸 그 문제를 들먹이는 것은 자칫 손검당을 모욕하는 일이 될지도 모르기 때문이었다. 그래서 진산월은 화제를 돌렸다.

"자네는 석가장으로는 돌아가지 않을 셈인가?"

손검당은 하얀 이를 드러내며 웃었다.

"내가 석가장 출신이란 것도 알고 있었군."

"주변에 마침 운이 좋게도 자네와 자네의 선친에 대해 알고 있는 사람이 있었네."

"아마 좋은 이야기는 듣지 못했을 텐데……."

"반대일세. 자네의 선친에 대한 인상적인 말을 들었네. 소문과는 전혀 다른 분이었다고 하더군."

손검당은 진산월의 말에 아무런 표정의 변화가 없었다. 하나 항상 미소가 떠올라 있던 그의 얼굴답지 않은 무거운 분위기가 감돌고 있었다. 말없이 허공을 응시하고 있는 그의 두 눈은 유달리 깊게 가라앉아 있었다.

진산월은 그의 상념을 깨고 싶지 않았는지 묵묵히 그를 지켜보고 있었다. 한참 후에야 손검당은 혼잣말처럼 나직하게 입을 열었다.

"아버님은 마음이 여린 분이셨지. 어려서부터 자신보다는 주위를 더 생각하셨다고 하더군. 그래서 석가장의 그 질식할 듯한 분위기에 제대로 적응하실 수 없었던 걸세."

진산월은 손검당의 부친인 석교가 석가장의 도선출재를 통과하지 못하고 오히려 형인 석곤을 질투하여 그를 암습하려다 실패하여 석가장에서 쫓겨났다고 들었다. 그런데 손검당이 말하는 속사정은 그와는 전혀 다른 것이었다.

"선친께선 애초부터 석가장의 가풍(家風)이 자신과 맞지 않음을 아시고 스스로 석가장을 나오려고 하셨네. 하지만 그녀는 그걸 용납하지 않았지. 석가장의 후손이 자신의 명을 거역하고 제 발로 석가장을 떠나는 것을 두고 볼 수 없었던 거야."

진산월은 묻지 않을 수 없었다.

"그녀라니 누굴 말하는 건가?"

"석가장의 마녀, 철혈홍안 말일세."

철혈홍안은 석가장주인 석곤의 할머니이니, 손검당에게는 증조할머니가 된다. 하나 그녀를 칭하는 손검당의 음성은 평소의 그답지 않게 냉랭하기 이를 데 없었다. 그 안에는 짐작하기 어려운 억눌린 원한과 분노가 담겨 있었다.

"그녀에게 세상 사람은 오직 두 부류만이 존재할 뿐이네. 이용 가치가 있는 자와 그렇지 못한 자. 이용 가치가 있는 자는 최대한 이용하고, 그렇지 못한 자는 설사 혈육이라 할지라도 가차 없이 내버리는 게 그녀의 습성일세."

"……!"

"그래서 그녀는 선친께 자신의 친형을 죽이려 했다는 누명을 씌우고 씻을 수 없는 모욕을 주어 내쫓았지. 그뿐만 아니라 선친이 어떤 일도 할 수 없도록 철저하게 방해했네. 심지어는 낙양 일대를 떠나지도 못하게 감시했지. 그러니 선친으로서는 그저 낙양의 후미진 뒷골목을 전전하며 날품팔이를 하는 수밖에 없었던 걸세."

"일이 그렇게 된 것이로군."

"선친께서는 돌아가실 때까지도 석가장과 거래하는 모든 상점을 이용하지 못하셨네. 몸에 병이 들어도 의원에게 보이지 못해 결국 한겨울에 별로 대단할 것도 없는 감기 몸살을 앓다가 돌아가셨지."

진산월은 무어라 위로의 말을 해야 할지 몰라 표정이 무거워졌다.

"석가장주는 그 정도로 모진 사람으로 보이지 않았는데 그런 일이 있었다니 의외일세."

손검당은 피식 웃었다.

"석 장주로서도 어쩔 수 없는 일이었을 걸세. 그는 그녀의 말이라면 꼼짝하지 못하니 말일세."

"석 장주를 원망하지 않나?"

"그 불쌍한 사람을 내가 왜?"

뜻밖의 말에 진산월은 입을 다물 수밖에 없었다. 손검당은 고소를 머금으며 입을 열었다.

"석가장의 실권은 오직 한 사람만이 가지고 있네. 그 외의 다른 사람들은 모두 그녀에게는 부속물이며 소모품일 뿐일세. 설사 석가장의 장주라고 해도 말일세."

"석 장주는 그녀의 친손자가 아닌가?"

"그녀는 친아들조차도 자신의 필요에 따라 얼마든지 버릴 수 있는 사람일세. 손자라면 더 말할 나위도 없지."

"그게 정말인가?"

"전대의 석가장주는 석담(石潭)이란 분이셨네. 그분께는 석호(石湖)라는 형님이 한 분 계셨지. 정상적이라면 석호라는 분이 장주가 되어야 했으나, 장주의 지위는 동생인 석담에게 돌아갔네. 그녀의 지시에 의해서 말이지. 그 이유가 무언지 아나?"

손검당의 얼굴에는 미소가 떠올라 있으나 그것은 그 어떤 쓴웃음보다도 착잡한 것이었다.

"석호는 무공에 재질이 있었네. 반면에 석담은 그런 재질이 없었지. 단지 그 차이일 뿐일세."

"무공에 재질이 있는 것과 석가장의 장주가 되지 못하는 것이 무슨 관련이 있는지 모르겠군."

손검당의 눈이 번쩍 빛났다.

"관련이 있지. 그녀로서는 아주 큰 관련이 있네. 그녀의 남편인 석동이 바로 무공에 미쳐서 집을 나갔거든. 그 후로 그녀는 조금이라도 무공에 소질이 있거나 관심을 보이는 자는 결코 장주의 자리에 앉히지 않네. 현재의 석가장주도 무공은 전혀 알지 못할걸."

진산월은 무심결에 고개를 끄덕였다. 확실히 자신이 만났던 석곤은 무공과는 담을 쌓은 평범한 노인일 뿐이었다. 진산월은 철혈홍안 같은 여자를 아내로 두었다가 석가장을 등진 석동의 심정은 어떠한 것일지 생각에 잠겼다가 문득 표정이 약간 변했다.

철혈홍안의 남편인 석동은 백모란이란 미녀에게 빠져 부인과 가정을 팽개치는 바람에 한때 석가장을 존폐의 위기에 몰아넣었던 사람이었다. 결국 철혈홍안이 그를 대신해 석가장의 전면에 나서서 석가장을 화려하게 부활시킨 후 석동과 백모란의 모습은 더 이상 강호에서 보이지 않았다. 그런데 그들의 사연이 조금 전에 손검당에게서 들은 천룡객과 단심자의 사연과 너무도 흡사하지 않은가?

"혹시 자네가 말했던 천룡객과 단심자가 바로 석동과 철혈홍안 부부를 가리키는 것이 아닌가?"

손검당은 이제 알았느냐는 듯 히죽 웃었다.

"당연한 일 아니겠는가? 그렇지 않았다면 천룡궤가 왜 석가장에 있었겠는가?"

"내가 듣기로는 석동은 백모란이라는 당시의 천하제일 미녀에게 빠져 그녀를 버렸다고 했는데……."

"석동이 백모란과 연인 사이였던 건 사실일세. 하지만 백모란과 사귀기 전에 이미 석동은 철혈홍안과 사이가 벌어져 있었네. 그 이유는 그가 바로 희대의 무공광(武功狂)이었기 때문이지."

"무공에 빠져 아내를 버렸단 말인가?"

"아내뿐 아니라 가업마저 등지는 바람에 석가장이 무너질 뻔했지. 석동은 석가장이 아닌 무가에서 태어났어야 옳았을 인물이었네."

"그분은 자네의 증조부가 아닌가?"

"얼굴도 본 적이 없는 백 년 전 사람이어서인지 증조부라는 게 실감이 나지 않을뿐더러 그에 대해서는 별로 좋은 감정도 없네."

석가장에서 쫓겨났을 뿐 아니라 그 때문에 부친이 비참하게 죽은 걸 생각하면 손검당의 심정도 이해가 되지 않는 것은 아니었다. 석가장이 혈육에게조차 가혹한 가풍을 가지게 된 것도 근본 원인을 찾아 올라가면 석동에게서 비롯된 것이기 때문이다.

석동이 철혈홍안을 버리지만 않았다면 철혈홍안이 그토록 혹독하게 가문을 운영하지 않았을 것이다.

아니면, 그것과는 상관없이 일은 원래 이렇게 진행될 수밖에 없었던 것이었을까? 철혈홍안의 성정으로 보아 석동이 그녀에게

제201장 고궤고사(古櫃故事)

소홀하지 않았더라도 별 상관이 없었을지 모르는 일이다.

　진산월은 잠시 이런저런 생각에 잠겼다가 혼잣말처럼 중얼거리듯 입을 열었다.

　"철혈홍안이 그렇게 오랫동안 천룡궤를 보관하고 있었다는 건 그만큼 남편에 대한 애증이 깊었다는 뜻이겠지. 그런데 왜 갑자기 마음이 변해서 그토록 꽁꽁 숨겨 놓았던 천룡궤를 밖으로 내놓았는지 모르겠군."

　"그녀의 속마음을 누가 알 수 있겠나? 다만 그 안에 그녀로서도 어쩔 수 없는 곡절이 있다고만 짐작할 뿐이지."

　"그렇게 귀중한 비급이 담긴 물건을 하필이면 내게 맡겼다는 것이 갑자기 부담스러워지는군. 그녀는 내가 천룡궤를 열고 그 비급을 읽어 볼 것이 걱정되지도 않았을까?"

　손검당의 얼굴에 한 줄기 야릇한 미소가 떠올랐다.

　"그건 아무리 자네라고 해도 힘들 걸세."

　"천룡궤가 쉽게 열리지 않는 물건이라는 건 나도 알고 있네."

　"그 정도가 아닐세. 천룡궤는 오직 한 가지 물건으로만 열 수 있네. 그렇지 않고 강제로 힘을 주어 열려고 한다면 안에 있는 물건이 파괴되어 버리는 장치가 되어 있지."

　"어쩐지 범상치 않아 보인다 했지. 그랬기에 그녀는 별걱정 없이 그것을 나에게 맡긴 것이로군."

　"천룡객은 천룡궤를 열 수 있는 그 열쇠를 자신의 연인에게 선물했는데, 그녀는 그것을 비녀처럼 머리에 꽂고 다녔다고 하네. 그래서 나중에는 봉황인의 신물(信物)처럼 되어 버렸지."

"그것이 무엇인가?"

손검당은 잠시 침묵하다가 조용한 음성으로 말했다.

"봉황금시."

진산월은 좀처럼 쉽게 놀라거나 흥분하는 사람이 아니었으나, 지금은 내심 경악을 금할 수 없었다.

"봉황금시? 그건 천봉궁의 신물이라고 알고 있는데?"

"바로 그렇다네. 봉황인 백모란이 바로 천봉궁을 세운 창립자일세."

진산월은 일시지간 머릿속으로 너무나 많은 생각이 떠올라 오히려 어리둥절해졌다.

봉황금시는 사 년 전에 진산월을 비롯한 종남파 고수들을 곤경에 빠트린 물건이었다. 그것으로 인해 진산월은 동중산을 알게 되었고, 많은 고수들의 습격을 받아야만 했다. 결국 진산월은 동중산에게서 봉황금시를 회수하여 원래의 주인인 천봉궁의 소궁주인 단봉 공주에게 돌려주었고, 그녀는 그것을 다시 모용봉에게 전해 주었다.

그런데 그 봉황금시가 사실은 봉황인 백모란의 것이며, 천룡궤를 열 수 있는 유일한 열쇠라고 하니 참으로 공교롭다는 생각이 들었다. 사 년 전에 자신은 어디에 쓰는지도 모르고 열쇠를 가지고 있었고, 지금은 그 열쇠로 열 수 있는 물건을 가지고 있다. 두 번 모두 자신의 의도와는 상관없이 반강제적으로 떠안게 된 것이며, 그 때문에 불의의 암습에 시달리게 되었다.

단순히 우연이라고 하기에는 너무 기이한 일이어서 진산월은 무언지 모를 운명의 그림자 같은 것을 느꼈다.

　석동의 연인이며 한때 강호제일의 미녀로 알려진 백모란이 천봉궁을 세웠다는 것도 예상치 못한 일이었다. 대체 백모란은 석동과 헤어져 어떤 삶을 살았던 것일까? 그녀와 철혈홍안과의 사이에 얽힌 치정의 진실은 무엇일까? 그리고 철혈홍안과 백모란 같은 당대 제일의 미녀들이 사랑했다는 석동은 과연 어떠한 인물이었을까?

　여러 가지 숱한 의문과 복잡한 감정들이 진산월의 머릿속을 이리저리 흔들다가 사라져 갔다. 진산월은 사 년 전의 그때처럼 이번에도 천룡궤를 무사히 원래의 주인에게 돌려줄 수 있게 되기를 기원했지만 그의 소망대로 일이 진행될지는 전혀 알 수 없었다.

　손검당은 한참 동안을 진산월과 이런저런 이야기를 나누다가 해가 뉘엿뉘엿 기울어 갈 무렵에야 훌쩍 자리에서 일어나 간다는 말도 없이 떠나가 버렸다. 진산월은 멀어져 가는 그의 뒷모습을 말없이 지켜보고만 있었다.

　서로 간에 작별 인사도 한마디 없었고 언제 다시 만날지 기약도 없는 이별이었으나, 두 사람은 아무도 그런 것에 신경 쓰지 않은 듯 담담하게 헤어졌다.

　노을 속으로 사라지는 손검당의 뒷모습을 바라보는 사람은 진산월 외에도 두 명이 더 있었다. 그들은 정자 밖을 지키고 있던 동중산과 낙일방이었다.

　낙일방은 한동안 손검당의 뒷모습을 쳐다보다가 중얼거렸다.

"나는 장문 사형이 왜 그를 친구로 삼게 되었는지 알 수 있을 것 같군요."

동중산은 의아한 듯 물었다.

"왜 그렇지요?"

"동 사질은 그가 누군가를 닮았다고 생각지 않아요?"

동중산은 잠시 생각에 잠기더니 이내 고개를 끄덕였다.

"그렇군요. 그는 이존휘와 많이 닮았군요."

"그래요. 언뜻 보면 전혀 달라 보이지만 눈과 콧등이 아주 흡사해요. 장문 사형은 그래서 그가 마음에 들었던 모양이에요."

"그런 것 같군요. 저는 오래전부터 궁금했는데, 장문인께서 왜 이존휘 같은 인물을 친구로 생각했을까요? 두 사람은 살아온 환경부터 성격까지 비슷한 점이 별로 없었는데 말입니다."

낙일방은 세상을 붉게 물들여 가는 석양을 바라보고 있다가 조용한 음성으로 입을 열었다.

"그건 말이죠. 가끔은 아무 이유도 없이 친근감을 느끼게 되는 사람도 있는 법이니까요."

그 말을 할 때의 석양에 붉게 물든 그의 얼굴은 세상의 모든 여인들을 취하게 할 만큼 수려한 것이었다. 그리고 그때 낙일방의 뇌리에는 문득 얼마 전에 보았던 사인기의 얼굴이 떠오르는 것이었다.

제 202 장
삼파비무(三派比武)

제202장 삼파비무(三派比武)

낙양을 떠나 소림사로 가는 길은 의외로 평탄했다. 쾌의당의 습격도 없었고, 다른 사소한 시비도 벌어지지 않았다. 종남산을 나온 후 크고 작은 여러 가지 사건에 시달려 왔던 진산월 일행으로서는 모처럼 맞는 한가로운 여행길이었다.

모두들 이런 평온이 가급적 오래 지속되기를 바랐다. 하지만 어디에나 예외는 있는 법이다.

"이거 너무 심심한데요. 왜 이쪽 지방은 그 흔한 산적 떼 하나 안 보이는 건지……."

제법 깊은 산자락을 지나고 있을 때, 주위를 둘러보던 손풍이 하품을 하며 투덜거리자 전흠의 얼굴에 험악한 빛이 떠올랐다.

"그걸 지금 말이라고 하는 거냐?"

손풍은 전흠의 사나운 기세에 찔끔하면서도 하고 싶은 말은 모두 내뱉었다.

"원래 여행이란 이런저런 일로 시달리면서 고생을 해야 제맛을 느낄 수 있는 법입니다. 그렇지 않습니까, 동 사형?"

전흠이 금시라도 주먹을 날릴 듯하자 손풍은 재빨리 동중산에게 말을 건넸다. 동중산은 어이가 없는지 피식 웃으면서도 그의 말을 받아 주었다.

"아주 틀린 말은 아니지만, 그것도 적당해야 하는 법일세. 사실 종남산을 나온 후 우리는 너무 많은 사건들을 만났네."

손풍은 손가락으로 헤아려 보았다.

"위남에서 흑갈방인지 뭔지 하는 놈들에게 습격당한 거 한 번…… 향화촌에서 밤중에 쳐들어온 이상한 놈들이 두 번째…… 그 외에는 뭐 특별한 일이 없었지 않았습니까? 낙양에서는 며칠 대접 잘 받고 푹 쉬었을 뿐이고……."

그 두 번 모두 죽을 뻔한 고비를 넘겼으면서도 손풍은 기억도 나지 않는지 넉살 좋게 주워섬겼다. 동중산은 그동안의 흉험함을 누구보다도 잘 알고 있었지만 철딱서니 없는 손풍의 말에 그저 빙긋 웃을 뿐이었다.

오히려 낙일방이 평소의 그답지 않게 엄격한 눈으로 손풍을 쏘아보았다.

"손 사질. 모든 화(禍)는 사람의 입에서 나오는 법이다. 잘 알지도 못하면서 함부로 말을 내뱉지 마라."

손풍은 무심코 그에게로 고개를 돌리며 무어라고 대꾸하려다 준수한 낙일방의 얼굴이 딱딱하게 굳어 있는 것을 보고는 찔끔하여 입을 다물어 버렸다. 평소에는 온순한 귀공자 같았던 낙일방이 노기를 띠니 오히려 사나운 전흠보다도 더 무서워 보였던 것이다.

그 바람에 장내의 분위기가 갑작스레 가라앉았으나, 아무도 그 때문에 낙일방에게 불만을 느끼는 사람이 없었다. 오히려 뇌일봉은 어깨를 들썩이며 흥겨운 웃음을 터뜨렸다.

"허허…… 말 한번 잘했다. 예전에는 정말 풋내가 폴폴 나는 애송이였는데 이제는 제법 강호인 냄새가 물씬 풍기는구나. 저 손가 녀석은 너무 경망스러워서 그렇지 않아도 노부가 한마디 하려 했다."

손풍은 입이 앞으로 나왔으나 아무 말도 하지 않았다. 여기서 말 한마디 잘못했다가는 정말 호된 꼴을 당할지 모른다는 강력한 예감이 들었던 것이다.

낙일방은 뇌일봉을 향해 공손하게 머리를 조아렸다.

"뇌 숙부께서 계신데 제가 너무 경솔하게 나섰군요. 아무래도 이번 소림사행 때문에 제가 조금 예민해진 것 같습니다."

"소림사라면 무림의 태산북두(泰山北斗)로 누구나가 선망하는 곳이 아니더냐? 설마 그곳에 간다고 무슨 험악한 일이라도 생기겠느냐?"

낙일방의 얼굴에 쓸쓸한 미소가 떠올랐다.

"사 년 전에도 그런 희망에 부풀어 소림사를 찾아갔었지만 좋은 꼴은 보지 못했습니다."

"그때와 지금은 여러 면에서 사정이 다르지 않느냐? 더구나 소림사의 장문인이 정식으로 초청한 것인데 별다른 일이야 있겠느냐?"

"물론 당시와 같은 푸대접을 받지는 않겠지요. 하지만 왠지 이번 여정도 그리 쉽지만은 않을 것 같다는 예감이 들어 마음이 썩 편치 않습니다."

뇌일봉이 옆에서 걷고 있는 진산월을 돌아보았다.

"네 생각은 어떠냐?"

진산월은 시선을 앞으로 고정한 채 담담한 음성으로 입을 열었다.

"제 예상도 일방과 같습니다. 소림사 장문인이 친분도 없는 저를 초대했다는 것 자체가 무언가 심상치 않은 일이 있음을 증명하는 것입니다. 이번에 소림사를 지나 구궁보까지 가는 여정은 지금까지보다 몇 배나 더 흉험할지 모릅니다. 마음의 준비를 단단히 하지 않으면 정말 힘한 고초를 겪게 될 것입니다."

진산월의 말은 뇌일봉에게 했지만 그 대상은 손풍을 비롯한 종남파의 일행들임을 모두들 어렵지 않게 짐작할 수 있었다.

뇌일봉은 생각이 깊고 침착한 진산월마저 앞으로의 여정이 힘들 것임을 예상하자 절로 마음이 무거워졌다. 종남산에서 낙양까지 오는 동안에 이들이 겪은 일을 들어서 알고 있는 뇌일봉으로서는 그보다 몇 배나 더 험할지 모른다는 진산월의 말이 결코 빈말이 아님을 충분히 짐작할 수 있기 때문이었다.

'하아…… 소림사의 대방 장문인은 공정하고 현명하기로 이름난 인물이니, 그가 산월을 보자고 한 것이 종남파에 해를 끼치기 위한 일일 리는 없겠지.'

뇌일봉은 억지로 희망 섞인 기대를 하며 침울해지려는 마음을 바로잡았다.

* * *

삼 년 육 개월 만에 다시 본 소림사의 산문은 예전과 달라진 것이 없었다.

하나 산문 앞의 풍광은 당시와 판이했다. 그때는 문 앞으로 수많은 사람들이 늘어서 있었으며 산문이 활짝 열려 손님들을 맞이했는데, 지금은 절반쯤 닫힌 산문 앞에 네 명의 승인들이 서서 출입을 통제하고 있었다.

진산월 일행이 다가가자 그들 중 가장 나이가 많은 삼십 대 중반의 승인이 반장을 하며 불호를 외웠다.

"아미타불. 본 사에는 무슨 일로 오셨습니까?"

동중산이 앞으로 나와서 미리 꺼내 들고 있던 배첩을 내밀었다.

"종남파의 장문인께서 소림사 주지 스님의 초대를 받고 오셨습니다. 안내를 부탁드립니다."

종남파의 장문인이란 말에 승인의 시선이 일행을 재빨리 훑다가 진산월을 발견하고는 이내 조금 전보다 한결 정중하게 인사를 했다.

"아미타불. 소승은 정원(丁圓)이라 하옵니다. 진 장문인의 고명은 익히 들었습니다. 본 사에 오신 것을 진심으로 환영합니다."

제202장 삼파비무(三派比武)

정자배라면 소림사의 이 대 제자 신분으로, 산문을 지키고 있기에는 지나치게 높은 지위였다.

진산월은 가볍게 포권을 했다.

"만나게 되어 반갑소. 귀사의 방장께서는 안녕하시오?"

"예. 장문인께서 오시기를 기다리고 계셨습니다. 며칠 안으로 오시리라 생각하여 저를 비롯한 이 대 제자 몇 사람이 돌아가며 산문을 지키고 있었습니다."

"그렇구려. 환대에 감사드리오."

정원은 배첩을 받아 들고는 산문 앞에 있던 세 명의 승려 중 한 명을 불러 배첩을 안으로 통보하게 했다. 이어 간단하게 진산월 일행과 소개를 마친 후 그는 자신이 직접 진산월을 안내했다.

"소승을 따라오십시오."

진산월 일행은 정원을 따라 소림사 경내로 들어섰다. 소림사 안은 고요한 정적 속에 잠겨 있었다. 가끔씩 지나가는 승려들의 모습만 눈에 뜨일 뿐 산사(山寺) 특유의 적막감만이 감돌고 있을 뿐이었다.

뇌일봉이 주위를 둘러보다 굵직한 음성을 내뱉었다.

"평소보다 향화객들의 모습이 거의 보이지 않는데, 사내에 무슨 일이라도 있는 건가?"

정원이 차분하게 대답했다.

"특별한 일이 있는 것은 아니고, 본 사에 귀빈이 오셔서 장문인께서 당분간 향화객들을 경내로 들이지 말라고 지시하신 것입니다."

"귀빈이라…… 어느 고인이신지 알 수 있겠나?"

정원은 조용하게 웃었다.

"잠시 후면 직접 만나실 수 있을 테니 조금만 기다려 주십시오."

뇌일봉은 고개를 갸웃거렸다.

"소림사에 온 귀빈이라면서 우리를 만나려고 기다리고 있단 말인가?"

"엄밀히 말씀드리면 그분들은 본 사에 용무가 있어서 오신 것이 아니라 귀 파 때문에 오신 것입니다."

묵묵히 그의 말을 듣고 있던 진산월이 불쑥 물었다.

"그렇다면 그들은 우리가 이곳으로 올 줄 알고 우리를 만나기 위해 미리 와서 기다리고 있었다는 말씀이오?"

정원은 부인하지 않았다.

"진 장문인의 말씀이 맞습니다."

진산월은 그들이 누구인지 궁금했으나 굳이 묻지 않았다. 정원의 말대로 잠시 후에 직접 만나 보면 자연스레 알게 될 일이었다.

정원은 우선 그들을 지객당(知客堂)으로 안내했다. 그곳에서 다른 일행은 여장을 풀었고, 진산월만이 따로 정원을 따라 소림사의 방장실로 이동했다. 동중산과 낙일방을 비롯한 종남파의 일행들은 모두 아쉬움을 느꼈으나, 지객당에서 진산월을 기다리는 수밖에 없었다. 대방 선사가 만나고자 하는 사람은 진산월 한 사람뿐이었기에 그들로서는 함부로 몸을 움직일 수가 없었던 것이다.

심지어는 강호에서의 명성이 상당한 뇌일봉도 낙일방 등과 함

제202장 삼파비무(三派比武) 111

께 지객당에 머무를 수밖에 없었다. 그만큼 소림사의 방장은 외인(外人)들로서는 쉽게 만나기 어려운 자리의 인물이었다.

　소림사의 방장실은 그다지 크지 않았다. 아니, 무림에서의 명성을 생각해 본다면 지나치게 단출하고 허술했다. 오히려 방장실을 에워싸고 있는 팔대호원(八大護院)의 여덟 개 전각들이 더 크고 웅장해 보였다.
　하나 진산월은 그 점을 별로 이상하게 생각하지 않았다.
　거처란 외관이 중요한 것이 아니라 누가 머무느냐에 따라 그 가치가 결정되는 것이다.
　원래 방장(方丈)이란 말 자체도 사방으로 한 장(丈) 크기의 방을 뜻하는 것으로, 고승들은 이 정도의 공간이면 자신의 거처로 충분하다고 생각했다. 그것이 세월이 흐르면서 나중에는 방이 아니라 그 방에 거주하는 고승이나 주지를 지칭하는 말로 바뀌게 된 것이다.
　소림사의 주지들은 대대로 이런 허름한 방장실을 기꺼이 자신의 거처로 삼았고, 이곳에서 불심(佛心)을 닦으며 소림사를 이끌어 왔다. 나중에 주지의 경호를 위해서 팔대호원이 주위에 들어서기는 했으나, 지금도 방장실은 소림사의 산문에서 그리 멀지 않은 곳에 위치해 있어 외부에서의 접근이 용이한 편이었다.
　진산월은 팔대호원을 지나는 동안 어떠한 제재도 받지 않았다. 하나 진산월은 팔대호원의 구석구석에 적지 않은 고수들이 숨어 있음을 알 수 있었다. 겉으로 보이는 평온함과는 달리 팔대호원은 허락받지 않은 자에게는 세상에서 가장 험악하고 살벌한 곳이었다.

"종남파의 진 장문인께서 오셨습니다."

정원이 방장실 앞에서 보고를 올리자 안에서 나직하면서도 중후한 음성이 들려왔다.

"안으로 뫼시어라."

진산월이 소림사의 방장실로 들어서자 넓지 않은 공간에 작은 탁자를 사이에 두고 한 명의 승려와 한 명의 중년인이 앉아 있었다.

승려는 사십 대 후반으로 보였는데, 앉아 있음에도 상당히 커다란 체구에 부리부리한 호목(虎目)을 지니고 있어 당당함을 느끼게 했다. 전체적인 이목구비가 시원시원해 보였는데, 의외로 눈빛은 맑고 깨끗해서 좀처럼 경동하지 않는 침착한 성격의 소유자임을 알 수 있었다.

다른 한 명의 중년인은 하늘색 유삼(儒衫)을 걸친 삼십 대 중반의 수려한 용모를 지닌 미남자였다. 체구는 그리 크지 않았으나, 넓은 어깨에 유달리 팔이 길었고 앉아 있는 태도가 바르고 곧아서 헌앙한 기상을 느낄 수 있었다.

두 사람은 자리에서 일어나 진산월을 맞이했다.

"아미타불. 어서 오십시오, 진 장문인. 빈승이 대방이외다."

중년 승려가 당당한 체구만큼이나 굵직하고 힘 있는 음성으로 자신을 소개하자 진산월 또한 정중하게 포권을 했다.

"종남의 진산월입니다."

대방 선사의 첫인상은 당당함이었다. 아무리 험악한 일이 닥쳐도 꿈쩍도 하지 않을 강철 같은 강인함이 느껴졌다. 그럼에도 거부감이 크게 일지 않는 것은 아마도 차분하게 가라앉아 있는 눈빛 때문일 것이다.

대방 선사 또한 호기심과 흥미가 어린 눈으로 진산월을 찬찬히 살펴보고 있었다. 그러다 이내 맞은편에 서 있는 하늘색 유삼의 중년인을 소개해 주었다.

"진 장문인께 강호의 명숙(名宿) 한 분을 소개해 드리겠소. 이분은 점창파의 장로이신 신응검협 조빙심 대협이시오."

진산월의 시선이 하늘색 유삼의 중년인에게로 향했다. 진산월과 시선이 마주치자 중년인은 빙긋 웃으며 인사를 했다.

"반갑소. 강호를 진동하는 진 장문인의 소문을 듣고 언제고 만나게 되기를 학수고대하고 있었소."

맑은 물이 흐르는 듯한 차갑고 깨끗한 음성이었다. 허리를 쭉 편 채 고고한 학처럼 꼿꼿하게 서 있는 모습과 너무도 잘 어울리는 음성이었다.

진산월은 자신을 찾아온 소림사의 귀빈이 점창파의 젊은 장로이며 당금 천하에서 열 손가락 안에 꼽히는 신법의 대가인 조빙심임을 알게 되자 오히려 마음이 가벼워졌다. 낙양에서 비무를 벌인 일로 조만간에 점창파의 고수들과 부딪히게 될 것이라고 각오하고 있었기 때문이다. 그런 점에서 본다면 다른 곳도 아니고 소림사 내에서 그들을 만난 것은 사태를 악화시키지 않고 일을 깨끗하게 마무리 지을 수 있는 좋은 기회가 될 것이다.

세 사람이 의자에 앉자 곧 밖에서 사미승 한 명이 차를 가지고 들어왔다. 사미승이 차를 따르고 물러날 때까지 그들은 말없이 서로를 응시하고 있었다.

주위가 조용해지자 대방 선사가 얼굴에 미소를 띠며 두툼한 입술을 열었다.

"먼저 진 장문인께서 빈승의 초대에 기꺼이 응해서 먼 길을 와주신 것에 감사를 드리오."

"별말씀을. 어차피 낙양에서 안휘성 쪽으로 가야 하는지라 이쪽 방향으로 지나가는 길이었습니다."

"허허…… 그렇구려. 때마침 조 대협이 진 장문인을 뵙기 위해 일부러 본 사를 방문하셨소. 덕분에 강호에 명성이 자자한 두 분을 한 자리에서 보게 되었으니 오늘 빈승은 크게 안계를 넓히게 되었구려."

조빙심이 대방 선사의 말을 받아 진산월을 향해 말문을 열었다.

"강호에서 검을 차고 있는 검객이라면 일검에 구름을 일으킨다는 일검운해(一劍雲海)의 전설을 듣고 가슴이 설레지 않은 자가 없었을 것이오. 나도 또한 진 장문인과 매장원의 결전을 소문으로 듣고 그날 밤을 뜬눈으로 지새웠소."

"나야말로 오래전부터 조 대협의 신화적인 행보에 갈채를 보내고 있었소. 오늘 이렇게 조 대협을 직접 보게 되니 종남산을 내려온 보람이 느껴지는군요."

조빙심은 풍기는 인상만큼이나 날카로우면서도 꼬장꼬장한 성격의 소유자였다. 또한 자신의 문파에 대한 자긍심이 다른 누구보다도 강했다. 그래서인지 그는 진산월과의 가벼운 인사가 끝나자 바로 자신의 용건을 이야기했다.

"일전에 본 파의 제자들이 진 장문인을 만난 자리에서 자신들의 지위를 망각하고 먼저 친선 비무를 제의했다고 들었소. 제자들이 젊은 혈기에 일파의 존주에게 지나친 무례를 저지른 것 같아 내심 놀라고 당황했었소."

"낙양에서 만난 귀 파의 제자들은 정말 앞날이 기대되는 뛰어난 인재들이었소. 조 대협께서는 그들이 혹시 본 파에 무례라도 저지르지 않았나 걱정하시는 모양인데, 그런 일은 없었소."

조빙심의 칼날같이 예리한 눈빛이 진산월의 얼굴에 고정되었다. 진산월의 의중을 탐색하려는 의도였으나 진산월의 표정은 조금도 변함이 없었다.

"본 파의 제자들이 실례를 범하지 않았다니 다행이오. 그 녀석들에게 듣자니 진 장문인의 사제 두 사람의 실력이 정말 대단했던 모양이오. 그들은 강호의 유구한 명문 정파였던 종남파의 저력을 느낄 수 있었다고 하오."

"나야말로 점창파 무공의 다채로움과 심오함에 새삼 감탄을 금치 못했소."

조빙심의 음성이 한층 더 진지해졌다.

"사실 강호에서 명문 정파의 제자들이 서로 실력을 견주어 볼 수 있는 기회란 그리 많지 않소. 게다가 본 파의 제자들은 강호에서 행도(行道)하는 경우가 드물어서 그런 기회를 거의 갖지 못했는데, 이번에 명문 정파의 힘이 어떤 것인지를 직접 경험하고 자신들의 모자람을 잘 알게 되었으니 정말 운이 좋은 일이 아닐 수 없소."

조빙심이 자꾸 낙양에서의 비무에 어떤 의미를 부여하려는 데 비해 진산월은 그 일을 대수롭지 않은 일로 보이도록 노력했다.

"그냥 단순히 자신이 익힌 무공을 선보이는 자리였을 뿐이오. 승패를 가르거나 누가 우위에 섰는지를 판단하는 일은 없었소."

"나도 단순히 두 번의 비무로 그런 일이 발생하리라고는 생각지 않소. 그런데 강호의 인심이란 것이 워낙 이상해서 남들은 그렇게 보지 않는 것 같소."

"남들이 무어라고 하든 진실은 그렇지 않다는 걸 조 대협도 알고 있지 않소?"

"물론 나는 진 장문인의 말씀을 전적으로 믿고 있소. 하지만 그래서 더욱 이번 일이 중요하다고 생각하오. 본 파의 제자들이 몇 년 만에 처음으로 타 파의 제자를 만나서 사심 없이 서로의 실력을 겨루어 볼 기회였으니 말이오."

진산월은 조빙심의 날카로운 눈을 피하지 않고 마주 보았다.

"조 대협께선 내가 어떻게 해 주기를 바라시오?"

조빙심의 탈속한 듯한 고고한 얼굴에 한 줄기의 난감한 빛이 떠올랐다. 진산월이 대놓고 정면으로 물어보자 막상 대답하기가 어려웠던 모양이었다. 하나 이내 그는 결심을 굳힌 듯 입을 열었다.

"나는 진 장문인께서 본 파의 다른 제자들에게도 그 기회를 주셨으면 하오."

일을 자꾸 확대시키려는 듯한 조빙심의 말에 진산월은 내심 탐탁지가 않았다.

그가 듣기로는 조빙심은 성격이 날카롭고 예민하기는 했으나 사리가 분명하고 일의 진퇴가 명확해서 무척이나 깔끔한 사람이라고 했다. 젊은 나이에 거대 문파의 장로가 되었으면서도 명성이나 지위로 남을 억누르려고 하지도 않았고 무리하게 일을 진행하여 소란을 일으킨 적도 없다고 했다. 그런데 오늘은 이상하리만치 집요하게 낙양에서의 비무를 걸고넘어지는 듯한 느낌을 받았다.

진산월이 말없이 자신의 얼굴을 바라보고 있자 조빙심도 더 이상은 무어라고 입을 열지 않았다. 강호에 알려진 그에 대한 소문이 사실이라면 지금 조빙심은 사태가 이렇게 진행되는 것에 대해 스스로 불만을 가지고 있을지도 모른다. 그러자 문득 진산월은 조빙심이 자신을 찾아온 것이 혼자만의 판단이나 결정이 아닐 수도 있다는 생각이 들었다.

두 사람이 말없이 각기 다른 상념에 잠겨 있자 대방 선사가 빙긋 웃으며 굵직한 음성으로 입을 열었다.

"두 분의 이야기를 들으니 빈승도 절로 흥미가 동하는군요. 본사의 제자들도 그런 좋은 경험을 공유할 수 있었으면 좋겠습니다만, 두 분 의향은 어떠신지?"

뜻밖의 말에 진산월은 물론이고 조빙심의 얼굴에도 당혹스러운 표정이 스치고 지나갔다.

"방장의 말씀은 무슨 뜻입니까?"

"허허…… 조 대협이 말씀한 대로요. 아무런 후유증을 걱정하지 않고 다른 문파의 제자들과 정당히 실력을 겨룰 수 있는 기회란 결코 흔하지 않소. 본 사의 제자들도 그런 기회가 있다면 기꺼이 동참하려 할 거요."

조빙심은 대방 선사의 의중을 파악하려는 듯 한동안 눈을 반짝인 채 그를 응시하더니 이내 씁쓸하게 웃었다.

"그건 제가 결정할 일이 아닌 듯하군요."

두 사람의 시선이 자연스레 진산월에게로 향했다.

'어째 일이 점점 더 커지는 것 같구나.'

진산월은 고소를 금치 못하면서도 대방 선사의 제의가 그리 나쁜 것만은 아니라고 판단했다.

그가 조빙심의 비무 제안이 내키지 않았던 것은 비무 결과에 상관없이 자칫하면 점창파와 대립 관계가 될 것을 염려했기 때문이었다. 이제 겨우 강호에 새롭게 모습을 드러내려는 종남파 입장에서 구대문파에 속한 점창파와 뚜렷한 이유도 없이 척을 지게 된다는 것은 결코 바람직한 일이 아니었다. 이미 쾌의당과 흑갈방 등의 적이 만들어진 상황에서 자칫 명문 정파들과도 적대시하는 사이가 된다면 문파의 명성을 드높이고 구대문파의 지위를 되찾으려는 종남파로서는 일도 시작해 보기 전에 고립무원의 신세가 될지도 모른다.

그런데 양자비무가 아닌 소림사가 개입된 비무라면 상황이 다르다. 삼자 간의 비무라면 어느 특정 문파와 대립 관계에 빠질 가능성도 희박했고, 쓸데없는 경쟁심으로 비무가 격렬해지는 것을 제어하기도 수월했다.

무엇보다 강호의 최고 문파 중 하나인 소림사의 실력을 알아볼 수 있는 절호의 기회가 아니겠는가? 더구나 대방 선사가 자신의 입으로 후유증 없는 공평한 비무를 거론했으니 이런 상황이라면 오히려 자신이 나서서 부탁을 해도 시원치 않을 것이다.

진산월은 잠시 생각해 보다가 이내 마음을 결정하고는 흔쾌히 고개를 끄덕였다.

"방장께서 그렇게까지 말씀해 주시니 용기가 나는군요. 삼 파가 어울릴 수 있는 자리를 마련해 보도록 하겠습니다."

"허허…… 고맙소. 사실 말이 나왔으니 하는 말인데, 본 사에서도 진 장문인과 종남파의 고수들에게 관심을 가지고 있는 제자들이 많이 있소. 이번 기회에 서로의 실력을 비교하면서 친분을 쌓는다면 앞으로 세 문파 사이의 관계 진전에도 큰 도움이 될 거요."

조빙심도 대방 선사의 제안이 그리 나쁘지 않다고 생각했는지 표정이 한결 밝아졌다.

"정말 좋은 일입니다. 저도 종남파의 무공을 눈앞에서 직접 볼 수 있다고 생각하니 벌써부터 기대가 되는군요. 방장께서는 어떤 식으로 비무를 진행할지 염두에 두신 게 있습니까?"

"거창하게 할 필요 있겠소? 어차피 젊은 제자들의 솜씨를 보는 자리이니 각파에서 두 명씩 나와서 번갈아 가며 겨루면 되지 않겠소?"

조빙심은 잠시 생각하다가 신중한 음성으로 입을 열었다.

"두 명으로는 제대로 실력을 발휘하기가 어렵지 않겠습니까? 마침 이번에 저를 따라 소림사로 온 제자가 모두 다섯 명이니 본파에서는 다섯 명이 나서도록 하겠습니다."

대방 선사가 진산월에게로 시선을 돌렸다.

"진 장문인의 생각은 어떻소?"

"저와 동행한 본 파의 제자들이 다섯 명이긴 한데, 그중 두 명은 아직 무공에 입문한 지 한두 달밖에 되지 않아서 이번 비무에 참여시키기는 힘듭니다. 세 명 정도가 적당할 듯하군요."

"그러면 세 명씩 나오는 것으로 하는 게 어떻겠소?"

대방 선사가 조빙심을 돌아보자 조빙심은 조금 난감한 표정을 지었다.

"각파에서 세 명씩이라면 모두 아홉 명인데, 어떤 식으로 비무를 하는 게 좋겠습니까?"

"한 명이 나서서 질 때까지 싸우는 방식이 어떻소? 다만 어느 한 명이 너무 부각되는 것은 이번 비무의 취지에도 맞지 않고 자칫 분위기가 과열될 수 있으니 두 번을 이기면 다음 사람으로 교체하는 게 좋을 것 같소. 그리고 승패의 판단은 각파에서 한 명씩 공증인을 내보내 그들이 결정하게 하면 무난할 것 같은데, 두 분의 생각은 어떠시오?"

"좋은 생각 같군요. 그런 식으로 해서 각파의 출전자가 거둔 승수(勝數)를 합산한다면 비무의 결과를 알기에도 일목요연할 듯싶습니다."

"허허…… 조 대협의 호승심이 강해서 남에게 지기를 싫어한다더니 과연 그렇구려. 개개인의 비무로 승패를 가리면 되었지 굳이 그렇게까지 해서 문파의 우열을 가름할 필요가 있겠소?"

대방 선사가 점잖게 웃자 조빙심의 얼굴에도 약간의 미소가 떠올랐다.

"제 호승심이 남다르다는 건 저 자신도 알고 있습니다. 고치려고 해도 잘되지 않더군요. 하지만 삼 파가 비무를 시작하게 된 이상 강호에는 어떤 식으로든 그 결과가 알려지게 될 겁니다."

"그거야 우리만 입을 다물면 누가 알겠소?"

"아무리 숨기려고 해도 강호에는 소문이 퍼지게 될 것입니다. 굳이 그걸 막는다는 것도 부자연스러운 일이 아니겠습니까?"

대방 선사도 강호의 생리에 대해 잘 알고 있는지라 삼 파가 비무를 벌이게 되면 아무리 숨기려 해도 숨길 수 없다는 걸 알고 있었다. 그리고 그 결과에 대해 수많은 말들이 오갈 거라는 것도 능히 짐작이 되었다.

하지만 그렇다고 그게 두려워서 일을 피할 수는 없는 노릇이었다. 강호의 소문이 두려워서 해야 할 일을 하지 못한다면 강호인으로서 살아갈 자격이 없는 것이다.

게다가 대방 선사로서는 이번 비무를 꼭 해야 할 이유가 있었다. 비무를 통해 확인해야 할 것이 있기 때문이다. 그런 점에서 본다면 조빙심이 진산월을 찾아 소림사로 온 것은 참으로 공교로운 일이 아닐 수 없었다.

만일 조빙심이 와서 진산월에게 비무를 청하는 일이 없었다면 대방 선사는 무슨 이유를 들어서든 종남파와 비무를 하려 했을 것이고, 그것은 여러 가지 면에서 대방 선사의 심기를 어지럽히는 일이 되었을 것이다.

진산월이 숙소인 지객당의 후원으로 돌아온 것은 낙일방 등이 짐 정리를 마치고 객청에 모여 차를 마시고 있을 때였다.

"오셨군요. 대방 선사를 만났습니까?"

낙일방이 황급히 일어나 자리를 권하며 묻자 진산월은 짤막하게 고개를 끄덕였다.

"무슨 일로 장문 사형을 만나자고 한 겁니까?"

"그 이야기는 아직 하지 않았다."

낙일방이 짙은 검미를 꿈틀거리며 다소 불만족스러운 음성을 내뱉었다.

"사람을 불러 놓고는 그 이유도 알려 주지 않다니 아무리 소림사의 방장이라고 해도 너무 심한 거 아닙니까?"

사 년 전에 소림사에서 받았던 냉대를 똑똑하게 기억하고 있는 낙일방으로서는 아무리 사소한 일이라도 자신들이 무시당하는 것 같아 불쾌한 기분이 들었던 것이다. 더구나 그 대상이 자신이 하늘처럼 생각하고 있는 진산월이라면 불쾌함을 넘어 분노가 치밀어 오를 수밖에 없었다.

진산월은 준수한 얼굴이 붉게 상기된 낙일방을 쳐다보며 빙긋 웃었다.

"그동안 급한 성격이 고쳐진 줄 알았더니 여전하구나. 어차피 때가 되면 말해 줄 텐데, 무얼 그리 조급하게 생각하고 있는 게냐?"

낙일방은 멋쩍은 웃음을 흘렸다.

"괜한 자격지심 같지만 소림사 방장이 우리를 아무 때나 부를 수 있는 존재로 생각하는 것 같아서 갑자기 화가 났습니다."

"그럴 리가 있느냐? 대방 선사가 나를 초대한 이유를 말하지 않은 것은 그 자리에 다른 사람이 있었기 때문이다."

이어 진산월은 방장실에서 조빙심을 만난 이야기와 그 후에 벌어진 상황을 차분하게 설명해 주었다.

낙일방을 비롯한 동중산과 종남파의 고수들은 모두 눈을 반짝인 채 진산월의 말을 듣고 있었다. 그들은 소림사와 점창파 고수들과 비무를 벌이게 되었다는 말에 두려움을 느끼기보다는 오히려 흥분과 기대감으로 설레는 표정들이었다.

뇌일봉 또한 흥미와 호기심이 절로 일어 불쑥 입을 열었다.

"조빙심이 점창파에 대한 자긍심이 남달라서 다시 도전해 올 줄은 알았지만 대방 선사까지 나설 줄은 몰랐군. 대방 선사에게 혹시 다른 의중이 있는 것은 아니냐?"

"그건 저도 잘 모르겠습니다. 다만 대방 선사가 이번 일을 몹시 기꺼워한다는 느낌은 들더군요."

"기꺼워한다니?"

"일이 이렇게 진행되는 것에 흥겨워하는 것 같기도 하고 자신이 바라는 대로 이루어져 흐뭇해하는 것 같기도 했습니다."

뇌일봉은 잠시 생각에 잠겨 있다가 조금 전보다는 한결 신중한 표정으로 입을 열었다.

"대방 선사는 호탕해 보이는 외모와는 달리 일을 진행하는 데 무척이나 치밀하고 섬세한 사람으로 알려져 있다. 얼핏 그가 아무 생각 없이 지시한 것처럼 보이는 일이라도 시간이 지나고 나면 무언가 필연적인 사유가 있거나 손뼉을 칠 정도로 절묘한 행보인 경우가 많다고 한다. 그러니 이번 비무를 너무 단순한 삼 파 간의 친선으로만 생각해서는 안 될 것 같구나."

진산월은 그 말에는 아무 대답도 없이 지금까지 옆에서 조용히 지켜보고만 있는 동중산에게로 시선을 돌렸다.

"네 생각은 어떠냐?"

뇌일봉은 진산월이 다른 사람도 아닌 동중산의 의견을 묻는 것을 보고는 동중산의 종남파에서의 비중이 생각보다 훨씬 높다는 것을 깨달았다.

'비천호리가 종남파의 지낭(智囊)이라는 강호의 소문이 잘못된 것이 아닌 모양이군.'

확실히 지난 며칠간 동행하면서 지켜본 동중산의 모습은 과거의 약삭빠르고 이기적인 행태와는 판이하게 달랐다. 더구나 낙일방을 비롯한 종남파의 어린 제자들이 은연중에 그에게 의지하는 모습도 곧잘 보여서 뇌일봉으로서는 의아함과 당혹감을 느끼고 있었다.

'대체 이들에게 그동안 무슨 일이 있었기에 불과 몇 년 동안에 완전히 다른 사람이 되었단 말인가?'

뇌일봉은 앞으로 더욱 관심을 가지고 동중산을 지켜보리라고 결심했다.

동중산은 침착한 음성으로 입을 열었다.

"제자는 조빙심이 우리를 만나기 위해 소림사에 왔다는 말을 들었을 때부터 상황이 조금 이상하게 흘러간다고 생각했습니다.

우리가 낙양에서 소림사로 오기로 한 것은 소림사 방장의 초청을 받은 후입니다. 그런데 조빙심이 우리보다 먼저 소림사에 와 있다는 것은 사전에 그가 미리 우리의 이동 경로를 알고 있었다는 말이 됩니다."

 진산월은 묵묵히 그의 말에 귀를 기울이고 있었다.
 동중산은 외눈을 반짝이며 신중하게 자신의 의견을 개진했다.
 "물론 조빙심이 때마침 소림사 근처를 지나다가 우리의 소식을 듣고 소림사로 달려왔을 가능성도 있습니다."
 진산월이 조용히 중얼거리듯 말했다.
 "아니면 소림사에 볼일이 있어서 오던 중일 수도 있겠지."
 "그럴 수도 있겠지요. 어쨌든 조빙심은 지나치게 빨리 소림사에 왔습니다. 그는 장문인께 비무를 청했고, 대방 선사는 기다렸다는 듯 그 비무에 소림사도 참여하겠다는 의사를 밝혔습니다. 장문인께서 대방 선사의 제의를 받아들인 것은 자연스럽고 현명한 선택이었습니다만, 그 과정을 되짚어 보면 확실히 의문스러운 점이 군데군데 눈에 뜨입니다."
 진산월은 잠시 생각에 잠겨 있다가 다시 물었다.
 "만약 대방 선사가 삼 파 비무를 의도했다면 그 이유는 무엇이라고 생각하느냐?"
 "좋게 생각하면 본 파와 점창파의 비무로 양 파 사이의 감정의 골이 깊어지는 것을 방지하기 위해서라고 볼 수 있겠고, 나쁘게 생각하면 이번 기회에 강호에 본격적으로 출도한 본 파의 기세를 한풀 꺾어 놓을 심산일 수도 있겠지요. 그 외의 다른 이유는 저로서는 감히 짐작할 수 없습니다."

그 말에 중인들의 표정이 모두 무겁게 변했다. 만일 후자의 경우라면 이번 비무는 당초 예상보다 훨씬 더 흉험한 것이 될 것이다. 그리고 그 결과에 따라 종남파는 강호에 발을 들여놓자마자 낭패스러운 상황에 처하게 될 수도 있음을 직감한 것이다.

"비무의 결과에 따른 상황은 어떻게 될 것 같으냐?"

"세 문파가 서로 비슷하게 승패를 나누어 가진다면 본 파로서는 오히려 강호에 명성이 높아질 것입니다. 소림사 내에서 구대문파 중의 두 문파와 정면으로 겨루어 뒤지지 않은 셈이니 말입니다. 우리로서는 가장 바람직한 방향이라고 할 수 있습니다."

듣고 있던 전흠이 다소 어리둥절한 듯 물었다.

"이왕 하는 비무라면 압도적으로 이기는 게 더 좋지 않겠나?"

"그건 그렇지 않습니다. 만약 우리가 두 문파를 상대로 일방적인 우세를 점한다면 비무는 점차로 격해지게 되고, 다른 문파가 비무의 결과에 승복하지 못할 시에는 또다시 비무를 벌여야 할지도 모릅니다. 그리고 상황에 따라서는 그들을 적으로 만드는 일이 될 수도 있습니다."

뇌일봉이 동의하는 표정으로 고개를 끄덕였다.

"구대문파의 자존자대(自尊自大)한 자긍심이라면 능히 그러고도 남지."

전흠의 표정이 구겨졌다.

"그렇다고 질 수도 없지 않은가?"

"물론 그렇습니다. 만약 두 문파에 일방적으로 패하게 된다면 아무리 그들이 대수롭지 않게 넘어간다 할지라도 강호에서 본 파의 명성은 곤두박질치게 될 것입니다. 그것은 가장 피해야 할 일입니다."

"제길. 크게 이겨도 안 되고 크게 패해도 안 된다니…… 승패란 것이 마음먹은 대로 될 리도 없는데 우리보고 어쩌란 말인가?"

전흠이 투덜거리자 진산월이 담담한 음성으로 말했다.

"무얼 그리 걱정하는 거냐? 너희는 그저 비무에 최선을 다하면 되는 일이다."

"동 사질이 말했지 않소? 너무 일방적으로 이겨도 문제고 패해도 문제라고……."

"그건 네가 신경 쓸 일이 아니다."

전흠은 진산월이 자신을 무시하는 줄 알고 울컥하여 절로 인상이 험악하게 일그러졌다. 하나 진산월의 다음 말을 듣자 자신이 너무 성급하게 판단했음을 깨달았다.

"우리가 일방적으로 앞서 나간다면 소림사에서 알아서 그에 맞는 상대자를 출전시킬 것이다."

"만약 우리가 계속적으로 패한다면……?"

"너와 일방이 있는데 그럴 리가 있느냐? 너는 설마 그들을 상대로 일 승(一勝)을 올릴 자신도 없는 거냐?"

"누가 자신이 없다고 했소?"

전흠은 냉랭하게 쏘아붙였으나 얼굴 표정은 어느새 평상시로 돌아와 있었다. 자신은 몰라도 낙일방이 있는 한 종남파가 전패(全敗)할 리는 없었다. 그리고 전승(全勝)을 하면 또 어떤가? 언제 종남파가 다른 문파와의 충돌을 두려워해서 해야 할 일을 하지 못한 적이 있는가?

만에 하나 그런 사태가 벌어진다 해도 장문인이 버티고 있는 이상 어떠한 어려움도 능히 헤쳐 나갈 수 있을 것이다. 이런 생각을 하자 전흠은 갑자기 마음이 밝아지며 어서 빨리 비무일이 오기를 고대하는 심정이 되었다.

진산월은 전흠의 표정이 변하는 모습을 가만히 지켜보고 있다가 천천히 입을 열었다.

"너무 복잡하게 생각할 필요 없다. 결과에만 신경을 써서 과정을 소홀히 하는 것은 결코 바람직한 일이 아니다. 비무의 결과로 어떤 일이 벌어지건 우리는 매 순간에 최선을 다하면 되는 것이다."

전흠은 물론이고 낙일방을 비롯한 종남파의 제자들은 눈도 깜박이지 않고 진산월을 쳐다보았다. 진산월은 담담한 눈으로 그들을 둘러보다가 나직하면서도 힘 있는 음성으로 말을 맺었다.

"중요한 것은 물러서지 않는 것이다. 신념(信念)이야말로 우리의 가장 큰 무기라는 것을 잊지 마라."

모든 제자들은 마음속으로 소리 높여 외쳤다.

'결코 잊지 않겠습니다, 장문인!'

제203장 천룡조진(天龍朝眞)

비무가 열리는 장소는 대웅전 뒤쪽의 연무장이었다. 주위의 시선에서도 어느 정도 차단이 되었고, 공간도 제법 넓어서 비무를 하기에는 더할 나위 없이 좋은 곳이었다.

진산월과 종남파의 고수들이 연무장에 들어섰을 때는 사오십 명의 승려들이 연무장 주위에 뼁 둘러서 앉아 있었다. 그들은 대부분이 십 대 후반에서 삼십 대 중반까지의 젊은 승려들이었다.

진산월 일행이 다가가자 그들 중 한 명의 승려가 일어나 반장을 했다.

"아미타불. 어서 오십시오. 소승은 정각이라 합니다."

진산월은 자신에게 인사를 하는 그 승려의 얼굴이 어딘지 모르게 낯이 익음을 알아차렸다.

"종남의 진산월이오. 그런데 우리가 일전에 만난 적이 있지 않았소?"

정각의 얼굴에 엷은 미소가 떠올랐다.

"사 년 전의 무림 대집회 때 소승이 진 장문인과 일행분들을 안내한 적이 있었습니다."

그제야 진산월은 그의 얼굴이 온전하게 기억이 났다. 사 년 전 소림사에서 열렸던 무림 대집회에 처음 참가한 진산월 일행을 산문에서 숙소까지 안내한 인물이 바로 정각이었던 것이다.

당시에 진산월 일행은 정각의 경쾌한 동작과 비범한 행동거지에 몹시 감탄한 적이 있었다. 사 년의 세월이 흐른 후 다시 만난 정각은 전신의 기운이 잘 갈무리되어 있어서 언뜻 보기에도 당시보다 한층 더 깊은 수련을 쌓았음을 알 수 있었다.

"이쪽으로 오십시오."

진산월 일행은 정각의 안내를 받아 연무장 한편에 마련된 의자에 앉았다.

"다른 분들은 아직 오지 않았소?"

"주지 스님께서는 곧 오실 것입니다. 그리고 점창파분들도 숙소에서 출발하셨다는 연락을 받았습니다."

정각의 말이 끝날 때 마침 점창파 고수들의 모습이 나타났다.

그들의 숫자는 모두 일곱 명이었다. 그들 중 조빙심을 제외한 대부분은 이십 대의 젊은 고수들이었고, 오직 한 사람만이 백발이 성성한 노인이었다.

그런데 그 노인을 보자 뇌일봉이 짤막한 경호성을 터뜨리는 것이었다.

"엇? 저자는?"

"저 노인이 누구인지 아십니까?"

뇌일봉의 표정이 심각하게 굳어졌다.

"저자가 바로 점창파에서 가장 상대하기 힘들다는 독검취응(毒劍鷲鷹) 백리장손(百里長孫)이다. 성격이 괴팍하고 한번 손을 쓰면 인정사정 보지 않아서 한때는 희대의 살성으로 소문난 적도 있었지."

진산월의 시선이 백발노인에게로 향했다.

독검취응 백리장손이라면 진산월도 익히 들은 적이 있는 이름이었다. 그는 점창파의 열두 명의 장로 중에서도 검술 실력이 세 손가락 안에 꼽히고 솜씨는 그들 중에서 가장 매서운 인물로 알려져 있었다. 특히 그는 점창파의 최고 어른인 점창일독 백리궁의 조카로서 점창파 내에서 장문인에 버금가는 위치에 있다고 했다.

"백리장손은 점창파의 제일 고수였던 십방랑자 사효심을 어려서부터 키우다시피 해 온 사람이다. 비록 항렬 때문에 사효심과 같은 배분이 되었지만, 엄밀히 말하면 사효심의 사부나 마찬가지인 존재다. 사효심이 실종된 후 그는 크게 실망하여 점창산을 벗어난 적이 없다고 들었는데, 오늘 이 자리에서 보게 될 줄은 정녕 몰랐구나."

조빙심과 어깨를 나란히 한 채 걷고 있던 백리장손이 슬쩍 고개를 돌려 그들을 쳐다보았다. 적지 않은 거리가 떨어져 있는데도 뇌일봉의 음성을 들은 모양이었다.

홀쭉한 뺨에 턱밑으로 하얀 수염을 기른 백리장손의 얼굴은 강퍅하고 메말라 보였다. 그의 가늘게 찢어진 두 눈에서 얼음장같이 차갑고 서늘한 안광이 번뜩였다가 사라졌다.

"누군가 했더니 진산수로군. 독에 중독되어 반쯤 죽게 생겼다는 소문을 들었는데, 용케도 아직까지 목숨을 부지하고 있는 모양이지?"

그리 크지 않은 음성이었으나 어찌나 냉랭한지 등줄기에 소름이 돋을 정도였다.

뇌일봉의 짙은 눈썹이 한 차례 꿈틀거렸다. 뇌일봉은 강호에서의 명성이나 무공을 볼 때 자신이 백리장손보다 뒤떨어진다는 것을 알고 있었으나, 중인환시 중에 이런 말을 듣고도 무작정 참을 수만은 없었다.

하나 뇌일봉이 막 무어라고 소리치려 할 때 공교롭게도 대방 선사가 몇 명의 승려들과 함께 연무장 안으로 들어섰다.

대방 선사는 종남파와 점창파 고수들 사이에 감도는 어색한 기운을 느끼지 못한 듯 걸걸한 웃음소리를 내며 성큼성큼 다가왔다.

"허허…… 빈승이 너무 늦게 온 모양이구려. 좁은 선실에만 앉아 있었더니 점점 더 엉덩이가 무거워지는 것 같으니 양해해 주시오."

대방 선사가 소림사의 방장이라는 신분에 어울리지 않게 가벼운 농을 곁들여 사과를 하자 경직되었던 장내의 분위기가 한결 밝아졌다.

대방 선사와 함께 온 인물들은 모두 일곱 명이었는데, 그들 중에는 진산월과 안면이 익은 자들도 몇 명 있었다.

대방 선사의 우측에 있는 인물은 평범한 용모의 삼십 대 승려였는데, 눈빛이 유달리 맑고 깨끗하다는 것 외에는 별다른 특색이 없는 용모였다. 하나 진산월은 그가 소림사의 팔대신승 중 한 명이며 사 년 전의 대집회에서 진행을 맡았던 무영승 대현임을 알아보았다.

반면에 대방 선사의 좌측에서 따라오고 있는 인물은 처음 보는 얼굴이었다. 승려답지 않게 비쩍 마르고 껑충한 키를 지니고 있었는데, 그래서인지 유난히 긴 두 팔을 휘적거리며 걷는 모습이 마치 기다란 장대에 옷을 걸어 놓은 듯 우스꽝스러워 보였다.

진산월은 그 승려도 대현과 마찬가지로 팔대신승 중의 한 명이 아닐까 짐작했다.

그들 외에 대방 선사의 뒤에 나란히 걸어오고 있는 다섯 명의 승려들은 모두 이십 대의 젊은 승인들이었다. 그들 중 한 명은 대방 선사의 제자이며 소신승이라고 불리는 정화였다. 정화는 낙양에서 벌어진 취미사 혈겁을 조사하기 위해 이씨세가에 갔을 때 진산월을 비롯한 종남파 고수들과 상면한 적이 있었다.

진산월과 시선이 마주치자 정화는 살짝 고개를 숙여 인사를 했다.

진산월은 정화를 비롯한 다섯 명의 젊은 승인들이 하나같이 두 눈에 신광이 잘 갈무리되어 있고 동작 하나하나가 절도가 있는 것을 보고는 내심 고개를 끄덕였다.

'저들이 아마도 오늘 비무에 나올 인물들인가 보군. 모두 소림사의 이 대 제자들 중에서도 촉망받는 인재들이겠구나.'

삼 파의 고수들이 모두 자리를 잡자 대방 선사가 앞으로 한 걸음 나와서 주위를 둘러보며 입을 열었다.

"오늘 이 자리는 종남파와 점창파, 본 사 간의 과거의 친분 관계를 되살려 보고 앞으로 삼 파 간의 우의를 더욱 돈독히 하기 위해서 마련한 것이오. 그 외의 어떠한 의도도 없음을 분명히 하는 바이니 이 점에 대해 다른 말을 하는 사람이 없기를 바라겠소."

대방 선사의 음성은 넓은 연무장의 구석구석까지 선명하게 퍼져 나갔다. 그 음성에 담겨 있는 뜻은 너무도 분명하고 확고했다. 이번 비무에 대한 어떠한 이견이나 분란을 일으킬 만한 추정도 용납하지 않겠다는 의지가 생생하게 드러났다.

"이번 비무의 목적이 삼 파의 친선에 있느니만큼 승패에 크게 연연할 필요는 없지만 그래도 공정한 심사를 위해서 각파에서 한 명씩 세 분의 공증인을 모실까 하오. 각파의 공증인들께서는 앞쪽으로 나와 주시기 바라오."

대방 선사의 말이 끝나자 진산월이 뇌일봉을 돌아보았고, 뇌일봉은 고개를 끄덕이며 자리에서 일어났다. 공증인을 두기로 한 것은 어제 결정한 사항이었지만, 각파에서 누구를 내보낼지는 정해진 바가 없었다. 그래서 진산월은 오늘 아침에 뇌일봉에게 공증인 역을 맡아 달라고 부탁해 승낙을 받아 놓았던 것이다.

점창파에서는 예상한 대로 백리장손이 나왔고, 소림사에서는 대방 선사의 좌측에 있던 비쩍 마르고 키가 큰 승려가 걸어 나왔다.

대방 선사는 그들이 연무장의 가장 앞에 있는 공증인석에 앉는 것을 확인하고는 다시 입을 열었다.

"공증인으로 종남파에서는 전대 장문인의 친우이신 진산수 뇌일봉 대협, 점창파에서는 장로이신 독검취응 백리장손 대협, 그리고 본 사에서는 이번에 새롭게 나한당(羅漢堂)을 맡게 된 대정(大淨)이 선출되었소. 비무의 결과는 세 분 중 두 분 이상의 합의로 승패를 결정하도록 하겠소."

진산월은 그제야 그 비쩍 마른 승려가 소림사의 팔대신승 중에서도 세 손가락 안에 꼽히는 무공의 고수라는 대정임을 알고 새삼스러운 눈으로 그를 바라보았다.

대정은 좀처럼 표정의 변화가 없고 희로애락을 겉으로 표현하지 않아 철면승(鐵面僧)이라는 다소 해괴한 별호가 붙어 있으나, 사실은 누구보다도 의협심이 강하고 성격이 강직해서 철담협골(鐵膽俠骨)로 더 널리 알려져 있었다. 그는 소림의 칠십이종 절예 중에서도 특히 각법(脚法)과 퇴법(腿法)에 조예가 깊어서 발을 사용하는 무공으로는 소림사에서도 최고의 고수로 인정받고 있었다.

나한당은 소림사의 일 대 제자들 중 실력이 탁월한 고수들만이 들어가는 곳으로, 원래 나한당주는 대방 선사의 사숙뻘인 굉수(宏修)였으나 올해 들어 대정이 새롭게 나한당주로 임명되어 사람들을 놀라게 했다.

나한당에 이어 얼마 전에 달마원(達磨院)과 계지원(戒持院)을 마지막으로 굉자 배는 모두 일선에서 물러났고, 대방 선사의 사형제들인 대자 배가 수뇌부로 올라섰다. 대방 선사가 갑작스러운 사부의 죽음으로 소림사의 방장이 된 지 팔 년 만에 비로소 자연스러운 세대교체가 이루어진 것이다.

세 명의 공증인이 자리에 앉자 차츰 장내의 분위기가 고조되기 시작했다. 대방 선사는 부리부리한 눈으로 주위를 한 차례 둘러보고는 굵직하면서도 힘 있는 음성을 발했다.

"이제 삼 파 비무를 시작하도록 하겠소."

그 말에 연무장 주위를 둘러싸고 있던 승려들은 물론이고 점창파와 종남파의 고수들도 모두 환성을 질렀다.

"와아!"

그 환성이 잦아들기를 기다려 대방 선사의 말이 이어졌다.

"첫 번째 비무는 손님을 맞이하는 주인의 입장에서 본 사에서 먼저 나서는 게 순리일 듯하오. 정화는 앞으로 나오너라."

대방 선사의 뒤에 서 있던 정화가 침착한 모습으로 걸어 나와 연무장의 중앙으로 가서 반장을 했다.

"아미타불. 소승은 소림사의 이 대 제자인 정화라 합니다. 미흡한 실력을 선보이게 되어 부끄럽습니다."

소림사의 이 대 제자 중 최고의 실력을 지녔다고 알려진 소신승 정화가 가장 먼저 나오자 중인들은 의외라고 생각하면서도 한편으로는 더욱 흥이 돋았다.

점창파의 자리에 있던 조빙심이 진산월을 향해 입을 열었다.

"종남파에서 먼저 나오시겠소?"

진산월은 흔쾌히 고개를 끄덕였다.

"그러겠소."

이어 그의 시선이 무표정한 얼굴로 앉아 있는 전흠에게로 향했다.

"네가 먼저 수고해야겠구나."

전흠은 자리에서 벌떡 일어났다.

"모처럼 장문인의 뜻이 나와 통했나 보군. 기다리는 건 질색이라 다른 사람을 먼저 내보낸다면 화를 내려고 했소."

진산월은 담담하게 웃었다.

"마음껏 놀다 오려무나."

비무에 나서는 사람에게 하는 말치고는 너무 이상해서 사람들이 모두 눈을 동그랗게 뜨고 그들을 쳐다보았다.

비록 대방 선사가 친선이 주목적이라고 공표하기는 했으나 이번 삼 파 비무가 얼마나 큰 의미를 담고 있는지는 이곳에 있는 사람들 중 모르는 자가 없었다. 더구나 첫 비무는 결과 여하에 따라 기세를 탈수도 있고 의기소침해질 수도 있는 중요한 것인데, 마치 나들이라도 나가는 사람을 대하듯 하고 있으니 다들 의아해하는 것도 무리는 아니었다.

하나 전흠은 아무렇지도 않은지 활기찬 동작으로 연무장의 중앙을 향해 성큼성큼 걸음을 내딛고 있었다.

정화의 이 장 앞에 우뚝 선 전흠은 포권을 하며 짤막하게 말했다.

"종남파의 전흠이오."

정화는 낙양에서 종남파 고수들을 만난 적이 있었지만 전흠과는 첫 대면이었다. 그래서 조용하고 차분한 여타의 종남파 고수들과는 기질부터 달라 보이는 전흠이 특이하게 생각되었는지 눈을 반짝이며 그의 전신을 찬찬히 주시했다.

"전 대협은 검을 쓰시겠습니까?"

전흠은 허리에 차고 있던 장검을 뽑아 들었다.

"대협은 무슨. 긴말할 것 없이 솜씨를 겨뤄 봅시다. 당신의 병기는?"

정화는 전흠의 직설적인 말에 오히려 흥미가 동하는지 얼굴에 엷은 미소를 떠올렸다.

"빈승도 마침 검을 익혔습니다. 오늘 좋은 경험을 하겠군요."

정화가 승포 자락 속에서 두 자가량 되는 검을 꺼내 들자 전흠은 이내 고개를 끄덕였다.

"그럼 시작하겠소."

전흠이 한 차례 검을 휘두르자 매서운 검광이 번뜩였다. 하나 그것은 본격적인 공격이 아니라 검날을 기울여 상대에게 예를 취하는 예전초식이었다. 정화 또한 동자배불(童子拜佛)을 펼쳐 비무의 예를 갖춘 후 수중의 검을 중단으로 겨눈 채 전흠을 응시했다.

그 순간, 전흠은 주저 없이 정화에게 달려들며 질풍처럼 검을 휘둘렀다.

파파파팟!

삽시간에 장내는 시퍼런 검광과 수십 개의 검영에 휩싸여 버렸다.

전흠은 정화가 누구인지 정확히 몰랐으나 대방 선사가 소림사의 대표로 첫 출전시킨 이상 뛰어난 실력을 지녔다고 판단하여 처음부터 천하삼십육검의 절초들을 아낌없이 펼쳐 나갔다. 반면에 정화는 신중한 성격답게 탐색을 목적으로 다소 느슨하게 대응하다가 삽시간에 수세에 몰리고 말았다. 정화가 자신의 실책을 깨닫고 공력을 잔뜩 끌어 올려 본격적으로 맞섰을 때는 이미 그의 몸이 십여 걸음이나 물러선 후였다.

사람들은 당초의 예상을 깨고 소신승으로 유명한 정화가 전흠에게 일방적으로 몰리자 놀라는 표정을 숨기지 않았다. 낙일방이 고개를 갸웃거리며 진산월을 쳐다보았다.

"전 사형이 처음부터 너무 힘을 빼는 거 아닙니까? 비무는 이제 겨우 시작일 뿐인데……."

진산월은 고개를 저었다.

"그렇지 않다. 지금이 딱 좋다."

낙일방은 다소 어리둥절한 얼굴로 물었다.

"설사 정화를 이긴다고 해도 너무 힘을 쏟게 되면 다음에 점창파 고수를 상대할 때는 어렵지 않겠습니까?"

"어제 중산의 말을 듣지 않았느냐? 우리의 목표는 전승을 거두는 것이 아니라 강호에서 체면이 구기지 않을 정도의 성적을 내는 것이다."

"장문 사형께서 바라시는 성적은 어느 정도입니까?"

"이 승이나 삼 승이면 적당할 것 같구나. 그 이하면 남들에게 우습게 보일 것이고, 그 이상이면 다른 두 문파에서 탐탁지 않아 할 것이다."

낙일방은 다부진 표정을 지었다.

"적어도 제가 일 승은 해야겠군요."

"아니, 나는 네가 두 번 모두 이길 것을 기대하고 있다."

"예?"

"이번 삼 파 비무의 주최자는 소림사이고, 대방 선사는 어느 한 문파의 일방 독주를 견제할 의도를 가지고 있다. 다시 말해서 비무의 결과를 봐 가며 비무자를 내보내려 할 것이다. 그가 이 대 제자를 다섯 명이나 데리고 나온 것도 그런 이유에서이지."

낙일방은 잠시 생각하다가 알겠다는 듯 고개를 끄덕였다.

"대방 선사가 자신의 의도대로 일을 진행하기 위해서는 첫 번째 비무의 승리가 반드시 필요하겠군요."

"그렇다. 대방 선사가 정화를 제일 먼저 내보낸 것은 필승(必勝)의 자신이 있기 때문이다. 그래서 전흠이 처음부터 전력을 다해 정화를 상대하는 것이 올바른 선택이라고 한 것이다. 정화는 전흠이 전력을 다해도 이긴다고 장담하기 어려운 고수다."

낙일방은 고개를 갸웃거렸다.

"전 사형이 이렇게 치밀한 생각을 할 줄은 몰랐는데요."

"머리로 생각해서가 아니라 처음부터 최선을 다하지 않으면 자신의 실력을 제대로 펼칠 기회가 없을 것이라고 본능적으로 판단한 것이겠지. 그런 면에서 전흠은 아주 뛰어난 승부 감각을 가지고 있다."

진산월은 이번 비무에 전흠과 낙일방, 동중산을 내보낼 계획이었다. 유소응과 손풍은 아직 다른 문파와의 비무에 나설 수 있는 수준이 아니니 당연한 선택이라 할 수 있었다.

그중 동중산에게는 솔직히 승리를 기대하기 힘들었다. 그의 무공이 그리 약한 것은 아니었으나, 이번 삼 파 비무에 나올 소림사와 점창파의 고수들을 예상해 볼 때 일 승이라도 건질 수 있으면 정말 다행스러운 일일 것이다.

낙일방은 자신의 역할이 중요함을 새삼 깨닫고 어깨가 무거워졌다. 만약 전흠이 일 승도 거두지 못하고 정화에게 패하게 되면 자신은 무조건 두 번의 비무를 모두 이겨야 하기 때문이다. 누가 상대로 나올지 몰라도 소림사와 점창파의 촉망받는 기대주들임을 감안해 본다면 결코 쉽지 않은 승부가 될 것이 분명했다.

전흠과 정화의 비무는 어느새 삼십여 초가 흘러갔다. 처음에 일방적으로 몰리던 정화가 조금씩 안정을 되찾으면서 일진일퇴의 치열한 공방을 펼치고 있었다. 전흠은 천하삼십육검에 이어 자신의 장기인 성라검법을 펼치고 있었고, 정화는 달마십삼검으로 맞서고 있었다.

그들의 격전이 어찌나 치열하던지 모르는 사람이 보았다면 친선 비무가 아니라 생사대전(生死大戰)을 치르는 것으로 착각할 정도였다.

대방 선사를 비롯한 소림사의 승려들도 하나같이 관심 어린 눈으로 두 사람의 대결을 지켜보고 있었다. 마침 정화의 날카로운 일검을 전흠이 뒤로 물러서지 않고 검날을 이용해 옆으로 튕기며 바짝 정화의 품속으로 다가서자 대방 선사가 무릎을 치며 경호성을 터뜨렸다.

"허헛…… 좋구나, 좋아!"

대방 선사의 옆에 있던 대현이 신중한 음성으로 입을 열었다.

"종남파 제자의 솜씨가 보통이 아닙니다. 자칫 정화 사질이 낭패를 볼 수도 있겠군요."

"허허…… 승패야 누가 이긴들 어떤가? 이런 비무를 볼 수 있다는 것만으로도 홍복(洪福)이 아니겠는가?"

"정화가 패한다면 이 대 제자 중에서는 나갈 제자가 마땅치 않습니다."

대방 선사가 대현을 돌아보며 소리 없이 웃었다.

"사제는 다 좋은데 뭐가 문제인지 아는가?"

대현의 얼굴에도 고소가 떠올랐다.

"쓸데없는 걱정거리가 많다는 것이겠지요."

"하하…… 잘 아는군. 머리 좋은 사람들의 공통된 단점이라고 할 수 있지."

"그럼 장문인께서는 다른 복안(腹案)이라도 있으십니까?"

"정화가 패해서 이 대 제자 중에 마땅한 인물이 없으면 자네가 나서면 되는 일 아닌가?"

대현의 몸이 한 차례 움찔거렸다.

"제가 말입니까?"

"이번 비무는 출전자를 미리 정하지 않았네. 사제가 나선다 해도 잘못된 건 없지."

"그래도……."

"왜, 배분이 달라서 망설여지는가? 하지만 저 종남파의 제자는 항렬로 따지면 사제와 같을 걸세. 종남파 장문인의 사제이니 말일세."

대현이 아무 대답도 하지 않고 가만히 있자 대방 선사는 다시 빙그레 웃었다.

"하지만 너무 걱정 말게. 사제가 출전하는 일은 없을 테니까."

대현의 눈이 번쩍 빛났다.

"정화 사질이 이길 거라고 보십니까?"

"정화에게 천룡조진(天龍朝眞)까지 보여도 좋다고 말해 두었네."

그 말에 대현의 눈이 살짝 뜨였다. 비록 크게 경악한 모습은 아니었으나 냉정하고 침착하기로 팔대신승 중에서도 손꼽히는 그로서는 모처럼 보이는 의외의 표정이었다.

대현은 이내 평상시의 얼굴로 돌아와서 중얼거리듯 말했다.

"그렇다면 정화 사질이 패하는 일은 없겠군요."

천룡조진은 달마십삼검의 후반 삼 초식 중 하나였다. 달마십삼검은 칠십이종 절예 중에서도 손꼽히는 절학이었지만, 특히 후반 삼 초식은 정말로 가공할 위력을 지니고 있어서 소림사에서는 특별히 허락된 인재가 아니면 익힐 수가 없었다. 설사 익힌다 할지라도 완벽하게 터득하기는 더욱 어려워서 후반 삼 초식을 완성한 경우는 십 년에 한 명이 나올까 말까 했다.

특히 검(劍)은 소림사에서 별로 인기가 있는 병기가 아닌지라 달마십삼검법을 익히고 있는 승려의 수 자체가 별로 없었다. 가장 최근에 달마십삼검을 십이성 익힌 사람은 팔대신승 중의 최고수인 절정승(切情僧) 대범(大凡)이었고, 정화는 그에게서 달마십삼검을 직접 배웠다. 정화의 사부인 대방 선사가 달마십삼검을 익히지 않았기 때문이다.

　대방 선사의 장기는 권법으로, 그는 칠십이종 절예에 속한 일곱 가지의 권법을 모두 완성했다고 알려져 있었다. 그가 당대 무림의 최고 고수인 무림구봉에서도 권봉(拳峯)으로 손꼽히며 천하제일권으로 불리고 있는 것도 단순히 소림사의 장문인이기 때문은 아니었다.

　전흠과 정화의 대전은 그야말로 점입가경이었다. 온갖 기이한 절초들이 거침없이 펼쳐졌고, 다채로운 동작들이 끊임없이 이어졌다.

　중인들의 관심을 더욱 집중시킨 것은 두 사람의 싸움 방식이 판이하다는 점이었다. 전흠이 빠르고 날카로운 검법으로 질풍처럼 몰아치는 방식이라면 정화는 장중하면서도 힘 있는 검법으로 전흠의 빈틈을 노리고 있었다. 그래서 전흠은 가급적이면 정화에게 바짝 다가서려고 애를 썼고, 정화는 그에게 접근을 허용하지 않으면서 반격을 노리고 있었다.

　오십 초를 지나자 두 사람의 검법을 펼치는 속도가 눈에 띄게 느려졌다. 그래서 오랜 격전으로 그들이 혹시 지친 것은 아닐까 착각하기 쉬웠다. 하나 눈썰미가 있는 사람이라면 지금이 오히려 조금 전의 격렬한 싸움보다 한층 더 흉험하다는 것을 알 수 있을 것이다.

　속도가 느려진 대신 일검, 일검에 담겨 있는 위력은 그만큼 강력해졌고, 상대의 동작에 온 신경을 집중하고 있기 때문에 그 반응과 공방(攻防)의 기세는 살인적이라 할 정도로 가공스러운 것이었다. 장내의 고수들은 모두 일정 수준 이상에 올라와 있는지라 한눈에 그들의 비무가 곧 절정에 도달하리라는 것을 알아차렸다.

그들의 비무가 당초 예상보다 훨씬 더 살벌해지자 지금까지 다소 느긋하게 지켜보고 있던 진산월의 표정도 진지하게 변했다.

"전흠은 아무래도 적당히 할 생각이 없나 보다."

낙일방은 눈도 깜박이지 않고 그들의 격전에 시선을 고정시키고 있었다.

"전 사형의 성라검법이 거의 절정에 달해 있는데도 마지막 순간에 정화의 몸에 격중되지 않고 조금씩 비껴가는군요. 저게 무슨 수법인지 혹시 아십니까?"

"대승반야선공이 오성에 이르면 반야강기(般若罡氣)가 형성되어 외부의 공격에서 저절로 몸을 보호한다고 하던데, 그게 아닌가 싶구나."

"저도 대승반야선공의 이름은 들어 보았습니다만, 그 선공은 익히기가 힘들어서 지난 백 년간 소림사 내에서도 완벽하게 익힌 사람이 없다고 하지 않았습니까?"

"그렇다고 하더구나. 정화가 익힌 것이 대승반야선공인지는 정확히 알 수 없지만, 그가 펼치는 검법은 달마십삼검이 확실하다."

"저도 그렇게 생각합니다. 소림사의 승려들은 검을 별로 좋아하지 않는다고 하던데, 저 정화라는 중도 성격이 무척이나 독특한 것 같습니다."

"자신의 무공에 대한 주관이 확실하다고 봐야지. 그나저나 비무가 너무 과열되는 것 같아 걱정이구나. 자칫하면 둘 중 누군가는 크게 다칠지도 모르겠다."

"전 사형은 남과 싸운 경험이 풍부해서 쉽게 패하지 않을 겁니다."

"나도 그렇게 생각하고 있다. 다만……."

진산월이 평소의 그답지 않게 말을 맺지 못하자 낙일방이 재빨리 그를 돌아보다가 다시 비무장으로 시선을 돌렸다.

"걱정스러운 점이 있으십니까?"

진산월의 음성은 얼굴에 떠올라 있는 표정만큼이나 심각해져 있었다.

"정화가 달마십삼검의 마지막 세 초식을 익히고 있다면 전흠이 의외의 낭패를 당할지도 모른다."

"마지막 세 초식이라니요?"

"달마십삼검의 후반 삼 초식은 따로 달마삼절초(達磨三絕招)라고 부르기도 하는데, 그 세 초식은 천룡조진, 법화항마(法華降魔), 불광보조(佛光普照)라고 한다."

"그 초식들이 그렇게 무섭습니까?"

"나도 모른다. 다만 이십여 년 전에 소림사의 고승 한 사람이 달마삼절초로 당시 화산파의 제일 검객(第一劍客)을 검으로 꺾었다는 말을 돌아가신 사부님께 들은 적이 있을 뿐이다."

낙일방의 눈이 휘둥그레졌다.

"소림사의 검으로 화산제일검을 꺾다니 정말 굉장한 일이군요. 장문 사형께서는 정화가 그 후반 삼 초식을 익혔을 거라고 생각하십니까?"

"조금 전까지는 반신반의했는데 지금은 확신하고 있다."
"왜 그렇습니까?"
진산월은 턱으로 슬쩍 한 곳을 가리켰다.
"대방 선사의 얼굴에 조금도 우려의 기색이 보이지 않기 때문이다."

낙일방은 자신도 모르게 대방 선사에게 시선을 돌렸다. 대방 선사는 옆에 앉은 대현과 나직한 이야기를 주고받고 있었다. 그런데 진산월의 말마따나 두 사람의 얼굴에는 전혀 걱정의 빛이 떠올라 있지 않았다. 그것은 두 사람이 정화의 승리를 철석같이 믿고 있다는 뜻이나 마찬가지였다.

그때 장내의 상황에 변화가 일어났다. 전흠이 승패가 나지 않는 공방에 분기가 솟구쳤는지 지금까지와는 비교도 할 수 없는 살벌한 검초들을 마구 뿌려 대며 정화를 무섭게 압박해 들어가고 있는 것이다. 그 기세가 어찌나 맹렬한지 정화는 단숨에 다섯 걸음이나 물러서고 말았다.

아마 이런 상태라면 머지않아 승패가 갈릴 것이 분명해 보였다.

전흠은 성라검법의 절초들인 낙성빈분과 잔성희소를 거푸 펼쳐 정화의 상반신을 검영에 가두어 놓는 데 성공했다. 두 절초는 성라검법의 십팔 초 중에서도 후반 여섯 초식을 제외하고는 가장 빠르고 강한 검초들이었다.

파파파파팟!

섬뜩한 파공음을 울리며 정화의 전신으로 휘몰아쳐 가는 검광은 금시라도 정화의 몸을 난자(亂刺)해 버릴 것만 같았다. 그 순간, 정화의 두 눈에 신광이 번뜩이더니 그의 손에 들린 장검이 격한 떨림을 일으켰다.

우우웅…….

마치 벌떼 우는 듯한 음향이 들리며 정화의 검끝이 수십 개로 갈라졌다. 그와 함께 정화의 상반신을 엄밀히 에워쌌던 전흠의 검영이 급격히 허물어지며 시퍼런 검기가 사방으로 폭사되었다.

차차차창!

귀청이 떨어질 듯한 요란한 파열음과 함께 삼엄하던 검기와 검영들이 씻은 듯이 사라져 버렸다. 중인들이 놀라 보니 바짝 붙어 있던 두 사람의 신형이 어느새 이 장이나 떨어져 있었다.

그토록 치열한 싸움을 벌였으면서도 두 사람은 별로 지친 모습을 보이지 않았다.

하나 중인들은 곧 둘 중 누가 승리했는지를 알 수 있었다. 정화의 모습은 별반 변화가 없었으나, 전흠은 상반신이 길게 찢어지고 군데군데 핏물이 흘러나오고 있었던 것이다. 특히 가슴팍 부근은 거의 누더기처럼 변한 채 맨살이 그대로 드러나 보였다.

공증인석에 있던 세 명의 공증인들이 서로 의견을 교환하고는 이내 그들 중 가장 연장자인 백리장손이 자리에서 일어나 정화의 승리를 선포했다.

전흠은 정화와 간단하게 인사를 하고는 종남파의 고수들이 있는 곳으로 돌아왔다.

"괜찮으십니까?"

동중산이 재빨리 전흠에게 다가가 상처를 살폈다.

전흠은 의외로 담담한 신색이었다.

"피육(皮肉)의 상처일 뿐이네. 저 중이 보기보다는 손속이 과하지 않더군."

진산월도 다가와서 전흠의 상처를 보고는 이내 고개를 끄덕였다.

"마지막 순간에 공력을 거두어들였구나. 그래서 검기에 힘이 실리지 않아 겉으로 보는 것과는 달리 큰 부상을 입지 않은 것이다."

전흠은 누더기처럼 변한 상의를 벗고 대충 지혈을 한 다음 깨끗한 옷으로 갈아입었다. 진산월은 그의 표정이 그다지 어둡지 않은 것을 보고는 조용히 웃었다.

"패한 사람치고는 표정이 밝구나."

전흠은 그를 힐끔 쳐다보며 다소 퉁명스러운 음성을 내뱉었다.

"그럼 울고불고할 줄 알았소?"

"솔직히 네 성격에 남에게 패하고도 이렇게 얌전하게 있을 줄은 몰랐구나."

"내 성격이 어때서 그렇소? 난 맺고 끊는 게 분명한 놈이오."

"그래서?"

"비무에는 내가 패했지만, 만약 목숨을 걸고 싸웠다면 결과는 달라졌을 거요."

진산월은 그의 말에 내심 수긍을 했다.

비무와 결투는 엄연히 다른 법이다. 만약 결투를 벌였다면 지금처럼 백 초가 넘게 시간을 끌지 않고 훨씬 더 빠른 시간에 승패가 갈렸을 것이다. 전흠이 지든 이기든 말이다. 그게 전흠의 방식이었다.

"그의 무공은 어떠했느냐?"

"본 대로요. 소림사의 검법이라고 해서 점잖을 줄 알았는데, 단순해 보이는 검초 속에 변초(變招)가 숨어 있어서 상당히 까다로웠소."

"달마십삼검은 변화가 많기로 유명한 검법이니 당연하지."

"그래도 상대하지 못할 정도는 아니었소. 오히려 숨겨진 변초만 조심하면 검법 자체는 조금 단조로운 편이었지. 그런데 막 승기(勝機)를 잡았다고 생각한 순간에 갑자기 그자의 검이 뜻밖의 변화를 일으켜서 당황했소. 그 전까지는 장중한 가운데 다양한 변화가 숨어 있었는데, 그 초식은 그저 빠르고 강맹했소. 그것은 마치……."

전흠은 마땅한 단어를 찾느라 잠시 주춤거리다가 이내 단정적으로 말했다.

"한 마리 맹룡(猛龍)이 질주해 오는 것 같았소."

진산월은 전흠의 표현이 무척이나 재미있다고 생각했다. 투박한 말투에 어법도 단조로웠던 전흠이 조금씩 감정 표현이 풍부해지는 것이다.

"그것은 아마도 달마십삼검의 후반 삼초식 중 하나일 것이다."

이어 그는 달마삼절초라 불리는 그 초식들에 대해 간략하게 설명해 주었다. 전흠은 묵묵히 그의 말을 듣고 있더니 생각할 것도 없다는 듯 잘라 말했다.

"그렇다면 천룡조진이겠군."

옆에서 듣고 있던 낙일방이 의아한 듯 물었다.

"어떻게 그렇게 자신하십니까?"

"초식 이름만 들어도 감이 오지 않느냐? 천룡조진은 빠르고 강맹한 위력을 지녔고, 법화항마는 연꽃이 피어오르듯 변화가 무쌍한 초식이겠지."

낙일방은 자신도 모르게 다시 물었다.

"불광보조는요?"

"그건 가공할 힘으로 주위를 억누르는 초식일 게 뻔하다. 내가 상대한 것은 무섭도록 빠르고 날카로운 수법이었으니 그 삼절초 중에서 고르라면 천룡조진이 아니겠느냐?"

낙일방은 무언가에 홀린 듯 멍하니 전흠을 쳐다보았다. 낙일방뿐 아니라 동중산 또한 전흠의 다른 면을 보는 것 같아서 외눈을 치켜뜨고 새삼스러운 눈으로 그를 응시했다.

전흠은 중인들의 그런 시선이 어색한지 인상을 찡그리며 진산월을 향해 물었다.

"내 말이 틀렸다고 생각하오?"

진산월은 담담하게 웃으며 고개를 저었다.

"아니. 나도 너와 같은 생각이다. 정화가 마지막에 펼친 초식은 달마십삼검의 후반 삼 초식 중 천룡조진이 분명할 것이다."

전흠은 그것 보라는 듯 한 차례 어깨를 으쓱하고는 이내 자리에서 일어났다.

"한바탕하고 났더니 피곤하군. 오늘 내가 할 일은 모두 끝난 것 같으니 나는 숙소로 가서 잠이나 늘어지게 자야겠소."

이어 누가 말릴 사이도 없이 휑하니 몸을 돌려 걸어가 버렸다.

낙일방은 눈을 크게 뜨고 그의 멀어져 가는 그의 뒷모습을 멍하니 바라보고만 있었다.

"전 사형이 조금 이상한데요. 싸움이라면 밥 먹기보다 좋아하는 사람이 다른 사람의 싸움을 구경도 하지 않고 그냥 돌아가다니……."

진산월은 전흠의 심정을 짐작하고 있는지라 담담한 어조로 말했다.

"겉으로는 아무렇지 않은 척했어도 이번 비무의 패배에 적지 않은 충격을 받았을 것이다. 이럴 때는 혼자 조용히 있으면서 마음을 가다듬는 것도 좋은 방법이겠지."

"어쩐지 자존심 강하고 과묵한 전 사형이 유달리 말을 많이 한다 싶었어요."

"자, 이제는 점창파 고수의 실력을 보도록 하자."

진산월의 말에 중인들은 모두 연무장으로 시선을 돌렸다.

제 204 장
검풍권풍(劍風拳風)

제204장 검풍권풍(劍風拳風)

 조금 전의 비무에서 승리한 정화에게는 일각 정도의 휴식 시간이 주어졌다. 숨 가쁜 승부의 흥분을 가라앉힌 정화가 다시 연무장 중앙으로 나왔을 때는 점창파에서 한 명의 젊은 고수가 미리 나와 그를 기다리고 있었다.
 그는 체구가 건장하고 얼굴이 네모난 이십 대 후반의 청의인이었다.
 "점창파의 일 대 제자인 양인모(梁寅模)라 하오. 나도 검으로 솜씨를 겨루어 보겠소."
 양인모는 점창파의 일 대 제자들 중에서 강호에는 거의 알려지지 않은 인물이었다. 하나 수중의 검을 천천히 들어 올려 중단을 겨냥한 그의 자세는 강호에서 평생을 굴러 온 일대 검호(一大劍豪)에 못지않은 완벽한 것이었다.

대방 선사는 양인모가 앞으로 나올 때부터 호기심 어린 눈으로 그를 주시하고 있다가 대현을 향해 물었다.

"저 시주는 처음 보는데, 혹시 그에 대해 아는 바가 있나?"

대현은 나지막한 목소리로 대답했다.

"저도 별로 아는 게 없습니다. 다만 점창파의 제이 장로(第二長老)인 도군홍(都君弘)의 셋째 제자라고만 알고 있습니다."

"도군홍이라면 점창파의 최고 어른인 백리궁 대협의 대제자(大弟子)가 아닌가?"

"그렇습니다. 그리고 십방랑자 사효심의 사형이기도 하지요."

대방 선사는 더욱 흥미롭다는 표정을 지었다.

"호오…… 예전에 내가 듣기로는 원래 도군홍은 점창파의 장문인 직에 내정되어 있다가 사효심이 실종되자 장문인 직을 포기하고 제이장로에 머물렀다고 하던데, 그게 사실인가?"

"그렇다고 알고 있습니다. 도군홍은 사효심과 유달리 친분이 각별해서 사효심의 실종으로 정신적인 타격을 받고 한동안 칩거해 있었다고 하더군요. 하지만 무공 실력만 놓고 보면 현재의 장문인인 장거릉(張居陵) 대협보다 더 강하다고 알려져 있습니다."

"장 장문인은 무공이 뛰어나기보다는 인망(人望)이 두텁고 사람을 다스릴 줄 아는 인물이지. 당시에 사효심의 실종으로 다소 뒤숭숭했던 점창파의 분위기를 일신하고 체제를 정비하기에는 더할 나위 없이 적합한 인선이었네."

"저도 장 장문인의 인품이 뛰어나고 인재들을 적재적소에 기용해서 많은 점창파의 제자들이 그분을 추종한다는 말은 익히 들었습니다."

"아무튼 저 시주가 도군홍의 제자라면 결코 만만한 실력이 아니겠군. 오늘은 정말 여러모로 즐거운 일이 많군그래."

대현이 대방 선사의 미소로 가득 찬 얼굴을 보며 다소 무거운 음성을 내뱉었다.

"장문인께서는 이번의 삼 파 비무를 너무 즐기시는 것 같습니다. 너무 자주 웃으시니 다른 문파에서 어떻게 생각할지 조금 걱정이 됩니다."

"허허…… 솔직히 본 사에서만 기거하느라 조금 답답했던 건 사실이네. 그런데 오늘 이렇게 다른 문파의 전도양양한 젊은 인재들의 무공을 보게 되니 눈이 즐겁고 마음이 행복해서 입가에 절로 미소가 그치지 않는군그래."

자신의 말에도 대방 선사가 더욱 크게 웃자 대현은 고개를 내저으며 쓴웃음을 지었다.

그때 양인모와 정화의 비무가 시작되었다. 두 사람의 격전은 그 전에 있었던 전흠과의 대결과는 여러모로 달랐다. 양인모가 신중을 기하려고 그랬는지 아니면 정화가 피곤함을 느꼈는지는 모르지만 두 사람 모두 상대를 단숨에 패배시키기보다는 조심스러운 탐색전을 펼쳤다. 그래서 먼저 있던 비무보다는 한결 심심해 보였다.

하나 그 덕분에 소림사와 점창파 무공의 특징이 두 사람의 몸에서 여실히 드러나서 오히려 보는 맛은 더욱 각별했다. 장중하면서도 예리함이 번뜩이는 정화의 검법과 빠르고 날카로운 양인모의 검법은 서로 잘 어울려 보였다.

하나 시간이 경과하면서 두 사람의 대결도 조금씩 치열하게 변해 갔다.

양인모는 점창파의 유명한 회풍무류검이나 분광십팔수검이 아닌 전혀 다른 검법을 사용했는데, 그 경쾌함과 검로의 자유분방함은 사람들을 찬탄케 하기에 충분한 것이었다.

대방 선사는 자신의 지위도 잊은 채 몇 번이고 탄성을 토해 냈다.

"호! 저런 식의 변화는 처음 보는군. 어이쿠…… 저 검초는 나도 뜻밖인데? 아니, 저렇게 움직이는 수도 있었군."

옆에서 대현이 몇 번이나 눈짓을 주었으나 대방 선사는 아랑곳하지 않고 연신 감탄성을 발하며 비무를 관전하고 있었다.

"사제는 저 시주가 펼치는 검법이 무엇인지 알고 있나? 회풍무류검보다 검로가 자유롭고, 분광십팔수검보다 더 날카롭군. 그러는 와중에도 명문 정파다운 정당함을 잃지 않았으니 절세의 검법이라 해도 과언이 아닐 듯하군. 그렇다고 사일검법은 아닌 것 같고……"

대방 선사는 사일검법을 본 적이 있기 때문에 양인모의 검법이 사일검법과는 전혀 다른 검로를 가지고 있음을 알아보았다.

"아마도 기봉검법(起鳳劍法)이 아닐까 합니다. 석년에 도군홍 대협은 기봉검법으로 한때 점창파 제일 고수로 손꼽히기도 했으니 말입니다."

대방 선사는 무릎을 탁 쳤다.

"그래. 기봉검법이 있었군. 과연 한 마리 봉황이 움직이는 것처럼 빠르고 화려하면서도 위풍당당함이 서려 있으니 정말 기봉이라는 이름에 너무도 잘 어울리는구나."

대현은 어린아이처럼 기뻐하는 대방 선사를 보고는 고개를 절레절레 흔들며 속으로 웃고 말았다.

'장문 사형은 예전부터 남들의 무공을 구경하는 걸 무척이나 좋아했었지. 장문인의 자리에 올랐으면서도 그 모습은 여전하구나.'

대방 선사를 조금이라도 아는 사람이라면 그가 좀처럼 보기 드문 무공광임을 쉽게 알아차릴 수 있었다. 실제로 장문인에 오르기 전까지 그는 하루의 대부분을 무공을 익히는 데 보냈다. 아마도 그가 소림사의 장문인이 되지 않았다면 한층 높은 무공을 익히기 위해 수십 년의 폐관 수련에 들어갔을 것이다.

그런 점에서 대현은 가끔은 대방 선사가 장문인이 된 것에 아쉬운 생각이 들기도 했다.

'어쩌면 본 사는 본 사를 번성시킬 좋은 장문인을 얻은 대신에 천하제일고수를 배출할 수 있는 절호의 기회를 놓쳐 버린 건지도 모르지.'

세상일이란 원래 이렇듯 얻는 게 있으면 반대로 잃어버리는 것도 있는 법이다. 얻는 것과 잃어버린 것 중 어느 것이 더 소중한 것이었는지는 먼 훗날 세월이 흐른 뒤에야 알게 될 것이다.

정화와 양인모의 대결은 결국 오십여 초 만에 정화의 검이 양인모의 옆구리를 베고 지나가면서 끝이 났다. 정화가 마지막으로 사용한 검초는 칠십이종 절예 중 하나인 관음청강수(觀音靑剛手)

의 도타금종(倒打金鐘)을 검으로 변화시킨 것으로, 그 검초의 기발함이 사람들을 깜짝 놀라게 할 정도였다.

"잘 배웠소. 다음에 또 기회가 닿는다면 달마십삼검의 진정한 정수를 맛보고 싶구려."

양인모는 자신의 패배에도 담담한 모습으로 정중하게 포권을 한 후 주저 없이 몸을 돌렸다.

그는 정화가 전흠을 상대할 때와는 달리 달마십삼검의 후반 삼초식을 펼치지 않은 것에 크게 신경 쓰지 않는 모습이었다. 그 자신 또한 오늘 선보이지 않은 절학들이 있기 때문이었다.

이런 친선 비무에서 자신의 숨겨진 절학들을 모두 내보이는 바보는 아무도 없었다. 그렇기 때문에 전흠과 양인모는 패배에도 불구하고 떳떳한 모습을 유지할 수 있었던 것이다.

어쨌든 대방 선사의 기대대로 소림사의 정화는 두 번의 비무를 모두 승리하여 소신승이라는 자신의 외호가 과장이 아님을 모두에게 증명해 보였다.

정화가 자리로 돌아가자 대방 선사가 다시 걸걸한 음성을 내뱉었다.

"아미타불. 두 문파에서 주인 대접을 해 준 것 같아 송구스럽소. 이번에는 어느 파에서 나오시겠소?"

조빙심이 진산월을 한 번 쳐다보고는 이내 입을 열었다.

"진 장문인이 반대하지 않는다면 이번에는 본 파에서 먼저 나설까 하오."

"그렇게 하시지요."

진산월이 선뜻 승낙을 하자 조빙심은 자신의 뒤에 있는 인물들 중 한 명에게 시선을 돌렸다. 그러자 그 인물은 조빙심에게 인사를 하고는 성큼 연무장의 중앙으로 걸어 나왔다.

그는 작고 왜소한 체구에 머리가 까치집처럼 헝클어진 청년이었다. 워낙 덩치가 작아서인지 나이도 그리 많지 않은 것 같았으나 얼굴 표정은 거의 무심(無心)에 가까워서 쉽게 상대할 인물이 아님을 느끼게 했다.

"점창파의 가일소(賈一笑)요."

그 청년은 짤막하게 자신의 이름만을 말한 후 입을 굳게 다물었다. 그 바람에 뜨겁게 달아올랐던 장내의 분위기가 급격하게 식어 버렸다.

대방 선사가 조용히 웃으며 한 사람의 이름을 불렀다.

"정현(丁賢). 나가서 점창파의 무공을 견학하고 오너라."

대방 선사의 뒤에 서 있던 다섯 명의 젊은 승인들 중 평범한 체구의 승려가 공손하게 반장을 하고는 연무장으로 들어왔다.

"정현이라 합니다. 소승은 한 쌍의 육장(肉掌)으로 가 시주에 맞서 볼까 합니다."

정현이라는 승은 덩치도 그리 크지 않았고 얼굴도 평범해서 남의 눈에 잘 뜨이지 않는 모습이었다. 하나 가끔씩 눈을 돌릴 때마다 보석처럼 영롱한 빛이 번뜩거리곤 했다.

정현이 천천히 자신의 양손을 들어 올릴 때까지도 가일소는 못 박힌 듯 그 자리에 우뚝 선 채 미동도 하지 않고 있었다. 어찌 보면 싸울 생각이 전혀 없는 사람처럼 보였고, 또 어찌 보면 정현 정도는 언제라도 쓰러뜨릴 수 있다는 광오한 모습으로도 보였다.

정현은 가일소의 태도에는 전혀 신경 쓰지 않고 들어 올린 양손을 느릿하게 움직여 앞으로 쭈욱 내뻗었다. 일단 움직이기 시작하자 정현의 손은 눈부시도록 빨랐다. 손을 내뻗은 동작이 채 눈에 어른거리기도 전에 정현의 오른손은 가일소의 가슴에 거의 도달해 있었다. 그뿐만 아니라 정현의 왼손은 가일소가 움직일 것에 대비해 좌측의 빈 공간을 선점하고 있었다.

그야말로 단 일수에 상대의 상반신을 제압함은 물론이고 이후의 공격까지 완벽하게 대비한 것이다. 이것이 바로 소금강산수(小金剛散手) 중의 이마분종(二馬分鬃)이었다.

막 정현의 오른손이 가일소의 가슴을 강타하려는 순간, 가일소의 몸이 처음으로 움직였다. 몸 전체가 아니라 오른팔과 어깨뿐이었지만 그 결과는 실로 놀라웠다.

팟!

무얼 어떻게 하는지도 모르는 사이에 눈부신 검광 한 줄기가 정현의 목덜미를 향해 쏘아져 갔다. 그 속도는 가히 눈으로 보고도 믿지 못할 정도였다.

"앗?"

장내의 누군가가 다급한 경호성을 터뜨렸다. 워낙 검광의 속도가 빨랐는지라 정현의 목이 그대로 그 검광에 꿰뚫리는 듯한 착각이 들었던 것이다.

정현의 몸이 빠르게 선회했다. 그것은 거의 본능적인 동작이었다. 아슬아슬하게 검광이 자신의 목덜미 옆을 스치고 지나가자 정현은 절로 소름이 쭈욱 끼쳤다. 하나 회전하던 기세를 살려 추호도 망설이지 않고 가일소의 가슴팍으로 돌진해 들어갔다.

맨손으로 병장기를 상대하기 위해서는 최대한 가까이 접근하는 것이 가장 바람직한 방법이었다. 특히 접근을 하면서 상대의 병기에 두려움을 갖지 않는 것이 무엇보다 중요했다. 두려움을 갖게 되면 자신도 모르게 몸이 위축되고 시야가 좁아져서 자신이 의도한 대로 움직이기 힘들기 때문이다.

그런 점에서 정현의 동작은 접근전의 교본과도 같았다. 가일소의 무시무시한 쾌검을 코앞으로 보고 있으면서도 그의 몸은 빠르고 표홀했으며, 움직이는 데 한 치의 주저함도 없었다. 게다가 그렇게 정신없이 움직이면서도 시선은 줄곧 가일소의 두 눈에 고정되어 있었다.

가일소는 살인적인 일검을 발출한 후 자신을 향해 빠르게 접근하는 정현을 향해 다시 삼검을 날렸다. 그의 검은 아무런 변화도 없었다. 그런데도 다른 어떤 검법보다 무서워 보였다. 곧장 직선으로만 날아드는 그의 검은 어떠한 허식이나 속임수도 용납지 않는 파격적인 것이었다.

대방 선사의 고리눈에서 이글거리는 듯한 강렬한 눈빛이 흘러나왔다.

"정말 대단한 쾌검이구나. 점창파에 저런 쾌검법이 있었던가?"

점창파는 물론 빠르고 강맹한 검법으로 이름이 높았다. 하나 그들의 분광십팔수검이 아무리 빠르다 해도 지금 가일소가 보이는 만큼의 속도는 낼 수 없었다. 더구나 변화가 다양한 분광십팔수검에 비해 가일소의 검법은 일직선으로만 이루어진 단순무비한 것이었다. 하나 그 단순함이 가공할 빠름과 결합하자 그야말로 보는 이의 가슴을 섬뜩하게 하는 무시무시한 검법으로 변모한 것이다.

대현 또한 눈도 깜박이지 않고 장내의 격전을 주시하고 있었다.

"정말 무서운 쾌검이로군요. 저도 점창파에 저런 쾌검이 있다는 말은 들은 적이 없습니다."

"그런데 어딘지 모르게 눈에 익단 말이야. 가만……."

고개를 갸웃거리던 대방 선사의 두 눈에 한 줄기 신광이 번뜩였다.

"그렇군. 저건 분광십팔수검에서 모든 변식(變式)을 제거하고 오직 빠르기만을 강조한 것이로군. 지금의 일직선으로 세 번 찔러대는 공격도 분광십팔수검 중의 분광추영(分光追影)의 변형이 아닌가?"

대현은 안광을 돋우어 장내를 바라보다 고개를 끄덕였다.

"장문 사형의 말씀을 듣고 보니 그렇게도 보이는군요. 그런데 단순히 변식을 제거했다고 저런 위력이 나올까요? 분광십팔수검보다 한층 더 무서운 검법이 아닙니까?"

"변초를 제거한 대신 빠르기를 늘리려고 특이한 행공(行功)을 했을 거야. 어쩌면 대응경의 공력을 일부 가미했을 수도 있겠지."

"하지만 검로가 너무 단순해서 절정의 검객들을 상대하는 데는 무리가 있을 것 같습니다."

대방 선사가 그를 힐끔 쳐다보더니 희미하게 웃었다.

"정말 그렇게 생각하나?"

"지금도 정현이 잘 대응하고 있지 않습니까?"

"그거야 저 가 시주가 비슷한 속도로만 펼치고 있으니까 그렇지."

대현은 그 말에 무언가를 깨달은 듯 짤막한 경호성을 터뜨렸다.

"아! 그렇군요. 속도에 변화를 준다면 아무리 검로가 단순하다 해도 막아 내기 힘들겠군요."

"그렇지. 아무리 빨라도 속도가 일정하면 상대하기 그리 힘들지 않네. 하지만 무서운 쾌검이 불규칙한 속도로 날아온다면 막아 내기 쉽지 않을 걸세. 그리고 저게 저 검법의 가장 빠른 속도라는 보장도 없지 않나?"

"그렇지요. 이런 친선 비무에서 전력을 기울여 자신의 모든 것을 보여 줄 리는 없으니 말입니다."

"그거야 이쪽도 마찬가지가 아닌가? 아무튼 덕분에 이런 좋은 눈요깃거리가 생겼으니 나로서는 그저 즐거울 뿐이네."

이들이 대화를 주고받는 동안에 비무는 종료가 되었다.

가일소의 쾌검을 뚫고 계속적으로 그에게 접근하려던 정현이 몸을 뒤로 눕혔다가 옆으로 일어서며 내지른 가일소의 일검에 가슴을 제압당해 버린 것이다. 마지막 순간에 가일소가 검을 멈추었기에 다행이지 그렇지 않았다면 정현은 그대로 가슴이 꿰뚫리고 말았을 것이다.

이것을 본 대방 선사가 나직하게 혀를 찼다.

"쯧. 너무 접근하는 데만 몰두하느라 막상 상대도 변칙적으로 움직일 수 있다는 걸 생각지 못한 게로군. 가 시주의 마지막 동작은 응조칠식경공 중의 비응번신(飛鷹飜身) 같은데, 아주 절묘한 시기에 펼쳤군그래. 확실히 재주가 뛰어난 시주인 게야."

대방 선사의 시선이 종남파에게로 쏠렸다.

"자, 이제 누굴 보낼 생각이신가, 진 장문인? 가급적이면 그 주먹을 잘 쓴다는 미남 시주가 나왔으면 좋겠는데 말이지."

중인들의 이목이 집중된 가운데 진산월은 동중산을 돌아보았다.

"이번에는 네가 나서야 되겠구나."

동중산은 공손하게 인사를 한 후 연무장으로 걸어 나갔다.

"다녀오겠습니다."

낙일방은 자신이 나설 생각을 하고 있다가 진산월이 동중산을 지목하자 다소 당혹스러운 표정이 되었다. 진산월은 그 모습을 지켜보면서 빙긋 웃었다.

"왜, 몸이 근질거리느냐?"

낙일방은 계면쩍은 웃음을 흘렸다.

"두 문파가 모두 승리를 거두었는데 본 파만 아직 승리가 없으니 제가 조금 초조했던 것 같습니다."

"어차피 나는 너를 제일 마지막으로 내보낼 생각이었다."

"무슨 특별한 이유라도 있습니까?"

"아마 이번에 중산이 이기기는 힘들 것이다. 그러면 소림사와 점창파가 승리를 나누어 가지게 되는데, 그럴 경우 대방 선사는 본 파의 체면을 생각해서 실력이 조금 뒤처지는 고수를 내보내려 할 것이다. 쉽게 승리를 거둘 수 있는 기회를 놓칠 수는 없지 않겠느냐?"

낙일방은 다소 어이없다는 표정을 짓고 있다가 다시 물었다.

"점창파에서는 어떻게 나올 것 같습니까?"

"그들이 낙양에서의 비무를 자신들이 패했다고 생각한다면 아마 설욕하기 위해서라도 가장 강한 수를 쓸 것이다."

"그럼 아무런 의미도 없지 않습니까?"

"왜 의미가 없느냐? 어차피 너는 두 번의 비무를 해서 모두 승리를 해야 한다. 한 번은 쉽게 이길 수 있으니 나머지 한 번의 비무에 집중한다면 네 실력으로 충분히 가능한 일일 것이다. 반면에 네가 지금 나선다면 점창파뿐 아니라 소림사의 고수에게도 신경을 써야 한다."

낙일방은 알았다는 듯 고개를 끄덕였으나 크게 수긍하는 표정은 아니었다. 진산월은 마음속의 생각이 훤히 드러나는 낙일방의 얼굴을 살피고 있다가 다시 웃었다.

"내 생각이 마땅치 않은 모양이구나."

"그건 아닙니다. 단지 저는 소림사든 점창파든 신경 쓰지 않고 저의 온전한 실력을 발휘할 수 있는 고수와 겨루고 싶을 뿐입니다."

"이제 정말 강호인이 되었구나. 솔직히 너를 나중에 내보내려는 것에는 한 가지 이유가 더 있다."

"무엇입니까?"

"네가 이번에 나가서 두 번의 승리를 하게 된다면 소림사는 몰라도 점창파는 세 번째 비무에서 사력을 다할 것이다. 그럴 경우 중산이 위험에 처하게 될 가능성이 있다."

"아!"

낙일방은 그 점은 미처 생각지 못했기에 자신의 머리를 탁 쳤다.

"제가 너무 저 혼자만 생각했지 동 사질의 상황을 염두에 두지 않았군요."

동중산은 사실 이번의 삼 파 비무에 나서기에는 그 실력이 충분치 않았다. 하나 그 외에는 다른 사람이 없었기에 어쩔 수 없이 나서게 된 것이다. 만에 하나 그보다 뛰어난 실력을 지닌 자가 상대로 나와서 전력을 기울이게 된다면 동중산은 단순히 승패를 떠나 커다란 부상을 당하게 될지도 모른다. 진산월은 이런 점을 배려하여 점창파가 아직 여유가 있을 때 미리 동중산을 내보낸 것이다.

낙일방은 동중산과 무척 가까운 사이이면서도 비무에 너무 정신이 팔려서 그런 상황을 전혀 고려치 못했다. 이것이 문파를 이끌고 있는 우두머리와 그렇지 않은 사람의 차이였다. 한 문파를 이끄는 우두머리라면 문파의 여러 사람의 사정을 고루 감안하여 일을 진행할 수밖에 없었다.

진산월의 예상대로 동중산은 불과 오 초 만에 가일소에게 패하고 말았다. 강호에서 비천호리라는 이름으로 나름대로 명성을 쌓은 동중산이었으나, 가일소의 눈부시도록 빠른 쾌검 앞에서는 속수무책일 수밖에 없었다.

동중산은 부끄러운 표정으로 고개를 숙였다.

"죄송합니다. 제자가 본 파의 명성에 먹칠을 했습니다."

동중산은 오늘 벌어진 비무 중에서 가장 일방적으로 패했기에 더욱 면목이 없을 수밖에 없었다. 하나 진산월은 웃는 얼굴로 그를 맞이했다.

"가일소의 쾌검은 나로서도 쉽게 볼 수 없는 것이다. 직접 겪어 본 소감이 어떠하냐?"

동중산의 얼굴에 씁쓸한 표정이 떠올랐다.

"아직도 본 파가 갈 길이 멀다는 것을 느꼈습니다."

가일소의 쾌검은 비록 무서웠지만 종남파에도 그와 견줄 만한 고수가 없는 것은 아니었다. 당장 이곳에 있는 낙일방과 전흠만 해도 결코 가일소에 뒤지지 않았고, 종남산에 남아 있는 소지산도 그들에 못지않았다.

하나 점창파는 가일소 같은 고수를 얼마든지 내보낼 수 있지만 종남파에서는 다른 문파에 떳떳이 내세울 수 있는 고수의 숫자가 몇 명 되지 않았다. 그런 숫자의 부족함은 종남파가 당면한 가장 큰 문제였으며, 당장은 뾰쪽한 방법이 없다는 점에서 커다란 암초이기도 했다. 수십 년의 쇠락을 불과 몇 년 만에 모두 복구할 수는 없는 것이다. 동중산이 의기소침한 것도 그런 이유에서였다.

진산월은 그의 심정을 누구보다도 잘 알고 있기에 그의 어깨를 가만히 두드려 주었다.

"네가 생각한 본 파의 부족함은 일조일석에 메울 수 있는 것이 아니다. 하지만 한 걸음씩 꾸준히 걷다 보면 언젠가는 반드시 목적한 곳에 도달할 수 있는 것이 세상의 이치다. 우리는 그저 매 순간에 최선을 다하면 되는 것이다."

동중산은 이내 원래의 모습으로 돌아가서 밝은 음성으로 말했다.

"너무 눈부신 쾌검을 보아서 제자의 마음이 흔들렸던 것 같습니다. 본 파도 머지않아 그들에 못지않은 성세를 이루게 될 것입니다."

"반드시 그렇게 될 것이다. 자, 이제 일방의 솜씨를 구경해 보자."

낙일방이 연무장의 중앙에 모습을 드러내자 주위에 웅성거리는 소리가 들렸다. 그만큼 옥면신권이라는 이름이 강호에 널리 알려져 있는 것이다.

때마침 불어오는 바람을 맞으며 연무장의 중앙에 우뚝 서 있는 낙일방의 준수한 모습은 임풍옥수(臨風玉樹)라는 말에 너무도 잘 어울리는 것이었다.

낙일방은 중인들의 시선을 한 몸에 받으며 정중하게 포권을 했다.

"종남파의 이십일 대 제자인 낙일방이라 하오. 어느 파의 고수 분께서 먼저 가르침을 내려 주시겠소?"

비무에서 일 승도 올리지 못한 종남파의 현재 상황을 생각해 볼 때 그가 느끼는 부담감이 막대할 텐데도 낙일방의 얼굴에는 전혀 그런 빛을 찾아볼 수가 없었다. 오히려 뒷짐을 진 채 상대를 기다리는 그의 모습에서는 당당한 자신감과 여유가 흘러나오고 있었다.
 대방 선사가 그 모습을 찬찬히 살펴보고는 이내 흡족한 듯한 감탄성을 토해 냈다.
 "저 시주가 바로 요즘 후기지수들 중에서 권법의 최고 고수라는 바로 그 옥면신권이란 말이지? 선재(善才)로군. 선재야."
 "정말 준수한 용모에 기도 또한 범상치 않군요. 누구를 내보내시겠습니까?"
 "그야 정명(丁明)이지. 그 아이가 요즘 들어 부쩍 권법에 재미를 느끼고 있지 않나? 아마 제법 볼만한 승부가 될 거야."
 대방 선사의 뒤에 있던 젊은 승려들 중 가장 체구가 건장하고 키가 큰 승려가 연무장으로 성큼성큼 걸어 나왔다.
 승려의 체구는 무척이나 장대해서 낙일방보다 한 뼘은 더 커 보였다. 더구나 승포 자락 사이로 드러난 팔뚝과 앞가슴은 단단한 근육들로 이루어져 있어서 마치 청동으로 만든 나한상(羅漢像)을 보는 것 같았다.
 "소승은 정명이라 하오. 소문으로만 듣던 옥면신권과 겨룰 수 있게 되어 반갑소."
 정명의 목소리 또한 우람한 체구만큼이나 굵고 묵직했다. 낙일방은 가볍게 포권을 한 후 물었다.
 "정명 스님은 어떤 병기를 사용하시겠습니까?"
 정명은 솥뚜껑 같은 두 개의 주먹을 들어 보였다.
 "나는 본 사의 나한권(羅漢拳)으로 낙 소협의 주먹에 맞서 보겠소."

낙일방은 상대가 자신에게 권법으로 승부를 걸어오자 호승심과 흡족한 마음이 동시에 솟구쳐 올랐다.

"그럼 나는 본 파의 장쾌장권구식을 사용하겠습니다."

두 사람은 자세를 잡자 날카로운 눈으로 서로를 응시했다. 먼저 손을 쓴 사람은 정명이었다. 정명은 두 주먹을 불끈 쥔 채 맹렬한 기세로 낙일방의 상반신을 공격해 들어왔다. 나한권중의 반타산문(反打山門) 일식이었는데, 언뜻 평범해 보이는 주먹 안에 막강한 힘을 담고 있어 마치 두 개의 커다란 철퇴가 날아드는 듯했다.

그에 맞서 낙일방은 오른손은 주먹을 쥐고 왼손은 편 상태로 정명의 두 주먹을 비스듬히 막아 갔다. 장쾌장권구식 중의 금강서벽(金剛舒劈)이었다.

파팍!

두 사람의 팔뚝이 서로 허공에서 강력하게 부딪쳤다. 둘 중 누구도 물러서지 않았고, 맹렬한 기세 또한 그대로여서 중인들은 마치 불똥이 튀는 것 같은 착각이 들었다.

다음 순간, 낙일방의 오른손이 미끄러지듯 정명의 팔뚝을 타고 내려와 그의 복부를 가격했다. 권(拳)에서 장(掌)으로의 변화가 어찌나 매끄러운지 마치 물 흐르는 듯 자연스러워 보였다.

정명은 엉겁결에 왼 팔뚝을 세로로 세워 낙일방의 손바닥을 막았다.

팡!

가죽 북이 터지는 듯한 음향과 함께 정명의 커다란 체구가 휘청거리며 뒤로 한 걸음 물러났다. 정명은 비록 임기응변으로 낙일방의 공격을 막기는 했으나, 낙일방의 손바닥에 격중된 팔꿈치가 통통 부어오르며 막대한 통증이 느껴졌다.

하나 그는 눈썹 하나 까닥하지 않고 오히려 두 주먹을 풍차처럼 휘두르며 앞으로 돌진해 들어왔다. 얼핏 무질서해 보이는 이 초식은 나한권 중의 복호항룡(伏虎降龍)이라는 것으로, 폭풍노도 같은 기세로 상대를 제압하는 위력을 지니고 있었다.

낙일방 또한 장괘장권구식 중의 조운육환과 천성탈두를 연거푸 전개하여 정명을 상대해 갔다. 원래 조운육환은 변화가 무쌍한 반면 강맹한 위력이 부족했고, 천성탈두는 빠르고 날카로운 데 비해 투로가 단순하고 변화가 별로 없는 초식이었다. 그런데 두 초식을 교차로 펼치자 서로의 단점이 상쇄되면서 전혀 다른 독특한 위력을 가진 무공같이 보였다.

대방 선사는 종남파의 장괘장권구식이 거의 입문 무공과 같다는 것을 잘 알고 있기 때문에 낙일방이 평범한 장괘장권구식을 교묘하게 사용하여 정명을 몰아치자 크게 감탄해 마지않았다.

"절묘한 수순이로구나. 순서와 시기가 맞아떨어져 별 볼 일 없는 두 개의 초식이 무서운 절초로 변했으니 정말 재주가 놀랍구나."

순식간에 십여 초가 지나자 장내의 대결은 누구의 눈으로 보기에도 우열이 확연하게 판가름 났다.

정명은 나한권의 절초들을 사용해 맹렬하게 맞섰으나, 시간이 경과될수록 낙일방의 뛰어난 초식 운용과 다채로운 동작에 점차 뒤로 물러나고 있었다.

그렇다고 나한권이 장괘장권구식에 뒤처지는 무공은 아니었다. 오히려 나한권은 소림 권법의 가장 기본이면서도 또한 그 정화(精華)를 담고 있다고 알려져 있었다. 실제로 소림사의 승려들 중에는 평생을 나한권 하나에만 정진하여 강호를 뒤흔든 뛰어난 절세고수가 된 사람들도 적지 않았다.

그런데도 정명이 일방적으로 수세에 몰리는 것은 초식의 운용과 속도에서 조금씩 뒤처지기 때문이었다. 나한권 자체의 위력은 분명 장괘장권구식보다 뛰어났으나 그가 공격을 하려 할 때마다 번번이 맥이 끊겼고, 반면에 낙일방의 공격은 항상 그가 예상치 못한 절묘한 각도를 파고들었다.

정명은 지금의 열세를 벗어나기 위해서는 전혀 다른 선택이 필요함을 깨달았다. 권법만으로는 자신이 도저히 낙일방의 적수가 되지 못함을 인정한 것이다.

'사자모니인(獅子牟尼印)이라면…….'

한순간 그의 눈에 망설임의 빛이 떠올랐다. 하나 이내 그는 그 생각을 접어 버렸다. 자신의 입으로 나한권만으로 상대하겠다고 이미 발설해 버렸기 때문이다.

결국 그는 십여 초를 더 버티다가 낙일방의 주먹에 가슴을 가격당하고는 한 차례 신형을 휘청거리다가 이내 정중하게 반장을 했다.

"아미타불. 소승은 스스로 부족함을 알고 이만 물러나고자 하오. 손속에 사정을 보아 주신 점에 감사드리오."

낙일방은 한 치의 흐트러짐도 없는 단정한 모습으로 포권을 했다.

"별말씀을. 정명 스님 덕에 제대로 된 나한권을 견식할 수 있어 기뻤습니다."

낙일방이 승리를 거두자 비로소 종남파의 다른 사람들은 안도의 한숨을 내쉴 수 있었다. 비록 낙일방이 이길 것이라고 예상하기는 했으나, 막상 승리의 순간까지는 절로 애가 탔던 것이다.

지금까지 별로 탐탁지 않은 표정으로 비무를 구경하고 있던 손풍도 가슴을 쓸어내리며 나직하게 중얼거렸다.

"휴우…… 이거 심장이 떨려서 살겠나? 대체 이런 비무를 무엇 때문에 하는 거야?"

동중산이 조용히 웃으며 그의 말을 받았다.

"그건 우리가 강호인이기 때문이지."

손풍은 퉁명스러운 어조로 되물었다.

"강호인이면 뭐 특별한 거라도 있소?"

"강호인은 원래 남에게 지고는 못 사는 족속일세. 한 번의 승리를 위해서 기꺼이 자신의 모든 것을 불살라 버릴 수 있는 사람들이지."

"제 명에 못 살 자들이로군."

"그래서 강호인들의 삶을 왕왕 유성(流星)에 비유하기도 하지. 불꽃처럼 살다가 이슬처럼 사라지는 게 바로 강호인들일세."

"나는 가늘고 길게 사는 게 신조인 사람이오."

"본 파에 들어온 이상 자네도 이제 강호인이 되어야 하네."

"그런 법이 어디 있소?"

제204장 검풍권풍(劍風拳風)

"그게 싫으면 한 가지 방법이 있지."

손풍은 반색을 하여 급히 물었다.

"그게 무엇이오?"

"본 파를 나가면 되네."

손풍의 얼굴이 휴지처럼 구겨졌다.

"제길. 그걸 말이라고 하는 거요?"

동중산은 조용히 웃었다.

"어쩌겠나? 그게 바로 강호의 생리인걸. 일단 강호에서 살기로 결심했다면 하루라도 빨리 그런 생활에 익숙해져야 하네. 만약 그럴 자신이 없다면 당장이라도 강호를 벗어나는 게 좋을 걸세."

손풍은 여전히 불만족스러운 표정이 역력했으나 동중산의 말에 더 이상 토를 달지는 않았다. 자신도 조금씩 그런 점을 느끼기 때문이었다.

손풍은 강호인이 되어 칼 한 자루에 목숨을 맡긴 채 천하를 주유(周遊)하고 있는 자신의 모습을 상상해 보았다. 어쩐지 그런 날이 쉽게 올 것 같지 않았다.

'강호인이라…… 나도 저 낙 사숙처럼 사람들의 환성을 받을 수 있을까?'

지금의 낙일방의 모습에 자신을 대비시켜 보았다. 그러자 한결 마음이 밝아지며 자신감이 들기 시작했다.

'그래. 누구는 처음부터 고수로 태어났나? 나도 하면 되는 거야. 강호에 명성을 날리는 고수가 되어서 보란 듯이 장안의 아버지에게 본때를 보여 주겠어.'

손풍은 정말 모처럼 다부진 각오를 되새겼다.
어쨌든 이번의 비무로 종남파도 비로소 첫 번째 승리를 거두게 되었다. 그리고 오늘의 마지막 비무이자 어쩌면 가장 중요한 결전이 될지도 모를 승부가 낙일방을 기다리고 있었다.

제 205 장
진공검도(眞空劍道)

제205장 진공검도(眞空劍道)

점창파에서 마지막으로 나온 인물은 이십 대 후반으로 보이는 비쩍 마른 체구의 인물이었다. 나이로 보아 조빙심과도 별 차이가 나지 않는데, 그는 자신을 일 대 제자라고 했다.

"곽희(藿喜)요."

짤막한 말과 함께 낙일방의 전면에 우뚝 선 그는 허리춤에 차고 있던 검을 뽑아 들었다.

스릉!

검을 뽑아 드는 동작은 별로 대단할 게 없어 보였으나, 의외로 그것을 본 진산월의 표정이 무겁게 굳어졌다.

'고수구나!'

진산월의 눈에는 곽희의 검을 잡는 자세와 출검(出劍) 하는 동작, 그리고 손의 위치까지 모든 것이 그야말로 완벽한 것으로 보

제205장 진공검도(眞空劍道) 185

였던 것이다. 자세가 검객의 모든 것은 아니지만 절정의 검객은 누구나가 완벽한 자세를 가지고 있다.

진산월은 점창파의 마지막 비무자인 곽희가 지금까지 나왔던 모든 고수들보다 오히려 더 상대하기 까다로운 인물임을 직감할 수 있었다.

'점창파에서 마음을 단단히 먹은 모양이군. 조빙심은 비록 성격이 냉정해도 이 정도로 혹독한 인물이 아닌데 의외로구나.'

그러다 문득 그의 시선이 공증인석에 앉아 있는 백리장손에게 향했다. 백리장손의 얼굴에는 아무런 표정도 떠올라 있지 않았으나, 그의 눈빛 속에는 무언가 냉혹한 기운이 담겨 있었다.

진산월은 그 눈빛을 보자 가슴이 덜컥 내려앉았다.

'이제 보니 이번 비무를 지시한 자는 조빙심이 아니라 백리장손이구나. 그의 성정으로 보아 단순히 친선을 위한 비무로 그칠 것 같지 않으니 걱정이 되는군.'

하나 이미 비무는 벌어지기 직전이었고, 진산월이 어찌해 볼 수 있는 상황이 아니었다. 진산월로서는 낙일방이 상대를 경시하지 않고 자신의 실력을 펼쳐 온전히 비무를 끝내기만을 기대하는 수밖에 없었다.

검을 뽑아 든 곽희가 낙일방을 향해 의외의 말을 했다.

"듣자하니 낙 소협이 실력을 제대로 발휘하려면 무언가 특이한 장갑을 낀 상태여야 한다고 하는데, 나는 낙 소협의 본신 실력을 보고 싶소."

낙일방의 눈이 번쩍 빛났다.

"묵령갑을 사용하란 말이오?"

곽희는 무덤덤한 음성으로 말했다.

"그래야 후회가 없을 것이오."

낙일방은 한동안 곽희의 무표정한 얼굴을 바라보다가 품속에서 묵령갑을 꺼내어 양손에 끼었다. 몇 차례 손가락을 꼼지락거려 본 낙일방은 두 팔을 자연스레 늘어뜨린 채 허리를 쭉 펴고 당당한 자세로 우뚝 섰다.

"나는 준비가 됐소."

"그럼 시작하겠소."

곽희는 주저하지 않고 수중의 장검을 휘둘렀다. 아니, 그어 댔다고 해야 옳을 것이다.

일반적으로 검은 찌르거나 휘두르는 용도의 병기였다. 그런데 지금 곽희는 마치 날카로운 붓으로 그림을 그리듯 검법을 펼치고 있었다. 그의 검이 움직일 때마다 허공의 한 부분이 베어 나가는 것 같았다.

그 기경할 광경에 중인들은 벌린 입을 다물지 못했다.

대방 선사 또한 흥분을 감추지 못하고 다소 격앙된 음성을 토해 냈다.

"저건 진공검(眞空劍)이구나. 진공검까지 보게 되다니 오늘 정말 눈이 호강하는구나!"

일정 수준 이상 검을 익힌 사람이라면 누구나가 검에 진기를 주입할 수 있게 된다. 그 상태에서 더욱 발전하면 검에 주입된 진기를 검 밖으로 표출할 수 있는데, 그 방식에 따라 검경(劍勁)이나 검강(劍罡)으로 나뉜다.

그런데 사람들 중에는 검에 주입된 진기를 밖으로 내뿜기보다는 오히려 검 속에 더욱 압축하는 방법을 선택한 자들도 있었다. 검 속의 진기를 압축하고 또 압축하여 어느 순간이 지나가면 검 자체가 진기와 하나가 되어 버린다. 그 상태에서 검이 움직이게 되면 검은 무형(無形)의 진기(眞氣)처럼 공간과 공간을 그대로 가르고 지나가게 되는 것이다. 이것이 바로 진공검의 원리였다.

하나 실제로 강호에서 진공검을 보기란 좀처럼 쉽지 않았다. 진공검을 익히는 사람도 드물뿐더러 실제로 남과의 싸움에서 사용할 만큼 숙달되기가 무척이나 어렵기 때문이다. 원래 진기를 검 밖으로 발출하는 것보다는 검 속에서 압축하는 것이 훨씬 더 힘들고 난해한 법이다. 생사(生死)가 오가는 긴박한 상황에서 엄청난 집중력을 요하는 진공검을 펼친다는 것은 어지간한 강심장이 아니면 불가능한 일이었다.

그런데 아직 강호에 제대로 알려지지도 않은 점창파의 일대제자가 대뜸 진공검을 펼쳤으니 대방 선사를 비롯한 중인들이 놀라는 것도 무리는 아니었다. 하나 달리 생각해 보면 오늘과 같은 친선 비무야말로 진공검을 펼쳐 보이기에 더할 나위 없이 적합한 자리가 아니겠는가?

낙일방은 생전 처음 보는 상대의 기이한 검법에 마땅한 대응법을 찾지 못하고 계속 수세에 몰렸다. 그렇게 빠르지도 않았고 그렇다고 변화가 무쌍하거나 질식시킬 듯한 위력이 담겨 있는 것도 아니었다. 그저 공간과 공간 사이를 자연스럽게 파고들어 오고 있을 뿐이다.

 그런데도 지금까지 낙일방이 상대했던 어떤 고수의 검법보다도 더욱 상대하기 까다로워 보였다. 특히 지금처럼 낙일방이 펼친 권영(拳影)과 권영 사이를 아무런 제지도 없다는 듯이 미끄러져 들어올 때면 흡사 유령의 손길을 보는 것 같아서 섬뜩한 느낌마저 들었다.

 낙일방 같은 수준의 권법의 고수가 펼치는 주먹과 주먹 사이의 공간은 그야말로 가공할 압력이 휘몰아치고 있어서 검은커녕 바늘 하나도 뚫고 들어오기 힘들다. 그런데도 마치 무풍지대(無風地帶)를 통과하는 것처럼 공간을 가르며 검이 파고들고 있으니 낙일방으로서는 당혹스러움을 느끼지 않을 수 없었다.

 낙일방은 장쾌장권구식만으로는 어렵다고 판단하고 낙뢰신권을 펼치려 했으나 선뜻 손이 움직여지지 않았다. 상대의 괴이한 검에 대한 대비책이 없이 무작정 낙뢰신권을 펼쳤다가는 자칫 별다른 성과도 없이 낙뢰신권의 허실(虛實)만을 드러내게 될지도 모른다고 생각한 것이다.

 그러다 보니 낙일방은 수세를 벗어나지 못하고 계속 뒤로 몰리고 있었다.

 그 광경을 지켜보고 있던 대방 선사의 입에서 아쉬움 섞인 한숨이 흘러나왔다.

 "정말 좋은 재질을 가지고 있으면서도 무얼 망설이고 있는 건가? 역시 대전(對戰) 경험이 많지 않다는 것이 확연하게 드러나는구나."

대현이 조심스러운 음성으로 물었다.

"낙 시주가 패하리라고 보십니까?"

"지금 상태라면 그렇다. 진공검에 맞설 대응책을 찾지 못한다면 지금처럼 허우적거리다가 제대로 실력 발휘도 해 보지 못하고 패하고 말 것이다."

"하지만 낙 시주는 아직 장괘장권구식 외에는 특별한 무공을 선보이지 않았습니다. 강호의 소문이 사실이라면 번개를 무색케 하는 빠르고 강력한 권법을 지니고 있을 텐데 말입니다."

대방 선사의 부리부리한 눈에서 한 줄기 예리한 광망이 번뜩이고 지나갔다.

"아마도 무작정 절학을 펼친다고 상대의 진공검을 깰 수는 없다고 판단한 것이겠지. 하지만 그것이 잘못된 것이다."

"예? 잘못된 것이라니요?"

"강호에 기이한 무공은 얼마든지 있다. 그런 무공을 만날 때마다 허실을 탐색한답시고 자신의 절학을 아낀다면 아마 태반이 제대로 싸워 보지도 못하고 죽고 말 것이다."

"그러면 어떻게 해야 합니까?"

"일단은 무조건 자신이 가진 가장 강력한 무공으로 맞대응을 해야 한다. 그런 무공들은 직접 몸으로 부딪쳐 봐야 비로소 장단점들을 알 수 있게 되기 때문이다."

대현은 고개를 갸웃거렸다.

"그건 너무 위험한 대응이 아닐까요?"

"그렇지 않다. 다른 건 몰라도 강호에서의 싸움은 일단 부딪쳐 봐야 한다. 무작정 피하거나 도망만 다녀서는 결코 진학(眞學)을 얻을 수 없을뿐더러 상대 무공의 파해법도 찾아낼 수 없다."

대현이 여전히 반신반의하는 듯하자 대방 선사는 빙긋 웃음을 매달았다.

"사제의 나쁜 버릇이 또 한 가지 나왔구나. 매사에 너무 신중하면 때를 놓치는 법이다."

대현은 조용히 따라 웃었다.

"저의 단점이 어디 한두 가지뿐이겠습니까?"

"그래도 현명하다는 단 한 가지 장점이 모든 단점들을 상쇄하니 정말 다행한 일이 아니겠느냐?"

"저는 점점 장문 사형이 두려워집니다."

두 사람은 서로를 마주 본 채 엷은 미소를 교환했다. 그러다 대현이 정색을 하며 비무가 벌어지는 곳으로 시선을 돌렸다.

"어쨌든 장문 사형의 말씀대로라면 지금 낙 시주는 최악의 선택을 하고 있는 거로군요."

"그렇다. 그는 무작정 머리로만 돌파구를 찾을 궁리를 할 게 아니라 숨기고 있는 절학을 아낌없이 펼쳐서 직접 몸으로 돌파구를 만들어 냈어야 한다. 만일 그렇게 했다면 지금처럼 수세에 몰리는 일도 없었을뿐더러 무공에 대해 얻는 바도 적지 않았을 것이다."

대현은 준수하고 기개가 헌앙한 낙일방에게 호감을 가지고 있었기 때문에 안타깝다는 표정이 떠올랐다.

"아쉬운 일이군요. 낙 시주 본인을 위해서나 종남파를 위해서나 말입니다."

"그런 건 인력(人力)으로 어쩔 수 없는 일이지."

그런데 그들의 대화를 듣기라도 한 것처럼 낙일방의 동작이 달라지기 시작했다.

사실 그때 낙일방의 상황은 밖에서 보는 것보다 훨씬 더 좋지 못했다. 곽희의 검은 단순히 공간을 가르고 들어오는 것뿐이 아니고 검법 자체에 기이한 기운이 담겨 있어서 낙일방의 전신을 무겁게 짓누르고 있었다. 낙일방은 이런 상태로 계속 가다가는 낙뢰신권을 펼쳐 보지도 못하고 그물에 걸린 물고기 신세가 될 것이라고 판단하고는 이판사판의 심정으로 전력을 다해 반격을 가하기 시작했던 것이다.

그때 그가 선택한 것은 위력이 강맹하고 빠른 낙뢰신권이 아니라 구반장법(九盤掌法)이었다. 구반장법은 낙일방이 해조림에게서 배운 우일기의 칠종절학 중 하나로, 낙일방은 아직까지 이 무공을 남들 앞에서 제대로 펼쳐 본 적이 없었다.

그 이유는 구반장법이 너무나 복잡하고 변초가 무궁무진해서 완벽하게 익히기가 거의 불가능한 것이기 때문이었다. 석년에 우일기도 이 구반장법은 십이성으로 익히지 못했다.

그만큼 난해한 무공이었으나, 오히려 그 때문에 낙일방은 이 구반장법으로 곽희의 기이한 검을 상대하기로 결심한 것이다. 자신도 완벽하게 파악하지 못한 구반장법의 복잡한 변초라면 곽희의 공간을 가르는 검도 제대로 뚫고 들어오지 못할 것이라고 판단한 것이다.

그의 생각은 절반만 맞았다.

곽희의 검은 여전히 구반장법의 변초 속을 수월하게 가르고 들어왔다. 대신에 그 속도는 조금 전에 비해 상당히 느려져 있었다.

낙일방은 구반장법으로도 곽희의 검을 막지 못해 초조한 생각이 들었으나, 한편으로는 그의 검이 느려진 것에 의아함을 느끼기도 했다.

'혹시……'

낙일방은 문득 떠오르는 생각이 있어 구반장법의 절초들을 연거푸 펼쳐 곽희의 하반신을 집중적으로 노리고 들어갔다. 그러자 곽희의 검이 급격하게 흔들리며 공간을 가르고 들어오는 속도가 더욱 느려졌다.

그리고 마침내 낙일방이 질풍노도 같은 십이장(十二掌)을 거푸 갈겨 대자 곽희가 처음으로 검을 펼치지 못하고 뒤로 한 걸음 물러나는 것이었다. 비록 단 한 걸음에 불과했으나, 낙일방은 자신의 추측이 맞았음을 깨닫고 용기백배하여 곽희의 전면으로 온몸을 내던지다시피 뛰어들었다.

묵령갑을 착용한 그의 오른손이 반쯤 말아 쥔 주먹의 형태로 변하며 우레와 같은 굉음과 함께 곽희의 아랫배 쪽으로 쏘아져 갔다. 마침내 낙일방이 자신이 가장 자신 있는 낙뢰신권을 펼친 것이다. 낙뢰신권 중에서도 강맹한 위력을 자랑하는 일점천뢰의 식이었다.

곽희는 피하지 않고 그 자리에 우뚝 선 채 수중의 장검을 마치 채찍질하듯 앞으로 세차게 찔러 댔다.

쐐액!

공간을 가르고 낙일방의 미간을 향해 날아드는 그의 검은 거칠 것이 없어 보였다. 하나 이를 본 중인들은 모두 표정이 변했다. 곽희가 낙일방의 공격은 아랑곳하지 않고 자신의 공세에만 집중하고 있기 때문이었다.

이것은 그야말로 수비는 도외시한 채 너 죽고 나 죽자는 식의 가장 무식하고 살벌한 대응이었다. 명문 정파 간의 친선 비무에서는 좀처럼 보기 힘든 장면으로, 그동안의 대결이 치열하기는 했으나 살기가 별로 보이지 않았던 일반적인 비무임을 생각해 볼 때 정말 뜻밖의 일이 아닐 수 없었다.

낙일방이 주먹을 거두고 물러난다면 모처럼 잡은 기회를 날려 버리는 것은 물론이고 더욱 어려운 상황에 처하게 될 것이다. 그렇다고 계속 주먹을 내지르면 비록 곽희의 아랫배를 뭉갤 수는 있겠지만, 자신의 미간도 그대로 검에 꿰뚫리고 말 것이다.

물러설 수도 없고 계속 나갈 수도 없는 진퇴양난의 상황에서 낙일방은 가장 그다운 선택을 했다. 오른 주먹을 계속 내지르면서 왼손으로 자신의 미간을 향해 날아오는 곽희의 검을 그대로 움켜잡은 것이다.

"저런 무식한……."

대방 선사가 자신도 모르게 자리에서 벌떡 일어나며 경호성을 토해 냈다. 대방 선사뿐 아니라 구경하고 있던 모든 중인들의 얼굴이 경악으로 굳어졌다.

하나 피가 낭무하고 처절한 비명이 장내를 뒤흔들 거라는 예상과는 달리 연무장 안은 고요한 정적만이 감돌았다.

중인들은 모두 눈을 부릅뜨고 장내를 주시했다.

연무장 중앙에는 두 사람이 서로 마주 본 채 바짝 다가서 있었다. 낙일방의 오른 주먹은 곽희의 아랫배에 닿아 있었고, 왼손은 자신의 이마를 찔러 온 곽희의 검을 이마 바로 앞에서 잡고 있었다.

뚝…… 뚝…….

검을 움켜잡은 낙일방의 왼손에서 핏물이 떨어져 내렸다. 비록 묵령갑을 끼고 있어 손바닥이 꿰뚫리지는 않았으나, 밖으로 노출된 손가락이 베여 피가 흘러내리고 있는 것이다.

낙일방은 여전히 오른 주먹을 곽희의 아랫배에 대고 왼손으로는 검을 잡은 자세로 곽희의 얼굴을 뚫어지게 바라보고 있었다. 곽희의 얼굴은 여전히 무표정했으나, 조금 창백하게 변한 것도 같았다.

낙일방은 묵묵히 그의 얼굴을 쏘아보다가 왼손에 잡고 있던 검을 놓고 내밀었던 주먹도 거두어들였다.

"좋은 비무였소."

곽희는 수중에 들고 있는 검을 거두지도 않고 우두커니 그 자리에 서 있었다. 그러다 낙일방이 포권을 하고 뒤로 물러나자 그제야 자신도 몸을 돌려 돌아갔다.

중인들은 무엇이 어떻게 되었는지 몰라 어리둥절한 모습이었다.

공증인석에 있던 세 명의 공증인이 서로 무어라고 상담을 한 후 곧이어 백리장손이 자리에서 일어났다.

"이번 비무는 종남파의 승리요."

그는 선언하듯 짤막하게 말한 후 이내 자리에 앉아 버렸다. 하나 다소 딱딱하게 굳어진 그의 모습을 볼 때 심기가 편치 않음을 알 수 있었다.

조금 전의 긴박한 상황에서 낙일방이 마지막 순간에 공력을 거두어들인 덕분에 곽희는 전혀 부상을 입지 않았다.

하나 그와는 반대로 곽희는 끝까지 낙일방의 이마를 향해 전력으로 검을 찔러 왔다. 낙일방이 왼손으로 막지 않았다면 친선 비무에 유혈 참극이 벌어지고 말았을 것이다. 전후 사정을 모두 판단한 공증인들이 낙일방의 승리를 선언한 것은 너무도 당연한 일이었다.

낙일방이 돌아오자 동중산은 황급히 다가가서 그의 손을 살펴보았다. 묵령갑을 끼고 있는 상태에서도 낙일방의 왼손은 피범벅이 되어 있었다. 동중산은 상처를 유심히 살펴보고는 안도의 한숨을 내쉬었다.

"다행히 손가락이 잘리지는 않았습니다. 아니, 그 정도가 아니라……."

동중산의 외눈이 조금 커졌다.

"피부가 베여 피가 제법 나왔지만 상처 자체는 그리 심하지 않군요."

그는 낙일방을 쳐다보며 다소 열띤 음성으로 말했다.

"정말 감탄했습니다, 낙 사숙. 검기가 가득 실린 장검을 맨손으로 잡고도 피육의 상처에 그치다니 저로서는 상상도 못 할 일입니다."

낙일방은 대수롭지 않은 듯한 표정을 지었다.

"묵룡기가 완벽했다면 이런 상처도 입지 않았을 겁니다. 이제는 제법 나아졌다고 생각했는데, 아직도 많이 부족하군요."

"그렇지 않습니다. 낙 사숙과 비슷한 나이에 이 정도의 강기 무공을 터득한 자는 거의 없을 겁니다."

옆에서 다가와 낙일방의 상세를 살피던 진산월도 그 말에 동조를 했다.

"중산의 말이 맞다. 석년의 우일기 조사께서 묵룡기를 완성한 것은 마흔이 넘어서였다. 지금의 너는 스스로의 공부(功夫)에 자부심을 가져도 된다."

낙일방은 씁쓸하게 웃으며 고개를 저었다.

"아직 멀었습니다. 장문 사형도 제가 그자의 검법에 당황해서 쩔쩔매는 것을 보시지 않았습니까?"

"강호는 넓고 기인이사는 구름처럼 많다. 그들 중 네가 접해 보지 못한 특이한 무공을 익힌 사람이 얼마나 될 것 같으냐?"

낙일방은 조금 자신 없는 음성으로 대답했다.

"무수히 많겠지요?"

"그렇다. 그리고 그런 무공을 만날 때마다 마땅히 대응할 방법을 못 찾아 어려움에 처하거나 낭패를 보게 되는 경우도 비일비재할 것이다. 그것은 강호를 행도하는 고수라면 누구나가 경험하게 되는 일이다."

"그걸 방지하는 방법이 없습니까?"

"한 가지뿐이다."

낙일방은 급히 물었다.

"그게 무엇입니까?"

"많이 부딪쳐 보고 많이 겪어 보는 것이다."

낙일방은 조금 인상을 찡그렸다가 이내 표정을 풀었다.

"결국 남들과 많이 싸워 봐야 한다는 것이로군요."

"그렇다. 경험만큼 좋은 스승은 없다. 다채로운 경험을 할수록 낯설고 이질적인 무공에 당황하는 일이 적어지게 된다. 조금 전에도 너는 비록 고전하기는 했지만 결국 나름대로의 파해법을 찾지 않았느냐?"

낙일방은 방금 전의 상황이 생각나자 약간은 계면쩍은 웃음을 흘렸다.

"운이 좋았습니다. 상대의 검에 어떻게 대항할지 몰라 허둥대다가 이판사판의 심정으로 구반장법을 펼쳤는데 그게 먹혀들었던 겁니다."

"구반장법이 아니라도 변화가 다양한 무공이었다면 어떤 것이든 비슷한 효과를 봤을 것이다."

낙일방이 눈을 번쩍 빛내며 다소 활기찬 음성으로 말했다.

"확실히 그렇군요. 구반장법을 펼쳐도 그자의 검을 막을 수는 없었으나, 이상하게도 검의 속도가 확연히 느려지더군요. 변화와 변화 사이의 빈 공간을 파고들어 오느라 그런 것이 아닐까 생각했는데, 제가 제대로 본 건가요?"

"옳게 봤다. 그자가 펼친 것은 진공검의 일종으로, 그중에서도 파형(波形) 계열일 것이다."

"진공검이 대체 뭡니까?"

낙일방이 의아한 듯 묻자 종남파의 다른 사람들도 모두 호기심 어린 표정으로 진산월을 주시했다. 진산월은 차분하게 진공검에 대해 설명해 주었다.

"진공검은 검에 주입된 진기를 압축시켜 검을 진기화(眞氣化)한 것이다. 물론 원리가 그렇다는 것이고, 실제로 진공검의 효과는 아무리 강력한 공격이라도 그 속의 빈틈을 거침없이 뚫고 들어간다는 데 있다. 즉, 검 자체가 무형의 진기처럼 움직인다는 것이다."

"아! 그래서 제 공격이 그토록 형편없이 뚫렸군요?"

"진공검은 검이 움직이는 유형에 따라서 다시 세 가지 계열로 나뉜다. 파형, 선형(線形), 그리고 점형(點形)이다."

중인들은 모두 그의 말에 정신없이 귀를 기울였다.

"파형은 이름 그대로 물결처럼 검을 움직이는 것이다. 상대가 펼친 초식 속에 있는 공간을 물결이 일렁이듯 타고 넘어 들어가는 것이지. 진공검의 대부분이 이런 파형 계열이다."

"선형 진공검은 어떤 것입니까?"

"자신의 검과 상대의 공격 속에 있는 빈틈을 선(線)으로 연결해서 이동하는 수법이다. 그래서 파형보다 익히기도 어려울뿐더러 그 속도는 상상할 수도 없을 만큼 빠르지."

낙일방은 자신의 공세 속을 아무 제약도 없이 가르고 들어오는 곽희의 검도 놀라웠는데, 그 검이 출렁거리지 않고 일직선으로 곧장 쏘아져 왔다면 어땠을까 생각해 보자 가슴이 섬뜩해졌다. 직접 진공검을 겪어 본 그로서는 상상만으로도 그 위력이 생생하게 느껴진 것이다.

"그건 정말 무서운 검법이겠군요."

"강호의 전설적인 쾌검수(快劍手)들 중 상당수가 바로 이 선형 진공검 계열의 검법을 익힌 자들이다."

"점형은 또 어떤 것입니까? 이름만으로는 도저히 상상이 가지 않는군요."

진산월의 표정이 심각해졌다.

"점형이야말로 진정으로 경계하고 두려워해야 할 검법이다. 이건 오직 살인만을 위한 검법이다."

"예? 살인만을 위한 검법이라뇨?"

"점형 진공검은 상대의 몸의 특정 부위를 점(點)으로 보고 오직 그 점을 향해 검을 움직이는 수법이다. 일단 점형 진공검에 몸이 노출되게 되면 피하기가 거의 불가능하다. 검이 어떤 식으로든 공간을 압축해서 목표로 했던 점으로 파고들어 오기 때문이지."

낙일방의 얼굴도 덩달아 굳어졌다.

"말만 들어도 무시무시하군요. 그렇다면 거의 무적(無敵)이 아닙니까?"

"그건 그렇지 않다. 점형 진공검으로 자신이 목표한 점을 지정하기 위해서는 약간의 시간이 필요하다. 다시 말해서 시간을 주지 않으면 점형 진공검에 당하지 않는다는 말이지. 게다가 점형 진공검은 익히기가 까다로워서 강호 무림 전체를 놓고 보아도 한 세대에 한두 명이 나올까 말까 할 정도다."

"그렇다면 정말 다행이군요. 그런데 상대가 점형 진공검을 익히고 있다는 걸 어떻게 압니까? 점형 진공검을 펼치기 위한 사전

동작 같은 게 있습니까?"

"그런 건 없는 것으로 알고 있다."

"그것 참 난감하군요. 그걸 알아야 상대가 진공검을 펼칠 수 있는 시간을 주지 않든 대비를 하든 할 게 아닙니까?"

"점형 진공검을 익히게 되면 신체 중 한 부분에 이상이 생기게 된다. 과도한 정신 집중과 신경 조직의 비대한 발달로 인한 현상이지."

낙일방은 반색을 했다.

"어느 부위입니까?"

"검법마다 다르니 확신할 수는 없지만 대체로 얼굴 부위라고 한다. 마도제일(魔道第一)의 살인 수법인 탈혼검이 대표적인 점형 진공검의 일종인데, 탈혼검의 경우 미간에 푸른 선이 나타나는 증상이 있다."

"탈혼검이라면 취미사 혈겁의 흉수가 익힌 것으로 짐작되는 무공이 아닙니까?"

"그렇다."

낙일방의 얼굴이 다시 어두워졌다.

"그 정도만으로 점형 진공검을 익힌 사람을 파악하기는 힘들 것 같군요. 앞으로 얼굴에 이상한 부위가 있는 사람에게는 무조건 조심하는 수밖에 없겠네요."

진산월은 다소 의기소침해진 낙일방의 모습을 지켜보고 있다가 엄격해진 음성으로 말했다.

"내가 한 말을 벌써 잊은 거냐? 아무리 상대가 특이한 무공을 익히고 있다고 할지라도 자신의 실력에 믿음을 가지고 풍부한 경험을 쌓는다면 충분히 대적할 수 있다."

낙일방은 진산월의 질책에 몸을 움찔했다가 이내 머쓱한 표정으로 말했다.

"제가 진공검에 놀라 너무 겁을 먹은 것 같군요. 장문 사형 말씀대로 좀 더 저 자신의 실력을 키우도록 노력하겠습니다. 그나저나 앞으로 곽희와 같은 파형 진공검을 사용하는 자에게는 무조건 변화가 심한 무공으로 맞서야겠군요."

"곽희의 진공검은 아직은 초보 수준에 불과하다. 만약 그의 수준이 좀 더 높았다면 단순히 변화가 많은 정도로는 파형 진공검을 막을 수 없다."

"그럼 어떻게 상대해야 합니까?"

"파형이란 말에 해답이 있다."

낙일방은 어리둥절한 얼굴로 물었다.

"예? 그게 무슨 뜻입니까?"

"파형은 곧 물결이다. 그걸 잘 생각해 보면 알 수 있을 것이다."

진산월은 그 말만 하고 입을 다물어 버렸다.

낙일방은 궁금함이 머리끝까지 치밀어 올랐으나 더 이상은 묻지 않았다. 파형 진공검에 대한 파해법은 자신이 고민하여 해결해야 하는 것임을 깨달은 것이다.

낙일방이 복잡한 상념에 잠겨 있자 동중산이 진산월에게 다가와서 소곤거렸다.

"낙 사숙이 저렇게 진지하게 고민하는 모습은 모처럼 보는 것 같습니다."

"이번 문제를 스스로의 힘으로 해결한다면 일방의 무공은 한 단계 더 진보할 것이다."

"그나저나 점창파에서 진공검을 익힌 고수가 있을 줄은 몰랐습니다."

"진공검은 검법을 익히는 고수들에게는 누구나 한 번쯤 도전해 보고 싶은 분야다. 완벽하게 익힌 사람은 극히 드물지만 입문만 한 자들은 적지 않지. 그런 면에서 일방은 아주 적당한 시기에 진공검을 겪어 보게 되었으니 운이 좋다고 할 수 있다."

"그래도 진공검을 실전에서 사용할 정도라면 상당한 수준이라고 할 수 있습니다. 점창파에는 곽희보다 더욱 뛰어난 진공검의 고수들이 분명히 있겠지요?"

"그럴 것이다. 누군가가 가르쳐 주지 않았다면 저 정도의 진공검을 익히기란 거의 불가능한 일이니 말이다."

동중산의 표정도 그리 밝지만은 않았다.

"오늘의 비무는 낙 사숙 덕분에 삼 파가 공평하게 승리를 나누어 가졌습니다. 더 이상의 문제는 없어야 할 텐데, 조금 전에 백리장손의 표정을 보니 심기가 몹시 불편해 보이던데 걱정이 됩니다."

"이곳에 우리와 점창파만 있다면 반드시 또 다른 시비가 생겼을 것이다. 다행히 소림사가 중간에 있으니 아무리 백리장손이 본파에 불만을 가지고 있다고 해도 더 이상 문제를 확대시키지는 않을 것이다."

때마침 조빙심이 점창파의 고수들을 이끌고 진산월에게로 왔다.

"진 장문인 덕분에 본 파의 제자들이 좋은 경험을 하게 된 것 같소."

"그건 오히려 내가 해야 할 말인 듯하오."

조빙심과 인사를 나눈 진산월이 둘러보니 조빙심이 데리고 온 점창파 제자들 중 유독 곽희의 모습이 보이지 않았다.

"그런데 조금 전에 인상적인 검법을 펼쳤던 분은 먼저 가셨소?"

조빙심의 청수한 얼굴에 한 줄기 당혹감이 스치고 지나갔다.

"곽 사질은 백리 사형과 함께 먼저 숙소로 돌아갔소. 낙 소협과의 비무로 심력(心力)을 많이 소모하여 피곤했던 모양이오."

"백리 사형이라면 백리장손 대협을 말하는 거요?"

"그렇소. 솔직히 나이로 따지면 내가 그분의 아들뻘인데, 운이 좋게도 같은 스승을 모시게 되었소."

"그렇구려. 그럼 곽희라는 분은……."

"곽 사질은 백리 사형의 제자요."

"그래서 그렇게 뛰어난 검법을 지니고 있었구려."

조빙심은 씁쓸하게 웃더니 이내 정색을 했다.

"사실은 낙 소협에게 고맙다는 말을 하기 위해 일부러 들렀소."

옆에서 별생각 없이 그들의 대화를 듣고 있던 낙일방이 움찔하여 조빙심을 쳐다보았다.

"예? 고맙다니요?"

조빙심은 낙일방을 돌아보며 진중한 음성으로 말했다.

"낙 소협이 조금 전의 비무에서 손속에 인정을 베푼 것에 대해 진심으로 감사하게 생각하오."

낙일방은 강호의 명성이 자신에게 비할 바가 아닐 정도로 대단한 조빙심이 진지한 표정으로 사의를 표하자 절로 당황해서 얼굴이 붉게 상기되었다.

"서로의 실력을 보이고 친선을 도모하기 위한 비무에서 그런 일은 당연한 것입니다. 오히려 제가 너무 무식한 방법을 사용하여 곽 대협을 모욕한 게 아닐까 걱정이 되는군요."

조빙심은 낙일방의 준수한 얼굴에 떠올라 있는 순진한 표정을 보고는 그의 성품을 어느 정도 짐작했는지 입가에 잔잔한 미소를 매달았다.

"낙 소협의 말대로 비무란 의당 그래야 하오. 그래도 나는 낙 소협에게 고맙다는 말은 꼭 하고 싶었소."

조빙심은 자세한 이야기를 하지 않았지만, 진산월은 충분히 그 안의 사정을 짐작할 수 있었다.

곽희의 검은 단순히 비무의 승패를 가르기 위한 것이 아니라 낙일방을 살상(殺傷)하려는 목적을 담고 있었다. 낙일방의 대처가 조금만 늦었거나 적절하지 않았다면 적어도 큰 부상을 면키 어려웠고, 상황에 따라서는 이마를 관통당한 채 비명횡사했을지도 모른다.

진공검은 그런 점에서 비무를 가장한 살인을 저지르기에 적합한 무공이었다. 아직 강호 경험이 충분치 않은 낙일방으로서는 제대로 대응도 해 보지 못하고 당할 가능성이 농후한 상황이었다.

곽희가 처음부터 그런 의도를 가지고 있었는지는 분명치 않지만, 진산월은 곽희의 그런 행동에 배후가 있을 거라고 짐작했다. 그리고 조빙심의 말은 그의 짐작이 터무니없는 것이 아님을 나타냈다.

조빙심이 떠나간 후 이번에는 대방 선사가 종남파 일행들에게로 걸어왔다.

"허허…… 오늘 빈승은 크게 안계를 넓혔소이다. 특히 낙 소협은 두 번이나 빈승을 놀라게 했소."

낙일방은 대방 선사의 말에 의아함을 금치 못했다.

"제가 무슨 일로 방장 스님을 놀라게 했습니까?"

대방 선사는 낙일방의 옥을 깎아 놓은 듯한 수려한 얼굴을 웃음기가 가득 담긴 눈으로 쳐다보았다.

"본 사의 정명을 상대할 때는 낙 소협의 정교하면서도 자유분방한 초식 운용에 놀랐고, 곽 시주와의 비무에서는 그 과격함과 기발함에 거듭 놀랐소이다. 준수한 낙 소협의 몸 어디에 그런 과격한 승부사의 기질이 담겨 있는지 모르겠소."

낙일방의 얼굴이 붉게 상기되었다.

"방장 스님도 농을 하시는군요. 저로서는 감당하기 어렵습니다."

"허허…… 빈승의 말은 사실이오. 빈승은 가끔 실없는 소리를 해서 주위 사람들에게 눈총을 받기는 하지만, 무공에 관해서는 아직 허튼소리를 내뱉은 적이 없소."

낙일방은 여전히 멋쩍은 미소를 지었지만, 천하에 명성이 자자한 소림사의 장문인이 의외로 쾌활한 성격을 지닌 것을 알고는 무척이나 흥미로워했다.

대방 선사는 한 번 더 각별한 눈으로 낙일방을 응시한 후 진산월에게로 시선을 돌렸다.

"다행히 비무의 결과가 삼 파 중 어느 쪽에도 치우치지 않아 만족스럽소이다. 진 장문인 생각은 어떠시오?"

진산월은 담담하게 대꾸했다.

"저로서는 그저 방장님의 배려에 감사할 뿐입니다."

"허허…… 빈승이 한 게 무엇이 있다고 그러시오? 그나저나 잠시 후에 시간을 낼 수 있겠소?"

진산월은 대방 선사가 이제야 자신을 소림사로 초대한 이유를 밝히려고 한다는 것을 알아차리고 흔쾌히 고개를 끄덕였다.

"알겠습니다. 제자들을 숙소로 보낸 다음 찾아뵙겠습니다."

"아미타불. 그럼 반 시진 후에 사미승을 보내겠소."

대방 선사가 나직하게 불호를 왼 후 멀어져 가자 낙일방이 그의 뒷모습을 보고 있다가 싱겁게 웃었다.

"소문으로 듣던 것과는 다른 분이군요. 굉장히 엄격하고 냉정한 분인 줄 알았는데……."

"소림사 같은 거대 문파의 장문인이라면 당연히 자기 자신에게 엄격해야 하고 어떤 상황에서도 냉정을 잃지 않아야 하니 틀린 소문은 아니지. 대방 선사의 저런 모습은 일파를 이끄는 우두머리로서의 중압감을 해소하기 위한 나름대로의 해결책일 것이다."

낙일방은 고개를 갸웃거렸다.

"남에게 보이기 위한 행동이란 말씀입니까?"

"남이 아니라 자기 자신을 위한 행동이란 것이지."

진산월이 그 말만을 하고 몸을 돌리자 낙일방은 진산월의 말이 알쏭달쏭한지 동중산에게 물었다.

"동 사질은 장문 사형의 말이 무슨 뜻인지 알겠어요?"

동중산은 빙그레 웃으며 자신보다 나이 어린 사숙의 의문에 대답해 주었다.

"장문인의 말씀은 대방 선사가 장문인이 되면서 자신이 원하는 길을 가지 못하는 불만을 그런 식으로 해소하고 있다는 뜻입니다."

낙일방은 처음 듣는 말인 듯 눈을 크게 떴다.

"대방 선사가 장문인이 되는 걸 싫어했나요?"

"제가 듣기로는 대방 선사는 어려서부터 무학에 천부적인 소질을 보였을 뿐 아니라 자신도 무공에 미쳐서 불과(佛果)를 드리는 일조차 등한시했을 정도였다고 하더군요. 그래서 한때는 많은 사람들이 그를 미래의 천하제일인으로 생각했다고 합니다."

낙일방은 알겠다는 듯 고개를 끄덕였다.

"그런데 장문인의 지위에 오르면서 무학의 길을 포기해야만 했겠군요. 그래서 그 아쉬움을 해학적인 성격과 털털한 웃음으로 풀고 있다는 말이지요?"

"그렇습니다."

낙일방은 무언가 골똘히 생각에 잠긴 모습이었다. 그래서 이번에는 동중산이 그를 향해 물었다.

"낙 사숙께서는 무슨 생각을 그리 하십니까?"

"장문인이란 지위와 무공이란 것이 그렇게 병행하기 힘든가 하는 생각이 들었습니다."

"소림사는 이 넓은 강호에서도 첫손가락에 꼽히는 거대한 문파입니다. 이런 문파를 이끌기 위해서는 자신을 위한 시간은 거의 없다고 봐야 합니다. 어느 순간에 갑자기 무공에 깨달음이 와도 그걸 얻기 위한 폐관 수련조차 마음대로 할 수 없을 겁니다. 그러니 무공으로 천하제일인이 된다는 건 꿈도 꾸지 못할 일이지요."

"그렇다면 소림사의 장문인이 된 것은 대방 선사 개인으로서는 무척이나 불행한 일이겠군요."

"그렇습니다. 무림의 역사를 되돌아보아도 거대 문파의 우두머리가 천하제일의 자리에 오른 적은 거의 없습니다. 역사가 유구한 문파일수록 그 문파의 제일 고수는 장문인이 아닌 다른 사람들인 경우가 허다합니다."

낙일방은 힐끗 진산월을 쳐다보았다.

"본 파를 제외하고는 말이지요."

동중산은 낙일방의 그런 모습에 미소를 금치 못했다.

"본 파는 사정이 다르지요. 문파의 부흥을 위해서 장문인의 개인적인 역량이 절대적으로 필요한 상황이니 말입니다. 하지만 본 파의 과거 전성기 시절을 되짚어 보아도 장문인이 제일 고수였던 시기는 찾아보기 힘듭니다."

낙일방은 다시 침음했다. 그의 표정이 왠지 심각해 보여서 동중산은 묻지 않을 수 없었다.

"제 말이 공감 가지 않으십니까?"

낙일방은 고개를 저으며 미소를 지었다. 평소에는 좀처럼 보기 힘든 씁쓸함이 담긴 미소였다.

"그게 아니라 장문 사형 생각을 하고 있었어요. 장문 사형은 우두머리와 무공이라는 두 마리 토끼를 모두 쫓고 있잖아요. 대방선사같이 걸출한 사람도 장문인의 지위를 저렇게 힘들어하는데, 장문 사형이 느끼고 있을 그 엄청난 부담감과 막중한 책임감을 떠올려 보면 가슴이 답답해지는군요. 장문 사형도 본인이 불행하다고 생각하고 있을까요?"

동중산의 시선도 자연스레 진산월을 향했다. 그때 진산월은 유소응과 손풍에게 이번 비무에 대한 설명을 하느라 정신이 없었다. 두 사람은 한동안 멍하니 진산월의 그런 모습을 바라보고 있었다. 그러다 서로 시선을 마주치고는 어색한 미소를 나누었다.

"장문 사형은 괜찮겠지요?"

낙일방의 물음에 동중산은 한동안 아무런 대답도 하지 않았다.

그러다 낮게 가라앉으면서도 분명한 음성으로 말했다.

"장문인께선 지금까지 남들이 상상도 못할 고초와 난관들을 무수히 겪어 왔습니다. 결코 부담감에 짓눌리거나 무너지는 일은 없을 겁니다."

동중산은 마지막 말을 마음속으로 삼켰다.

'하지만 장문인이 행복한지는 저도 모르겠군요.'

제 206 장
선실방담(禪室放談)

제206장 선실방담(禪室放談)

 진산월이 대방 선사와 다시 마주 앉은 것은 사방이 온통 붉은 노을로 물들고 있을 저녁 무렵이었다. 대방 선사의 선실에 나 있는 작은 창문 사이로 붉은 해가 떨어지고 있는 모습이 선명하게 보였다.
 대방 선사는 물끄러미 그 석양을 바라보고 있다가 혼잣말처럼 중얼거렸다.
 "장문인이 된 후 가장 마음에 드는 것은 이곳에서 보는 석양이 너무도 아름답다는 것이오. 매일 저녁 저 떨어지는 해를 바라보는 것이 어느새 빈승의 가장 큰 도락(道樂)이 되었소."
 진산월의 시선도 그 석양을 향해 있었다. 붉은 태양이 눈에 비치자 눈도 또한 붉게 물들어 가는 것 같았다.
 "정말 멋진 풍경입니다. 아쉽게도 종남산의 제 방에서는 해를 보기 힘들군요."

"그럴 거요. 대부분의 문파는 가장 외지고 깊숙한 곳에 장문인의 거처를 정하니 말이오."

"그런 점에서 본다면 소림사의 옛 분들은 삶에 여유를 지니셨던 것 같습니다."

"허허…… 아니면 산중(山中) 생활이 너무 심심해서 석양을 보면서 신세 한탄이라도 하려고 했는지도 모르는 일이오."

진산월은 대방 선사의 농담에 빙긋 웃으며 말을 받았다.

"설마 불심 깊은 고승(高僧)들께서 그런 생각을 하셨겠습니까? 아무튼 이곳의 정취는 몹시 마음에 드는군요. 두 번밖에 오지 않았지만 편안하고 친숙한 느낌이 듭니다."

"그런 말을 종종 듣고 있소. 아마도 그만큼 평범하고 소박한 곳이라는 뜻 아니겠소?"

대방 선사의 말마따나 방장실은 별다른 집기도 없고 크기도 넓지 않아서 단출하기 그지없었다. 다만 중앙에 있는 탁자만이 세월의 흐름을 반영하듯 고풍스럽고 질 좋은 나무로 만들어져 있을 뿐이다.

대방 선사는 탁자 위에 놓인 차를 한 모금 마신 다음 신광이 번쩍이는 눈으로 진산월을 응시했다.

"빈승이 진 장문인을 뵙자고 한 것은 한 가지 드릴 말씀이 있어서요."

"경청(敬聽)하겠습니다."

"사 년 전의 무림대집회에 진 장문인도 참석한 것으로 알고 있소."

"그렇습니다."

"올해가 가기 전에 그와 같은 일이 한 번 더 있을 거요."

"무림대집회가 다시 열린단 말입니까?"

"당시와 같은 커다란 규모는 아니오. 그때는 너무 일을 크게 벌이느라 효과적으로 움직일 수가 없었소. 그래서 이번에는 구대문파를 비롯한 무림의 몇몇 인물들만 모일 생각이오."

진산월은 잠시 침묵하다가 입을 열었다.

"서장 무림의 동향이 이상하다는 말은 저도 얼핏 들었습니다. 더욱 자세한 사정을 알고 싶군요."

"사 년 전의 무림 대집회는 모용 공자와 야율척이 일대일의 승부를 벌이는 바람에 별다른 성과가 없이 끝났소. 당시 두 사람의 대결은 승부를 가리지 않았다고 알려져 있었는데, 사실은 조금 다르오."

대방 선사는 차분하면서도 굵직한 음성으로 말을 이었다.

"그때 모용 공자는 자신의 가진 바 진재 절학(眞才絶學)을 모두 발휘하여 공격했지만 야율척은 오직 막기만 했을 뿐 단 한 번의 반격도 하지 않았소. 결국 삼백초가 넘게 공격을 퍼붓던 모용 공자는 스스로의 부족함을 깨닫고 물러날 수밖에 없었소."

"야율척이 왜 공격을 하지 않고 수비만 했는지 아십니까?"

"모용 공자가 지친 얼굴로 손을 멈추자 야율척이 말했다고 하오. '이것으로 자네 조부에게 진 십 년 전의 빚을 갚았네.' 라고 말이오. 야율척은 십 년 전에 모용 대협과의 싸움에서 모용 대협이 손속에 사정을 두어 자신이 크게 다치지 않고 물러난 것을 그런 식으로 보은(報恩)한 것이오."

 진산월은 내심 침음하지 않을 수 없었다.

 그는 과거에 정소소로부터 두 사람의 대결에 대해 들은 적이 있었다. 그때 정소소는 모용봉이 야율척에게 반 수 뒤지기는 했으나 거의 비등한 싸움을 했다고 알려 줬었다. 그런데 지금 대방 선사의 말을 들으면 두 사람 사이의 격차는 단순히 반 수 정도가 아니었다. 어느 한쪽에서 삼백 초나 일방적으로 공격을 퍼붓고도 수비만 하는 상대를 물리치지 못했다면 적어도 한 단계 이상 차이가 나는 실력이라고 봐야 했다.

 "야율척은 의기소침한 모용 공자에게 자신은 모용 대협처럼 십 년이나 기다려 줄 여유가 없으니 사 년 후에 한 번 더 기회를 주겠다고 했소. 그리고 그때는 손속에 사정을 두지 않고 반드시 결판을 내겠다고 확언했다고 하오."

 대방 선사는 목이 마른지 차를 한 모금 더 마신 후 말을 계속했다.

 "모용 공자는 당시의 패배에 큰 충격을 받고 지난 사 년간 구궁보에 칩거하며 오직 무공 수련에만 매달렸다고 하오. 다행히 얼마 전에 모용 공자가 모용 대협의 천양신공을 대성했다는 소식을 들었소. 모용 공자는 돌아오는 중추절에 야율척과 다시 승부를 벌여 사 년 전의 패배를 설욕할 생각이오."

 그것은 진산월도 알고 있는 사실이었다. 그리고 그 결투에서 이기게 되면 모용봉이 임영옥에게 청혼을 하려 한다는 사실도 분명하게 기억하고 있었다.

"중추절까지는 몇 달의 시간이 남았지만, 이미 적지 않은 서장의 고수들이 중원에 들어와 있소. 그건 진 장문인도 알고 있을 거요."

"그렇습니다. 이곳에 오기 전에도 서장의 절정 고수들인 십육사와 십이기의 몇 사람을 본 적이 있습니다."

"그들은 흑갈방을 비롯한 몇몇 중소 문파들을 장악하여 중원 진출의 교두보로 삼고 상당한 세력을 확장하고 있소. 그래서 중원 무림에서도 그에 대항하여 새로운 무림집회를 열지 않을 수 없게 되었소. 하지만 사 년 전의 잘못된 전철을 밟지 않기 위해서 그 규모를 축소하고 정예화하려고 계획했소."

진산월은 이미 누산산에게서 이와 같은 이야기를 들었으나 굳이 지금 대방 선사에게 자신이 알고 있다는 말을 하지 않았다. 누산산이 그때 자신에게 이야기를 꺼냈던 것은 그녀의 즉흥적이고 경솔한 행동의 발로라고 생각했기 때문이다.

대방 선사의 표정을 보니 자신의 짐작이 맞았음이 분명했다. 대방 선사는 진산월이 이번 일에 대해 전혀 모른다고 생각하고 이야기를 진행하고 있는 것이다.

"당시에 결성된 무림맹의 조직에 기존의 구대문파를 비롯한 명문 정파들과 무림의 유명한 명숙들, 그리고 몇몇 우호 세력이 동참하기로 했소."

대방 선사가 우호 세력이라고 돌려 말했지만 진산월은 그것이 천봉궁을 지칭하는 것임을 어렵지 않게 짐작할 수 있었다.

"당시의 무림맹 인물들 중에는 신상(身上)에 변(變)이 있거나 소속을 바꾼 자들도 적지 않을 텐데 그들은 어떻게 하기로 했습니까?"

진산월의 질문은 초가보의 호법으로 활약하다 자신의 손에 죽은 패왕신창 전괴와 낙일방과의 싸움에서 비명횡사한 신편 갈태독을 염두에 둔 것이다. 전괴는 무림맹 결성 당시 하락 지단의 단주로 선출되었던 인물이었고, 갈태독은 관서 지단주였다.

"단주급 인물들 중 행방이 불분명하거나 신원이 확실치 않은 사람들은 모두 제외를 했소. 당시의 무림맹 수뇌부 중 이번 일에 동참하는 사람들은 절반쯤 될 거요."

"이번 집회의 주최자는 누가 되는 겁니까?"

진산월이 민감한 문제를 거론하자 줄곧 평온한 안색으로 말을 이어 오던 대방 선사의 얼굴에 한 줄기 곤혹스러운 빛이 떠올랐다.

"원래 이번 집회를 처음에 기획한 사람은 무림구봉 중의 한 분이신 번신봉황 이북해 대협이오. 이 대협은 줄곧 서장 무림의 동향을 주목하고 있다가 올해 들어와서 그들의 움직임이 심상치 않다고 보고 빈승을 비롯한 몇몇 무림 명숙들에게 새로운 무림 집회의 필요성을 역설했소."

"……"

"그런데 막상 무림 집회를 열기 위한 준비 모임을 하게 되자 이 대협은 좀처럼 모습을 드러내지 않았고, 이 대협의 휘하 세력인 성숙해의 인물들만 참여를 했소. 그러자 무림맹주인 일장개천지 위지립 대협이 이에 불만을 표출하여 주도권을 놓고 알력이 벌어지게 되었소."

"변신봉황 이 대협이야 행적이 신비롭고 신룡 같은 분이니 남들 앞에 나타나지 않는다고 해도 특별히 문제가 될 것은 없지 않겠습니까?"

"빈승도 그렇게 생각하오만, 위지 대협의 생각은 달랐던 모양이오. 그의 말인즉, 모임의 주최자가 앞장서서 일을 진행해야만 사 년 전과 같은 시행착오가 벌어지지 않는다는 거요. 그런데 모임을 발의만 해 놓고 참석도 하지 않는다는 건 너무 무책임한 행동이라는 것이지. 몇몇 사람들이 그의 말에 동조를 하면서 사태가 심각해졌소."

대방 선사는 일이 시작도 되기 전에 내분부터 일어난 현재의 상황이 마음에 들지 않는지 표정이 무거워졌다.

"위지 대협의 말도 사실 틀린 말은 아니오. 사 년 전의 실패는 수뇌부를 너무 방만하게 조직하여 위에서 결정한 내용이 밑에까지 제대로 연결되지 않았던 것이 가장 큰 이유였소. 위지 대협은 수뇌부를 확실히 정해서 더욱 많은 실권을 주어 명령 체계를 신속하고 분명하게 하자는 것이오."

"무림맹주라면 그 정도 권한은 있지 않겠습니까?"

"허허…… 모두 진 장문인과 같은 생각이라면 빈승이 굳이 말을 꺼낼 필요도 없었을 거요. 위지 대협이 수뇌부에 몇몇 자신과 가까운 인물들을 기용하자 적지 않은 사람들이 불만을 표출했소. 그들은 사 년 전의 무림 집회가 이미 실패로 드러난 만큼 이번에는 새로운 수뇌부를 결성해야 한다고 목소리를 높이고 있소."

"그들이 누굽니까?"

대방 선사의 얼굴에 무거운 빛이 떠올랐다.

"그런 주장을 하는 자들의 중심에 있는 사람은 무당파의 현령 장문인이오."

그제야 진산월은 대방 선사가 왜 그 일에 대해 이토록 난감해하는지를 알 수 있었다. 무림맹주와 무당파의 장문인이 주도권을 놓고 다투고 있으니 소림사의 장문인인 대방 선사로서는 누구의 편을 들기도 애매한 상황이었던 것이다.

"지금 집회는 열리지도 않았는데, 그 집회의 주최자 자격을 놓고 위지 대협과 현령 장문인이 팽팽하게 대립하고 있는 실정이오. 강호의 분란(紛亂)을 막기 위해서는 둘 중 한 사람이 양보를 해야 하는데, 아무도 물러나려 하지 않으니 사태가 점점 심각해질 수밖에 없소. 그러다 현령 장문인이 일방적으로 유월 일 일에 무당산에서 집회를 열겠다고 선포하는 일이 벌어졌소."

"그래서 무림에 무당에서 커다란 모임이 있다는 소문이 퍼진 것이로군요."

"그렇소. 극비리에 진행되어야 할 무림 집회가 두 세력 간의 알력 때문에 오히려 공개되어 버린 것이오. 정말 안타까운 일이지."

대방 선사는 한 차례 깊은 탄식을 토해 낸 후 다시 입을 열었다.

"구대문파의 대부분은 심정적으로 현령 장문인을 지지하고 있소. 그리고 구대문파의 독주를 못마땅해하는 다른 사람들은 위지 대협의 주위로 몰려들고 있는 판국이오."

"방장께선 누구를 지지하십니까?"

진산월의 물음에 대방 선사는 고졸한 미소를 머금었다.

"본 사도 구대문파에 속해 있으니 현령 장문인을 지지해야 하겠지만, 위지 대협의 주장도 틀린 것은 아니라고 생각하오. 이미 사 년 전에 힘들게 짜 놓은 조직이 있으니 미흡한 부분을 보완하기만 하면 쉽게 집회를 이끌 수 있는데, 굳이 판을 몽땅 뒤엎고 새롭게 조직을 꾸미느라 심력을 소모할 필요가 없다는 것이지."

"그럼 방장께선 위지 대협이 주최자가 되는 것이 더 낫다고 보시는군요."

"그게 순리에 더 가깝다는 것이오. 사실 사 년 전의 실패가 꼭 위지 대협의 잘못만은 아니지 않소? 당시에 그는 비록 무림맹주의 자리에 오르기는 했으나, 구대문파를 배려해 주느라 제대로 권한을 행사하지도 못했소. 그러니 그에게 한 번 더 기회를 주는 것이 자연스럽다고 생각한 거요."

진산월은 잠시 침음하다가 조용한 음성으로 물었다.

"방장께서 저를 보자고 하신 건 그 점에 대해 무언가 따로 복안이 있기 때문이겠군요. 제가 어떻게 하기를 바라십니까?"

대방 선사의 얼굴에 엷은 미소가 떠올랐다.

"진 장문인과는 말을 하기가 참으로 편하구려. 그렇지 않아도 빈승은 진 장문인에게 한 가지 부탁할 것이 있소."

"말씀하십시오."

"유월 일 일 무당에서 개최될 집회는 아마도 성공하게 될 가능성이 높소. 구대문파가 모두 참석하고 천봉궁이 지지를 표한다면 대세가 기울어지게 될 거요."

"천봉궁도 현령 장문인을 지지하고 있습니까?"

"이미 구대문파와 천봉궁은 서로 공조하기로 약조를 해 둔 상태요."

"장문인의 계획은 어떤 것입니까?"

"그 자리에서 빈승은 종남파의 구대문파 복귀를 안건으로 꺼낼 생각이오."

대방 선사의 말에 담담함을 유지하고 있던 진산월의 표정이 크게 흔들렸다.

종남파의 구대문파 복귀를 논(論)한다!

그것은 그야말로 진산월을 비롯한 모든 종남파 고수들이 꿈에서도 그려 왔던 상황이 아닌가? 그런데 결코 쉽게 이루어질 리 없다고 생각했던 그 일이 막상 소림사의 장문인 입으로 먼저 거론되니 아무리 침착하고 냉정한 진산월이라도 격동하지 않을 수 없었다.

진산월은 이내 평정을 되찾고 신광이 번뜩이는 눈으로 대방 선사를 쳐다보았다.

"그런 일이 가능한지 궁금하군요. 구대문파에서 퇴출된 문파가 복귀된 일은 전례(前例)가 없지 않습니까?"

"허허…… 전례가 없다면 만들면 되는 일이오. 진 장문인도 그렇게 생각하고 있지 않소?"

진산월은 솔직히 시인을 했다.

"저를 비롯한 종남파 고수들의 필생의 소원이 형산파를 꺾고 구대문파로 복귀하는 것입니다."

"그러리라 짐작했소. 하지만 종남파 스스로가 나서서 그것을 주장해도 다른 문파에서 귀를 기울이지 않는다면 아무 성과도 없을 거요. 그러니 빈승이 자리를 마련해 주겠다는 거요."

진산월은 대방 선사의 의중을 파악하려는 듯 그의 얼굴을 뚫어지게 주시했으나, 대방 선사는 조용한 미소를 짓고 있을 뿐 전혀 표정의 변화가 없었다.

"저로서는 불감청(不敢請)일지언정 고소원(固所願)입니다. 그런데 본 파를 위해서 굳이 그런 일을 해 주시려는 이유를 알고 싶군요."

"두 가지 이유가 있소. 첫째는 무당의 집회가 현령 장문인의 의도대로 진행되는 것을 막아 보려는 것이오. 빈승이 안건을 발한다면 무당 집회는 그 안건에 집중하느라 다른 일은 엄두도 내지 못할 것이오."

대방 선사가 순순히 자신의 뜻을 밝히자 진산월은 내심 수긍을 했다. 어찌 보면 종남파를 자신의 뜻에 맞게 이용하겠다는 말이었으나, 진산월로서는 이런 이용이라면 기꺼이 당해 주겠다는 심정이었다. 더구나 대방 선사는 그런 의향을 떳떳하게 밝히고 있지 않은가?

"다른 한 가지 이유는 무엇입니까?"

대방 선사의 표정이 진중해졌다.

"과거의 빚을 청산하기 위해서요."

"과거의 빚이라니요?"

"이십여 년 전 본 사에서 벌어진 기산취악을 말하는 거요."

진산월의 눈빛이 한층 더 강렬해졌다.

"방장께서 먼저 그 일을 꺼내실 줄은 몰랐습니다."

"종남파에는 잊고 싶은 기억이겠지만, 본 사로서도 별로 떠올리고 싶지 않은 일이기도 했소. 진 장문인은 기산취악에 대해 잘 알고 있소?"

"본 파의 제자라면 누구나가 뼛속 깊숙이 새겨 놓고 있습니다."

진산월의 음성은 비록 담담했으나, 그 안에는 세인(世人)들은 짐작도 할 수 없는 복잡한 감정이 담겨 있었다.

"하지만 그 안의 내막에 대해서는 자세히 모를 거요. 종남파의 구대문파 퇴출을 처음 안건으로 내놓은 사람은 당시의 무당파 장문인이었던 목엽 진인(木葉眞人)이었소."

뜻밖의 말에 진산월은 황급히 되물었다.

"형산파가 먼저 주장한 게 아니라 무당파의 장문인이 발의했단 말입니까?"

"그렇소. 당시 형산파의 기세가 욱일승천하기는 했으나, 목엽 진인이 말을 꺼내기 전에는 누구도 구대문파의 한 문파를 퇴출시키고 그들을 그 자리에 집어넣는다는 발상을 하지 못했소."

어찌 생각하면 당연한 일이었다.

무림에서 융성했다가 사라지는 문파가 어디 한둘이겠는가? 그때마다 구대문파의 지위를 변경했다면 지금과 같은 유구한 전통은 생기지 않았을 것이다.

"당시 그의 제안은 모두를 경악시키기에 충분했소. 몇몇 문파는 반대를 했고, 몇몇 문파는 찬성을 했으며, 몇몇 문파는 침묵했소. 그리고 본 사는 그때 침묵을 선택했소."

당시 소림사의 장문인은 대방 선사의 스승인 굉요 대선사였다. 굉요 대선사는 무공보다는 불심이 깊기로 더욱 유명한 고승이었는데, 기산취악 당시의 소림사 장문인이었다는 것 때문에 종남파 고수들에게는 결코 좋게 생각되지 않았다.

"선사께서는 기산취악 후에 그 일에 대해 늘 깊은 번뇌를 느끼셨소. 그리고 원적(圓寂)하시기 얼마 전에 빈승에게 비로소 당시의 일에 대해 설명해 주셨소."

    *   *   *

"노납은 평생을 살아오면서 후회되는 일을 한 적이 없지만 딱 한 가지 마음에 걸리는 일이 있다. 그 일 때문에 아마도 죽어서 정토(淨土)에 이르지 못할 것 같구나."

"사부님. 무슨 말씀이십니까?"

"너는 석년에 본 사에서 벌어진 기산취악을 알고 있느냐?"

"종남파가 구대문파에서 퇴출되고 형산파가 들어온 사건 말입니까?"

"그렇다. 당시 그 일은 무당파의 목엽 진인이 처음 발의했는데, 구대문파 중 당사자인 종남파를 제외한 여덟 문파 중 다섯 개의 문파가 찬성을 하고 두 개의 문파가 반대를, 그리고 다른 하나의 문파는 찬성도 반대도 표하지 않았지. 너는 본 사가 어떤 선택을 했다고 생각하느냐?"

"그 일에 대해서는 별로 들은 바가 없어 알지 못합니다. 제자의 어리석음을 꾸짖어 주십시오."

제206장 선실방담(禪室放談)

"허허…… 당시의 일은 본 사에서도 별로 떠올리고 싶지 않은 기억이었으니 아무도 네게 알려 주지 않았을 것이다. 그때 노납은 침묵을 선택했다. 너는 그 이유를 아느냐?"

"모르겠습니다."

"목엽 진인이 그 발의를 하기 전날에 은밀히 노납을 찾아왔다. 그는 자신이 내일 종남파의 구대문파 퇴출을 안건으로 내놓을 것이니 노납이 그 안건에 찬성해 달라고 부탁했다."

"구파(九派)에 대한 발의는 사전에 아무런 논의나 협상도 하지 못하게 되어 있지 않습니까?"

"원칙이야 그렇다만 원칙이란 늘 깨어지기 마련이지. 실제로 그 일 이전에도 구파 발의 전에 발의할 사람이 미리 다른 문파를 찾아가서 사전에 정지 작업을 하는 게 일상적이었다. 소모적인 논쟁과 불필요한 오해를 없애기 위한 방편이라고 했지만, 사실은 편의적인 발상에 불과할 뿐이었다."

"사부님께서는 목엽 진인의 부탁을 승낙하셨습니까?"

"나는 승낙하지 않았다. 어떠한 이유에서건 구대문파의 지위를 바꾼다는 것은 구대문파라는 이름에 대한 존립 자체를 유명무실하게 한다고 생각했기 때문이지. 목엽 진인은 찬성을 하지 않아도 좋으니 제발 반대는 하지 말아 달라고 말했고, 노납은 그것을 승낙했다."

"사부님을 이해합니다. 무당파 장문인이 일부러 찾아와 사정했다면 저로서도 거부하기 힘들었을 겁니다."

"그래도 반대했어야 했다. 그랬다면 비록 무당파와 소원한 사이가 되었을지 몰라도 마음은 편안했을 것이다. 아니면 이런 생각 자체가 노납의 자위(自慰)일 뿐일까?"

"목엽 진인의 발의에 반대한 문파는 어디입니까?"

"곤륜과 아미다. 다른 파는 대부분 목엽 진인이 사전에 방문을 하여 동의를 얻었지만, 곤륜파는 속세의 명리(名利)에 관심이 없고 청정무위(淸淨無爲)를 추구하는 문파답게 목엽 진인의 제의를 일언지하에 거절했다. 아미파는 종남파와 친분이 두터워서 목엽 진인이 찾아가지도 않았고, 본 사를 제외한 다섯 문파는 모두 찬성을 했지."

"사부님께서는 제자가 그 일을 바로잡기를 원하십니까?"

"순리에 따라라."

"제자가 불민하여 사부님의 말뜻을 정확히 이해하지 못하겠습니다. 종남파를 다시 구대문파로 복귀시키라는 말씀이신지요?"

"그게 너 혼자만의 힘으로 되겠느냐? 모든 일은 물이 흐르듯 자연스럽게 이루어져야 한다."

"명심하겠습니다."

"노납은 그 후에 목엽 진인에 대해 어느 정도의 거리감을 두게 되었다. 기산취악 전후 목엽 진인의 행동에 얼마쯤의 의문스러운 구석이 있었기 때문이지."

"어떤 것입니까?"

이때 굉요 대선사는 한참이나 말문을 열지 못하고 망설였다고 한다.

"지금부터 노납이 하는 말은 너만 알고 있어라."

"알겠습니다."

"노납은 목엽 진인이 누군가의 지시를 받고 있다고 생각한다."

"예? 그게 정말입니까?"

"확신하지는 못한다. 하지만 강호에서 노납 정도 나이를 먹게 되면 여러 가지 정황을 유추하여 숨겨진 사실을 파악할 수가 있지. 목엽 진인의 뒤에는 그를 조종하는 자가 있다. 그리고 그 사람은 여자일 가능성이 높다."

"어떻게 그렇게 생각하십니까?"

"기산취악 후 노납은 그 일의 부당함에 답답함을 참지 못하고 목엽 진인의 거처를 찾아간 적이 있다. 그런데 그때 그의 방에서 그가 여자와 대화를 나누고 있는 소리를 들었다."

"어떤 여자였습니까?"

"직접 보지는 못하고 음성만 들었을 뿐이다. 노납이 십여 장 밖에서 여자의 음성을 듣고 귀를 기울였을 때, 그들이 노납의 기척을 알아차렸는지 말을 멈추었다. 잠시 후에 노납이 목엽 진인의 거처로 안내되었을 때 장내에는 목엽 진인 혼자만이 앉아 있을 뿐이었다."

"단순히 그 일만으로 목엽 진인의 배후에 여자가 있다고 믿기는 어렵지 않겠습니까?"

"그것은 많은 파편 중 하나일 뿐이다. 목엽 진인의 행동거지 하나하나와 평소에 그가 내뱉은 언어, 가벼운 눈짓 하나, 그리고 사소해 보이는 몸짓들이 한데 이루어져서 노납으로 하여금 그가 누군가의 지시를 받고 있다는 생각을 하게 한 것이다."

"그것은…… 정말 놀라운 일이군요."

"놀랍고 또한 두려운 일이지. 강호의 가장 거대한 문파 중 하나의 장문인이 누군가의 지시로 구대문파를 송두리째 뒤흔드는 일을 벌이고 있다면 어찌 걱정스럽지 않겠느냐? 그래서 노납은 그 이후 줄곧 목엽 진인의 행적을 주시하고 있었다. 그런데 십오 년 가까운 세월 동안 목엽 진인은 특별한 행동을 하지 않았다. 오히려 무당산에 머물며 강호에 내려온 적도 없었지. 그래서 노납은 그 일을 무덤 속으로 가지고 가려 했다."

"그런데 생각이 바뀌신 거로군요."

"막상 생의 마지막 순간이 가까이 오자 기산취악의 일이 노납을 괴롭게 했다. 그러다 그 일이 끝난 게 아닐 수도 있다는 생각이 들었다. 종남파가 아직 존재하고, 형산파와 무당파가 건재하다면 그들 사이의 일은 종결된 게 아니라 잠시 수면 밑으로 잠복된 걸지도 모른다는 의구심이 든 것이다. 그래서 너에게만은 이 일의 내막을 알려 줘야겠다고 결심했다."

"제자가 어떻게 하길 바라십니까?"

"지켜보아라."

"예?"

"그저 조용히 마음을 가라앉히고 그들을 지켜보도록 해라. 그러다 만약에 그들 사이에 이상한 기운이 감지된다면 오늘 노납이 네게 말한 내용을 기억하고 네 행동을 결정하도록 해라. 그게 노납이 네게 바라는 유일한 것이다."

"명심하겠습니다, 사부님."

"아미타불. 불법(佛法)은 무변(無邊)하건만, 인간의 고해(苦海)는 어찌 이리도 끊기 어려운지……."

그것이 굉요 대선사의 마지막 말이었다.

* * *

대방 선사의 긴 이야기가 끝나자 작은 선실 안은 무거운 침묵에 휩싸였다.

　진산월은 머릿속으로 떠오르는 숱한 상념에 깊게 침잠해 있었다.

　대방 선사의 말대로라면 이십여 년 전 기산취악의 진정한 원흉은 형산파가 아닌 무당파였다. 그렇다면 대체 목엽 진인은 종남파와 무슨 원한이 있기에 그런 발의를 한 것일까?

　그는 굉요 대선사의 예측대로 누군가의 사주를 받고 움직인 것일까?

　그리고 그를 배후에서 조종했다는 신비의 여인은 누구란 말인가?

　많은 의문이 꼬리에 꼬리를 물고 이어졌지만 지금 당장 알 수 있는 것은 아무것도 없었다. 다만 진산월로서는 기산취악을 일으킨 당사자가 누구인지 알게 된 것으로 만족하는 수밖에 없었다.

　대방 선사는 진산월이 빠른 시간에 마음속의 복잡한 상념을 털어 내고 담담한 신색을 유지하는 것을 보고는 내심 찬탄을 금치 못했다.

　'무척이나 심란한 상태일 텐데도 결코 흐트러진 모습을 보이지 않는군. 신검무적의 진정 무서운 점은 검술이 아니라 심계라고 하더니 정말 나이답지 않게 신중하고 속이 깊은 인물이로구나.'

　대방 선사는 그런 진산월의 모습이 믿음직스럽게 생각되었는지 부리부리한 눈에 엷은 웃음을 지어 보였다.

　"빈승이 무당에 가서 종남파의 구대문파 복귀를 안건으로 발의하는 것에는 선결 과제가 있소. 빈승이 진 장문인에게 부탁하고 싶은 것은 유월 일 일이 되기 전에 그걸 해결해 달라는 것이오."

"그게 무엇입니까?"

"첫째는 종남파의 명성이 지금보다 더욱 높아져야 한다는 것이오. 다른 문파의 고수들이 종남파가 구대문파에 복귀하는 것에 대해 진지하게 고민을 할 정도로 말이오."

"두 번째는 무엇입니까?"

"무림의 이목이 종남파에 집중되어야 하오. 사람들이 종남파의 일거수일투족에 관심을 기울이고, 종남파가 어디로 움직일지 촉각을 곤두세울 정도가 되어야 하오. 마지막으로 그 종남파가 최종적으로 도착하는 곳이⋯⋯."

"무당파가 되어야 하는군요."

"바로 그렇소."

진산월은 잠시 침음하다가 담담한 음성을 내뱉었다.

"쉽지 않은 일이군요."

"물론 쉽지 않소. 하지만 불가능한 일도 아니오."

"좋은 생각이 있으십니까?"

"그 세 가지 일을 한꺼번에 해결할 방법이 하나 있소."

"그게 무엇입니까?"

대방 선사는 묵직한 음성으로 말했다.

"비무행(比武行)."

진산월의 눈이 번쩍 빛났다. 그 말을 듣는 순간, 그는 대방 선사가 왜 굳이 점창파와 종남파의 일에 끼어들면서까지 삼 파 비무를 열었는지를 알 수 있었다.

대방 선사는 눈도 깜박이지 않고 진산월의 얼굴을 응시하며 말을 이었다.

"이번에 본 사에서 벌어진 삼 파 비무는 조만간에 강호 전역에 알려질 거요. 그렇다면 사람들은 종남파의 다음 행도에 관심을 기울일 거요. 그리고 바로 그 행도가 다른 문파들과의 비무행이라면……."

"강호인들의 주목을 받을 수밖에 없겠지요."

"단순히 주목 정도가 아니라 모든 강호인들의 화두(話頭)에 오르내리게 될 거요."

진산월은 대방 선사의 제안이 확실히 종남파의 명성을 드높이는 데 효과적임을 인정하지 않을 수 없었다. 이십 년 전의 굴욕을 깨고 초가보와의 치열한 싸움에서 승리한 종남파가 강호의 제문파(諸門派)들을 향해 도전장을 내민다면 강호인들로서는 열광하지 않을 수 없을 것이다.

강호인들이 바라고 좋아하는 조건들이 모두 모여 있기 때문이다. 진산월조차도 비무행이란 말을 듣는 순간부터 가슴이 뛸 정도였으니 오죽하겠는가?

하나 그만큼 그것은 험하고 거친 가시밭길이 될 수밖에 없었고, 종남파로서는 한 발만 삐끗해도 나락으로 굴러떨어지는 백척간두(百尺竿頭)의 상황에 스스로 올라서게 되는 셈이었다.

그 위험은 제안을 한 대방 선사도 충분히 알고 있었다.

"하지만 이 비무행에는 커다란 함정이 있소. 단 한 번이라도 비무행에서 패배를 하게 되면 모든 것이 공염불이 되고 만다는 것이오."

공염불이 되는 정도가 아니라 종남파의 구대문파로의 복귀는 영영 물거품이 되고 말 것이다.

"진 장문인도 지금은 짐작했겠지만 빈승이 이번에 삼 파 비무를 계획했던 것도 종남파 고수들에게 과연 비무행을 치를 역량이 있는지 알아보고자 함이었소. 진 장문인의 실력이야 강호의 소문으로 충분히 짐작이 갔지만, 비무행을 하려면 진 장문인 외에 적어도 두 명의 고수가 더 필요하기 때문이오. 그리고 진 장문인의 두 명의 사제들은 그들의 능력을 충분히 입증해 보였소."

"전흠은 귀 사의 제자에게 패했습니다."

대방 선사의 입가에 걸려 있는 미소가 조금 더 짙어졌다.

"그건 단순한 비무였기 때문이 아니겠소? 문파의 부활을 내건 비무였다면 전 시주의 자세도 달라졌을 거라고 생각하는데, 빈승이 잘못 본 거요?"

대방 선사의 말에 진산월은 쓴웃음을 머금을 수밖에 없었다. 지금까지 소림사에서 벌어진 모든 일이 대방 선사의 눈을 벗어나지 못했음을 깨달은 것이다.

"저로서는 그저 제 사제들을 믿고 있다는 말씀밖에 드릴 게 없군요."

"진 장문인의 두 사제들은 기초가 튼튼하고 무공에 대한 이해도 뛰어나서 앞날이 기대되는 인재들이오. 그들과 함께라면 진 장문인도 자신의 꿈을 이룰 수 있을 거요."

"그렇게 되길 기대하고 있습니다."

대방 선사는 한 번 더 각별한 눈으로 진산월을 응시하다가 가장 중요한 마지막 질문을 던졌다.

"빈승의 제안을 승낙하겠소?"

진산월은 더 고민할 필요도 없다는 듯 단호한 표정으로 고개를 끄덕였다.

"그렇습니다."

제207 장 용인용병(用人用兵)

　서안의 뒷골목은 미로(迷路)와 같았다. 그 좁고 복잡한 골목은 토박이가 아니면 제대로 알 수 없을뿐더러 토박이라 하더라도 자신이 자주 다니는 구역이 아니면 길을 잃고 헤매기 십상이었다.
　그 복잡한 서안의 뒷골목을 빠르게 질주하는 인영이 있었다.
　그는 허름한 장포를 걸친 삼십 대의 중년인이었는데, 머리가 잔뜩 헝클어지고 옷의 여기저기가 찢어져서 몹시 낭패스러운 몰골이었다.
　중년인은 이곳 골목의 지리에 익숙한 듯 잠시도 지체하거나 머뭇거리지 않고 골목을 요리조리 빠져나가고 있었다. 한동안 정신없이 골목길을 달려가던 중년인이 몸을 멈추고 조심스러운 동작으로 주위를 살폈다. 그러다 자신의 뒤에서 아무도 쫓아오는 사람이 없자 그제야 안도의 한숨을 내쉬었다.

"휴우…… 간신히 떨쳐 낸 모양이구나."

그는 땀으로 범벅이 된 이마를 훔치며 투덜거렸다.

"질긴 놈들 같으니라고. 대충 포기하고 말 것이지 반 시진이나 쫓아오다니, 때마침 용사혈(龍蛇穴)이 아니었으면 꼼짝없이 잡힐 뻔했네."

용사혈은 이 일대의 미로같이 복잡한 골목길을 가리키는 것으로, 마치 뱀 구멍처럼 여기저기에 통로가 뚫려 있다고 하여 그런 이름이 붙게 된 것이다.

중년인이 안도의 한숨을 내쉬고 있을 때, 골목의 한쪽 벽에 붙어서 은밀히 그를 관찰하고 있는 두 사람이 있었다. 그들은 비슷한 흑의를 입은 삼십 대 초반의 인물들이었는데, 한 명은 비쩍 마른 체구에 검은 수염을 기르고 있었고, 다른 한 명은 거무스름한 피부에 날카로운 인상을 하고 있었다.

두 흑의인은 벽에 바짝 달라붙은 채 미동도 하지 않고 중년인을 지켜보고 있었다. 그들이 숨어 있는 위치는 골목의 그림자가 겹치는 곳으로, 안력을 돋우어 살펴보기 전에는 찾기 힘들 정도로 교묘한 곳이었다.

중년인은 다시 몇 차례 주위를 둘러보다 아무도 사람이 없다고 판단했는지 다시 몸을 움직이기 시작했다.

벽에 숨어 있던 두 명의 흑의인은 중년인이 사라질 때까지도 꼼짝도 하지 않았다.

얼마의 시간이 지났을까?

휙!

사라졌던 중년인이 다시 나타났다. 중년인은 날카로운 시선으로 주위를 둘러보고는 비로소 안심을 했는지 한결 밝아진 얼굴로 몸을 돌려 사라져 갔다. 중년인의 신형이 골목을 돌아 멀어져 가자 그제야 두 명의 흑의인이 어둠 속에서 걸어 나왔다.

검은 수염을 기른 제법 청수한 얼굴의 흑의인이 나직하게 투덜거렸다.

"빌어먹을 놈. 간덩이가 밤톨만 한지 잠시도 가만있지 못하는구나. 사내놈이 무슨 겁이 저리도 많단 말이냐?"

검은 피부의 중년인이 피식 웃었다.

"겁이 많기로는 누가 네놈을 따라가겠느냐?"

검은 수염은 눈을 부릅뜨며 그를 쏘아보았다.

"나는 겁이 많은 게 아니라 조심성이 많은 것이다. 내 직업상 신중함은 가장 큰 덕목(德目)임을 모르느냐?"

"어련하겠느냐? 그나저나 늦기 전에 어서 따라가 보자."

두 사람은 조심스러운 동작으로 먼저 사라진 중년인의 뒤를 쫓기 시작했다. 그들의 신형은 그리 빠르지 않았으나 은밀하기 그지없어서 중년인은 그들의 추적을 전혀 알지 못한 채 걸음을 재촉했다.

중년인은 복잡한 용사혈의 골목길을 망설이지 않고 이리저리 걸어갔는데, 그 모습이 마치 자신의 집 안을 걷는 것 같았다.

일각 정도 걷던 중년인이 걸음을 멈춘 곳은 용사혈의 거의 끝부분에 있는 허름한 가옥이었다. 중년인은 재빨리 주위를 둘러보고는 신속하게 가옥 안으로 들어갔다.

두 명의 흑의인은 중년인의 모습이 완전히 사라질 때까지 지켜보고 있었다.

"저 집이 도둑놈들의 소굴인가?"

검은 수염이 혼잣말처럼 중얼거리자 거무스름한 피부의 중년인이 피식 웃었다.

"도둑놈 소굴이면 네놈의 집이란 말이냐?"

검은 수염은 그를 째려보며 날카롭게 쏘아붙였다.

"언제 적 이야기를 하고 있는 거냐? 이 몸이 도계(盜界)에서 손을 씻고 정보통이 된 것을 누구보다 잘 알고 있는 네가 그런 말을 할 수 있느냐?"

"언제 적은? 그래 봤자 겨우 두 달 전 아니냐?"

검은 수염이 이를 부드득 갈았다.

"네놈이 내 친구만 아니었다면 그저······."

"그저 어떻게 할 건데? 나보다 무공도 약하고 몸도 빠르지 않으면서 한 대 치기라도 할 테냐?"

"으이구······ 어서 돌아가자. 노 대형(盧大兄)이 기다리시겠다."

두 사람은 투덕거리면서도 재빠른 동작으로 골목 저편으로 사라졌다.

두 사람의 모습이 다시 나타난 곳은 산해루의 내실 안이었다.

그곳에는 두 사람이 그들을 기다리고 있었다. 그들은 다름 아닌 노해광과 정해였다.

"다녀왔습니다."

그들이 머리를 조아리자 노해광이 걸걸한 음성으로 물었다.

"찾았느냐?"

검은 수염이 공손하게 머리를 조아렸다.

"예. 그놈이 제법 애를 먹이기는 했으나 저희를 떨쳐 내지는 못했습니다."

"쓸데없는 자화자찬은 그만하고 본론만 말해라."

노해광의 질책에 검은 수염은 찔끔하여 황급히 입을 열었다.

"용사혈 끝에 있는 노란색 대문으로 들어갔습니다."

"누구의 집이지?"

"방현(龐炫)이라는 자의 집입니다."

"방현? 뭐 하는 작자지?"

검은 수염이 거무스름한 피부의 중년인 옆구리를 쿡 찔렀다. 그러자 거무스름한 피부의 중년인이 조금 뻣뻣한 태도로 말했다.

"상인이라고 합니다. 일 년 중 대부분을 외지로만 돌아다녀서 집에는 거의 돌아오지 않는다더군요."

노해광은 거무스름한 피부의 중년인을 바라보더니 이내 빙긋 웃었다.

"자네는 아직 보고하는 데 서투르군. 이제 이런 일에 익숙해질 때도 되지 않았나?"

거무스름한 피부의 중년인은 어색한 표정을 숨기지 않았다.

"마음대로 잘 안 되는군요. 점차 나아지도록 노력하겠습니다."

"칠살추혼 마정기라면 의리 있고 일 처리가 분명하기로 유명해서 나도 기대를 많이 하고 있네. 조금만 더 분발해 보게."

"알겠습니다."

검은 수염의 중년인은 노해광이 자신을 대하는 태도와 마정기를 대하는 태도가 확연히 다른 것에 입술을 삐죽거렸다.

'쳇. 차별 대우하기는. 나는 도둑놈 출신이고 마정기는 낭인(浪人)이기는 하지만 당당한 무사라서 같은 대우를 해 줄 수 없단 말인가?'

검은 수염의 중년인은 서안 일대에서 밤도둑으로 명성을 날렸던 상로객 지일환이었다. 그와 마정기는 둘도 없는 친구 사이로, 마정기는 한때 지일환이 종남파에 잡혀 있는 줄 알고 그를 구하기 위해 단신으로 종남파에 쳐들어간 적도 있을 정도로 그들 사이의 우애가 깊었다.

그때의 인연으로 그들 두 사람은 종남파와 친분을 유지하다가 두 달 전에 소지산의 소개로 노해광을 알게 되어 그의 밑에서 일을 시작하게 된 것이다.

노해광은 이미 서안 일대의 실력자로 군림하고 있었기 때문에 그의 밑에서 일하게 된 것에 두 사람은 아무 불만도 없었다. 다만 지일환은 자신보다는 마정기를 더 우대하는 듯한 노해광의 처우가 못내 서운할 뿐이었다.

하나 그것은 지일환의 착각이었다.

노해광은 수하들을 편애하거나 차별하는 성품이 아니었다. 그러한 성격이었다면 그의 밑에 있는 수하들이 그토록 그를 따를 리 없었다. 다만 노해광은 지일환과 마정기의 성격을 파악하고 그에 맞게 그들을 대하는 것뿐이었다.

지일환은 눈치가 빠르고 잔머리가 잘 돌아가는 반면에 쓸데없는 잡생각이 많고 평지풍파를 곧잘 일으켰다. 그래서 노해광은 그를 엄격하게 다루어 그가 엉뚱한 행동을 하지 않도록 제어해야 했다.

그에 비해 마정기는 성격이 불같고 자존심이 강한 성격이라 그를 어느 정도 존중해 주어 체면을 살려 주는 것이다.

노해광의 이러한 용인술(用人術)이야말로 빈털터리에서 불과 몇 년 사이에 서안의 실력자로 자리 잡게 된 가장 큰 원동력이었다.

노해광은 다시 마정기를 향해 질문을 던졌다.

"그럼 방현은 지금 그 집에 없단 말인가?"

"그렇습니다."

"그럼 그 집에는 누가 살고 있나?"

"방현의 아내와 노모(老母)가 살고 있습니다."

"여자 둘이 살고 있는 집에 그놈이 들어갔단 말인가?"

"제가 알기로는 그렇습니다."

"그럼 두 여자 중 한 명이 그놈과 관련이 있겠군. 아니면 여자 둘이 모두 해당되거나."

마정기는 아직 거기까지 조사하지는 못했는지 대답하지 못했다.

노해광은 잠시 마정기를 응시하다가 부드러운 음성으로 말했다.

"어떤 일을 조사할 때는 마음속으로 질문을 던져 보게. 그래서

제207장 용인용병(用人用兵) 243

그 질문의 답이 모두 밝혀질 때까지 조사를 멈추면 안 되네. 그 점을 명심하게."

마정기는 머쓱한 표정으로 고개를 숙였다.

"알겠습니다."

노해광의 시선이 다시 지일환에게로 향했다.

"지금 당장 나가서 두 여자에 대해 상세히 조사해 오너라. 그들이 어디 출신인지, 누구를 자주 만나며 무엇을 해서 먹고살고 있는지, 그리고 어떤 음식을 좋아하며 옷은 어떤 색을 즐겨 입는지까지 샅샅이 조사해야 한다."

지일환은 노해광의 거창한 주문에 질려 버린 듯한 표정을 지었으나, 노해광은 추호도 사정을 보지 않고 엄한 눈으로 그를 응시했다.

"기한은 두 시진을 주겠다. 나는 그놈이 여자만 두 명 있는 집에 들어가서 무슨 짓을 했는지 속속들이 알아야겠다. 오늘 저녁까지 보고가 올라오지 않으면 이달의 급료는 없는 줄 알아라."

지일환은 무어라고 항변하려다 노해광의 사나운 눈을 보고는 찔끔하여 두말없이 몸을 돌렸다.

마정기가 따라 나가려 했으나 노해광은 그를 제지했다.

"자네는 따로 할 일이 있네."

이번 일로 노해광은 마정기가 남의 뒤를 조사하는 일에는 별로 재주가 없다는 것을 알게 되었다. 그래서 다른 일을 맡기려 한 것이다.

"내 가게의 창고를 턴 놈들 중 그나마 종적이 밝혀진 놈은 모두 둘이네. 자네도 알고 있겠지?"

"예."

"한 놈은 자네들이 추적했고, 다른 한 놈은 다른 곳으로 가 버리는 바람에 소식을 알 수 없었네. 그런데 조금 전에 그놈에 대한 정보가 들어왔지."

마정기는 노해광의 입에서 중요한 말이 나오는 것을 알고 바짝 긴장한 표정이었다.

"그는 이곳에서 멀지 않은 남전(藍田)에 숨어 있네. 그를 잡아서 이번 일의 내막을 실토받아 오게. 어떤 수단을 쓰든 상관하지 않겠네."

노해광은 쪽지 하나를 그에게 건네주었다.

쪽지에는 한 사람의 이름과 살고 있는 곳이 적혀 있었다. 마정기는 긴장된 얼굴로 그 쪽지를 품속에 갈무리하고는 정중하게 포권을 했다.

"이번에는 실망시켜 드리지 않겠습니다."

"너무 부담을 가질 필요는 없네. 설사 자네가 실패한다고 해도 지일환이 쫓는 놈이 남아 있는 이상 이번 일을 해결하는 것에는 무리가 없네."

"알겠습니다."

마정기가 물러나자, 노해광은 한숨을 내쉬었다.

'조사하는 데 재주가 없으니 고문하는 일이라도 잘했으면 좋겠군. 손속이 제법 매섭다고 하니 기대해 봐도 되려나.'

노해광이 생각에 잠겨 있자 이제껏 아무 말 없이 지켜보고만 있던 정해가 고개를 갸웃거렸다.
"홍수의 꼬리를 잡았는데 마음에 안 드시는 일이라도 있습니까?"
노해광의 얼굴에 쓴웃음이 떠올랐다.
"쓸 만한 놈들이 너무 부족해. 안 그래도 가뜩이나 사람이 없는데 얼마 전에 두 놈이 죽은 건 너무 손실이 커. 몇 년 동안 데리고 다니면서 간신히 사람 구실 하게 만들어 놓았는데 맥없이 죽어 버렸으니……."
노해광은 정체 모를 홍수에게 창고를 털릴 때 죽은 부하들이 생각나는지 쓴 입맛을 다셨다.
"오죽했으면 네 백 사숙에게 병신이 된 천남사살을 다시 부를 생각까지 했겠느냐?"
노해광이 말한 천남사살은 노해광이 서안으로 올 때 처음 동행한 인물들이었다. 하나 그들은 백동일과 시비가 붙어 그의 손에 처참하게 당하고 말았다.
노해광은 땅이 꺼져라 한숨을 내쉬었다.
"그런데 아무리 살펴도 도무지 쓸 수 있는 몰골들이 아니었어. 네 그 백 사숙이 어찌나 확실하게 짓밟아 놓았는지 제법 솜씨 좋은 의원들이 손을 보았는데도 반신불수를 면치 못했다. 성질들은 더러워도 제법 믿을 만한 놈들이었는데……."
"마정기와 지일환 두 사람은 어떻습니까?"
"그들은 괜찮다. 마정기는 듣던 대로 무공도 제법 강하고 강단이 있어서 힘을 쓰는 일에는 제법 도움이 될 것 같다. 지일환도 겁이 많고 소심하기는 하지만 의외로 책임감이 있어서 맡은 일은 실수 없이 처리하고 있다."

"다행이군요. 소 사형께서 그들이 잘 적응하는지 걱정하셨습니다."

노해광은 피식 웃었다.

"네 소 사형은 겉으로는 무뚝뚝한 녀석이 잔정이 너무 많아 탈이다. 강호에 어울리지 않는 놈이야."

"저는 어떻습니까?"

노해광은 껄껄 소리 내어 웃었다.

"하하…… 정말 알고 싶은 게냐?"

정해는 재빨리 고개를 저었다.

"아닙니다. 저는 그저 노 사숙과 함께 일을 하게 되어 기쁠 뿐입니다."

노해광은 빙글거리며 입을 열었다.

"알고 싶다면 말해 주마. 네 녀석은……."

정해는 자리에서 벌떡 일어났다.

"아! 그리고 보니 오늘이 제가 관리하는 객잔의 결산을 하는 날이군요. 제가 깜박 잊었습니다. 그러니 이만……."

노해광은 웃으며 그의 소매를 잡아 반강제로 다시 자리에 앉혔다.

"알았다. 말하지 않을 테니 도망가지 마라. 그렇지 않아도 네 녀석에게 할 말이 있다."

정해는 안도의 한숨을 쉬며 두 눈을 초롱초롱하게 반짝였다.

제207장 용인용병(用人用兵) 247

"말씀하십시오, 사숙."

정해는 눈앞의 이 사숙이 정말 마음에 들었다. 사부인 임장홍이 죽은 후 선배고수 하나 없이 단출했던 종남파에 처음으로 생겨난 사숙이었다. 물론 전풍개도 있긴 하지만, 전풍개는 항렬이 두 배나 높고 성격이 까다로워서 쉽게 접근하기 힘든 사람이었다.

반면에 노해광은 성격이 원만할 뿐 아니라 재주가 비상하고 언변이 뛰어나서 같이 대화를 하면 시간이 가는 줄 모를 정도였다. 더구나 그가 하는 일 자체가 생동감 넘치고 쉴 사이 없이 머리를 쓰는 것이어서 정해의 적성에도 잘 맞았다.

그래서 소지산이 정해를 불러 노해광을 도와주라고 지시했을 때, 정해는 하마터면 환성을 내지를 뻔했다.

노해광 또한 이 머리 좋고 총명한 사질이 마음에 들었는지 항상 웃는 낯으로 그를 대하곤 했다.

노해광은 정색을 하며 신중한 표정으로 말문을 열었다.

"사실 나는 이번 일의 배후에 누가 있는지 대충 파악하고 있다."

"저도 그러리라 짐작했습니다."

"그걸 어찌 아느냐?"

"사숙의 성격에 배후가 궁금했다면 이번 일에 신출내기들인 마정기와 지일환을 보내지 않았을 겁니다. 아마 좀 더 믿을 만하고 오래 데리고 있던 다른 부하들을 투입하셨겠지요."

노해광은 안면이 일그러지도록 활짝 웃었다.

"네 녀석은 정말 내 뱃속의 기생충처럼 날 잘 알고 있구나."

정해의 얼굴이 살짝 찡그려졌다.

'좋은 비교도 많은데 하필이면 기생충이냐?'

노해광은 그의 어깨를 툭 치고는 다시 원래의 표정으로 되돌아왔다.

"내가 의심하는 자들은 유화상단이다. 아니, 의심이 아니라 확신이라고 해야겠지. 내가 잃어버린 물건들은 대부분이 유화상단이 취급하는 물품들과 중복이 되는 것들이다. 그리고 그들은 내가 술수를 써서 유길상의 취선방을 무너뜨렸다고 생각하고 나에게 적개심을 가지고 있었지."

"하지만 취선방의 일은 손 노태야의 솜씨가 아닙니까?"

"물론 그들도 그건 알고 있겠지. 하지만 아무리 유화상단이라고 해도 손 노태야를 대놓고 적대시하지는 못한다. 손 노태야가 너무 거물이라서가 아니라 그와 공개적으로 싸우게 되면 장안 일대의 상권이 초토화되기 때문이다. 누가 이기든 남은 건 뼈다귀밖에 없게 되지."

정해는 알겠다는 듯 고개를 끄덕였다.

"그래서 그들은 손 노태야 대신 만만한 노 사숙을 건드린 것이로군요."

노해광은 다시 웃는 시선으로 정해를 쳐다보았다.

'이 녀석은 정말 머리 하나는 비상하군. 이런 놈이 종남파에 있는 줄도 모르고 인재를 찾는답시고 쓸데없이 엉뚱한 곳만 뒤지고 다녔으니······.'

노해광은 속으로 혀를 끌끌 차며 말을 계속했다.

"잘 보았다. 아마 내 창고에서 털어 간 물건들은 이미 깨끗하게 정리되어 사방으로 팔려 나갔을 것이다. 그러니 그 두 놈을 잡아서 족쳐 봤자 뒤늦은 화풀이밖에는 되지 않지."

"그래도 유화상단이 개입했다는 분명한 증거를 확보하는 게 좋지 않겠습니까?"

"그거야 아래 녀석들이 할 일이지. 너와 나는 따로 할 일이 있다."

"그게 무엇입니까?"

노해광의 얼굴에 언뜻 매서운 빛이 떠올랐다. 그것은 늘 사람 좋은 미소를 매달고 있는 노해광에게서 좀처럼 볼 수 없는 표정이었다.

"나를 건드린 유화상단 놈들에게 그 빚을 몇 배로 되갚아 주는 것이지."

정해는 노해광의 이런 모습을 처음 보았다. 공연히 가슴이 떨리는 자신을 인식하며 정해는 새삼 노해광이 겉보기와는 달리 정말 무서운 사람이라는 확신이 들었다.

"쉽지 않은 일이겠군요."

"물론 쉽지 않다. 하지만 나는 충분히 그들을 물 먹일 자신이 있다."

"그런데 무얼 그리 걱정하십니까?"

노해광의 눈꼬리가 꿈틀거리더니 표정이 무거워졌다.

"유화상단만이라면 두려울 것이 없으나, 그들의 배후에 있는 자들이 나를 두렵게 한다."

정해는 놀라지 않을 수 없었다. 노해광 같은 인물이 두려움을 느낄 정도의 자들이 있다니 쉽게 믿어지지 않는 일이었다.

"그들이 누굽니까?"

노해광은 잠시 허공을 응시하더니 낮게 가라앉은 음성을 내뱉었다.

"쾌의당."

* * *

노해광이 일을 맡긴 지일환과 마정기는 절반의 성공을 거두었다.

지일환은 자신이 추적했던 인물이 방현의 사촌동생인 방립(龐立)이며, 그가 이미 오래전에 죽은 방현을 대신해 그의 행세를 해왔다는 것을 알아냈다. 또한 방현의 아내로 알려진 여인도 그의 부인이며, 두 사람 모두 무공을 익힌 무림인이라는 사실도 밝혀냈다.

그리고 그들의 무공 사부가 함께 사는 노모라는 충격적인 사실까지 알아내어 모처럼 노해광의 칭찬을 들었다.

"그 여자 이름이 임유화(任柳花)라고?"

"그렇습니다. 그녀가 방립과 그의 부인의 사부이며, 방립을 뒤에서 조종해 온 것 같습니다. 그녀는 여인치고는 특이하게도 원앙월(鴛鴦鉞)의 고수라고 합니다."

노해광은 잠시 생각에 잠겨 있다가 자리에서 일어나 방의 한쪽에 있는 커다란 서가로 다가갔다. 서가의 한편을 이리저리 뒤지던 노해광이 책 한 권을 꺼내 들고 읽기 시작했다.

"이쯤에서 봤던 것 같은데…… 그렇군. 여기 있군."

노해광은 책의 한 부분을 소리 내어 읽었다.

"광동원앙문(廣東鴛鴦門)은 항상 남녀 두 사람을 제자로 받아들이며, 그들 중 여인을 문주로 삼는다. 그것은 광동원앙문을 만든 인물이 여인이기 때문이다. 문주의 신물(神物)은 작은 손도끼이며, 당대의 문주인 천희방(千姬芳)에게는 임유화와 방솔기(龐率奇)라는 두 제자가 있다……."

노해광은 다시 책을 덮었다.

"……라는군."

지일환은 신기한 표정으로 노해광이 들고 있는 책을 응시했다.

"그 책은 무엇입니까?"

"네가 내 밑에서 삼 년만 더 일하면 이 책을 읽어 볼 수 있다."

그 말에 지일환은 입맛을 다실 수밖에 없었다.

'필시 강호의 은밀한 속사정을 적어 놓은 기서(奇書)일 것이다. 저런 걸 어디서 구했지?'

노해광은 책을 다시 서가에 꽂아 놓은 후 이번에는 마정기에게로 시선을 돌렸다. 마정기는 고개를 떨군 채 의기소침한 모습으로 서 있었다.

"그놈이 죽었다고?"

마정기의 고개가 더욱 아래로 숙여졌다.

"면목이 없습니다."

"어떻게 그런 일이 벌어졌나? 그놈이 몸에 병이라도 가지고 있던 건가?"

"아주 건강한 녀석이었습니다."

"그럼 누군가가 그놈의 입을 막기 위해서 암습이라도 했나?"

"저와 그자 외에는 주위에 아무도 없었습니다."

"그런데 어떻게 죽었나?"

마정기는 입술을 잘근잘근 깨물다가 간신히 입을 열었다.

"제가 그를 추궁하다가 입을 열지 않기에 분기를 참지 못하고 손을 과하게 썼습니다."

노해광은 어처구니없다는 눈으로 마정기를 응시했다.

'손속이 매서운 대신에 성격이 급해서 고문과는 상극인 게로군. 이놈을 어디다 써먹지?'

노해광은 머리가 지끈거려 왔으나 그래도 부드러운 음성으로 그를 달랬다.

"자네 잘못이 아닐세. 내가 무슨 수를 써도 좋다고 말했으니 자네는 할 일을 한 셈이네."

마정기는 노해광에게 혼쭐이 나리라고 생각했으나 그가 의외로 담담하게 나오자 이내 표정이 풀어졌다.

"앞으로는 더욱 주의하겠습니다."

노해광은 속으로 한숨을 내쉬었다.

'아무리 주의해도 불같은 성격을 고치지 않으면 똑같은 일이 벌어질걸.'

그래도 그는 점잖게 말했다.

"두 사람 모두 수고했네. 특실을 비워 놓았으니 올라가서 푹 쉬도록 하게."

지일환과 마정기의 얼굴이 순간적으로 밝아졌다.

산해루의 특실은 하루에 숙박료만 은자 다섯 냥이 되는 호화스러운 객실로, 지일환과 마정기도 말만 들었지 아직 한 번도 들어가 보지 못한 곳이었다. 게다가 특실에 투숙하는 손님에게는 수발을 드는 미녀가 두 명씩 주어지니 두 사람의 입이 벌어지는 것도 무리는 아니었다.

두 사람이 희희낙락하여 물러가자 정해가 다가왔다.

"임유화를 어떻게 하실 생각이십니까?"

"광동원앙문의 고수라면 지일환과 마정기로는 감당할 수 없으니 따로 사람을 보낼 생각이다."

"그녀가 유화상단의 지시를 받았다고 해도 쉽게 입을 열지 않을 겁니다."

노해광은 고개를 저었다.

"그녀는 유화상단이 아니라 쾌의당에 속한 인물일 것이다."

정해는 눈을 크게 떴다.

"그걸 어떻게 아십니까?"

"광동원앙문의 문주인 천희방은 쾌의당의 수중용왕인 황충의 애인이었다. 그러니 그녀의 뒤를 캐 나가면 황충의 꼬리를 잡을 수 있을 것이다."

정해는 재기발랄한 평소의 모습과는 달리 잠시 머뭇거리다가 물었다.

"사숙께서는 황충을 감당할 자신이 있으십니까?"

황충은 쾌의당의 칠대용왕 중 한 사람일 뿐 아니라 오랫동안 강호 무림에서 수공(水功)의 최고 고수로 군림하던 인물이었다. 또한 절세의 도객으로도 알려져 있으니 정해가 걱정하는 것도 무리는 아니었다.

노해광은 솔직하게 말했다.

"나 혼자로는 어렵다. 하지만 한 사람이 도와준다면 충분히 가능하지."

"그가 누굽니까?"

노해광이 막 입을 열려 할 때 밖에서 소란스러운 소리가 들렸다. 노해광은 정해를 돌아보며 빙긋 웃었다.

"마침 그 사람이 온 모양이구나. 나가 보자."

정해는 호기심을 이기지 못하고 노해광의 뒤를 따라 방을 벗어났다. 내실 밖에는 작은 대청이 있었는데, 대청 입구에서 두 명의 인물들이 시비의 안내를 받으며 안으로 들어서고 있었다.

그들 중 한 사람의 얼굴을 본 정해가 반색을 했다.

"엇? 저분은……."

그는 짙은 흑의를 입은 차가운 인상의 청년이었다. 허리춤에 장검 한 자루를 차고 걸어오고 있는 그의 모습은 왠지 한없이 자유스러우면서도 당당해 보였다. 그의 옆에는 청삼을 입은 청년이 어깨를 나란히 한 채 걷고 있었다.

정해는 흑의 청년 앞으로 가서 반가운 표정으로 인사를 했다.

"조 형님, 접니다. 기억나십니까?"

흑의 청년은 진산월의 친구인 마검 조일평이었다. 조일평은 정해를 보자 차가워 보이는 얼굴에 희미한 미소를 떠올렸다.

"물론 기억하고 있지. 자네는 종남파의 꾀주머니라는 정해가 아닌가?"

정해는 조일평이 자신을 알아보자 기쁨을 감추지 못했다.

"그동안 자네의 소식이 없어 자네 사형이 무척이나 걱정하던데, 다시 종남으로 돌아온 모양이군."

"제가 가정을 꾸리느라 몇 년간 본 파에 소홀했습니다."

"그런 일이 있었군. 늦게나마 축하하네."

"감사합니다."

조일평은 자신의 옆에 서 있는 청삼 청년을 소개해 주었다.

"이 사람은 내 사제일세. 인사라도 나누게."

청삼 청년은 정해를 향해 포권을 했다.

"풍시헌이라고 합니다."

"반갑습니다. 종남파의 제자인 정해입니다."

그들이 인사를 나누자 그제야 노해광이 느긋한 표정으로 다가왔다.

"이제 왔군. 그렇지 않아도 오늘쯤 오리라고 생각하고 있었네."

"제가 너무 늦지 않았습니까?"

"아닐세. 적당한 시기에 도착했네. 일단 안으로 들어가지."

네 사람은 내실로 자리를 옮겨 자리에 앉았다.

정해는 냉막하고 사교성이 없는 조일평이 노해광과 잘 알고 있는 사이인 듯하자 신기하다는 생각에 몇 번이고 두 사람을 살펴보고 있었다.

　노해광이 끌끌 웃었다.

　"이 녀석아, 궁금한 점이 있으면 솔직하게 대놓고 물어보아라. 나이 먹은 노파처럼 속으로 구시렁거리지 말고."

　정해는 멋쩍게 웃으면서도 기회를 놓치지 않고 재빨리 물었다.

　"조 형님이 장문 사형과 친하다는 건 알고 있었지만 노 사숙과도 친분이 있을 줄은 몰랐습니다. 두 분은 어떻게 알게 되신 겁니까?"

　"내가 장성에 있을 때 일평의 사부인 나력지와 잠시 알고 지낸 적이 있었다."

　"장성에 계신 적도 있었습니까?"

　"천하에서 내가 안 돌아다녀 본 곳이 있는 줄 아느냐? 자랑이 아니라 사람이 사는 곳이라면 내 발길이 닿지 않은 곳이 없을 것이다."

　정해는 감탄했다는 듯 탄성을 토해 냈다.

　"그래서 사숙이 만사(萬事)에 그렇게 해박하셨군요. 저로서는 그저 부러울 뿐입니다."

　노해광의 얼굴에 씁쓸한 빛이 스치고 지나갔다.

　"떠돌아다니는 인생이 반드시 좋은 것만은 아니다. 사람이란 모름지기 마음 편히 쉴 수 있는 보금자리가 필요한 법이니……."

　그 음성 속에는 무어라 형용키 어려운 씁쓰름한 감정의 빛이 담겨 있었다.

　노해광의 방황은 그 자신의 성격보다는 그가 처한 상황에 기인

한 바가 더 컸다. 종남파에서도 인정을 받지 못하고 밖으로 나돌던 노해광은 유일하게 마음에 담았던 여인마저 세상을 떠난 후로는 상심하여 천하를 떠돌게 되었던 것이다. 오랜 방황 끝에 그가 정착하려고 찾아온 곳이 종남파가 지척에 있는 서안이었으니, 수구초심(首丘初心)이란 바로 이를 두고 하는 말일 것이다.

정해는 무거워지려는 장내의 분위기를 바꾸고자 짐짓 쾌활한 음성으로 말했다.

"조 형님은 사람을 잘 사귀지 않는 성격인데 사숙께서 무슨 재주로 조 형님을 알게 되었나 신통한 생각이 들었습니다. 그래서 사숙께서는 이번 일의 해결을 위해 조 형님을 부르신 거로군요."

노해광은 잠시 착잡했던 마음을 가다듬고 고개를 끄덕였다.

"조금 전에도 말했다시피 막상 일이 터지니 쓸 만한 녀석들이 그리 많지 않았다. 무엇보다 상대방의 절정 고수들에 맞설 만한 실력 있는 인물이 절대적으로 부족했지. 그래서 고민 끝에 과거에 안면이 있었던 일평에게 도움을 청한 것이다."

"조 형님이 도와주신다면 커다란 힘이 될 것입니다."

"일평이 가세하면서 비로소 우리도 그들과 상대할 전력이 갖추어졌다. 이제는 나를 건드린 대가를 받는 일만이 남아 있다."

노해광은 다부진 표정으로 허공의 한 점을 응시했다.

"피가 흐르는 것을 걱정하지는 않는다. 다만 그 피가 종남파로 이어지지 않기만을 바랄 뿐이다."

제 208 장
비무행로(比武行路)

제208장 비무행로(比武行路)

　허창(許昌)의 밤거리는 유달리 아름다웠다.

　허창은 하남성의 중부에 있는 도시로, 소림사에서 남쪽으로 삼백 리쯤 떨어진 곳에 위치해 있다. 후한(後漢) 말에는 한때 국도(國都)가 되기도 했으나, 지금은 조용한 여느 도시와 다를 바가 없었다.

　하나 밤거리만큼은 다른 어떤 대도시보다도 화려하고 아름다웠다. 특히 주루들이 밀집해 있는 동성로(東城路) 일대는 해만 떨어지면 불야성(不夜城)을 이루어 일부러라도 야경을 보려고 멀리서 찾아오는 사람도 있을 정도였다.

　화화루(華華樓)는 동성로에서도 가장 크고 번창한 주루였다.

　모두 오 층으로 이루어진 화화루는 겉으로 보기에도 웅장해 보일 뿐 아니라, 층마다 각기 다른 색의 등불을 내걸어 놓아서 밤에는 그야말로 화려하기 그지없었다.

화화루의 이 층은 오늘따라 사람들로 북적거렸다. 원래 일 층보다 음식 값이 두 배가량 비싸서 특별한 일이 있을 때를 제외하고는 꽉 찬 적이 없었는데, 오늘은 만석(滿席)이 되어 있었다.

그래서 막 이 층의 계단을 올라온 사람들은 주위를 둘러보고는 난감한 표정을 감추지 못했다. 그들이 지나왔던 일 층도 이미 사람들로 꽉 차 있었던 것이다. 그들 중 한 사람이 때마침 주위를 지나가는 점소이를 손짓해 불렀다.

"이보게. 빈자리가 있는가?"

점소이의 얼굴에도 난처한 표정이 떠올랐다.

"보시다시피 빈자리는커녕 합석하시려 해도 마땅한 자리를 찾기 어렵군요."

"삼 층은 어떤가?"

"삼 층부터 오 층까지는 특실로 이루어져 있어서 예약하신 분들만 받고 있습니다. 그리고 오늘의 예약은 모두 찬 것으로 알고 있습니다."

그 사람은 일행을 돌아보며 울상을 지었다.

"어쩌지요? 지금 시간에 다른 주루에 가도 사정은 비슷할 텐데……."

일행 중 한쪽 눈에 검은 안대를 한 중년인이 점소이를 향해 물었다.

"특실 중 예약이 취소된 것이 있는지 알아봐 주겠나?"

그러면서 슬쩍 점소이의 손에 동전을 쥐어 주었다. 점소이는 그것이 은화임을 알고는 이내 밝은 표정으로 머리를 조아렸다.
"가끔 그런 경우가 있으니 제가 가서 알아보고 오겠습니다. 잠시만 기다려 주십시오."
점소이가 삼 층으로 올라가자 먼저 점소이에게 말을 건넸던 청년이 우거지상을 했다.
"사람 차별하는 것도 아니고 뭐야, 이거? 내 돈 주고 음식점에서 음식 먹겠다는데 왜 이리 힘 드는 거야?"
외눈의 중년인이 빙긋 웃으며 그를 달랬다.
"지금 시간에는 이런 호화로운 주루보다는 작고 허름한 주루가 더 자리를 잡기 쉬운 법이지. 손 사제가 이곳을 고집하지 않았다면 자리를 못 잡아 쩔쩔매는 어려움은 없었을 걸세."
그들은 소림사를 떠나온 진산월 일행이었다.
멀리서 보이는 화려한 주루에 혹해 큰 소리를 치며 중인들을 이곳으로 안내해 왔던 손풍은 체면이 구기는지 영 표정이 좋지 않았다.
"장문인을 어찌 구석에 처박힌 초라한 곳으로 모신단 말이오? 동 사형은 너무 자기 수준만 생각하는 것 같소."
동중산은 손풍의 심통이 가득 찬 얼굴을 보고 그저 웃고만 있을 뿐이었다. 오히려 옆에서 보고 있던 뇌일봉이 손풍의 뒤통수를 쳤다.
"이 녀석아. 뚫린 입이라고 함부로 떠들지 마라. 중산이 비록 너와 같은 항렬이라고 해도 너한테는 삼촌뻘이 되지 않느냐?"
손풍은 뒤통수를 싸맨 채 쭈그리고 앉았다가 간신히 일어서며 나직하게 투덜거렸다.

"삼촌은 무슨…… 나한테 저런 삼촌이 있다면 진즉에 접시 물에 코를 박고 죽어 버렸을 거야……."

뇌일봉이 눈을 부라렸다.

"뭐라고 지껄이는 게냐?"

손풍은 찔끔하여 황급히 입을 다물었다.

'제길. 다 죽어 가던 노인네가 귀 한번 밝네.'

때마침 삼 층으로 올라갔던 점소이가 내려왔다.

"잘됐습니다, 손님. 마침 예약을 취소한 분이 계셔서 특실 하나가 비어 있더군요."

동중산은 반색을 했다.

"다행이군. 수고했네."

그가 다시 은화 하나를 건네자 점소이는 그들이 마치 황제의 칙사라도 되는 양 정중하게 삼 층으로 안내했다.

삼 층으로 올라서자 실내 장식부터 아래층과는 완연하게 차이가 났다. 게다가 바닥에는 발목을 덮을 정도로 두툼한 양탄자가 깔려 있어 발소리도 들리지 않았다.

점소이는 그들을 특실 중 한 곳으로 안내하고는 그들의 주문을 주방에 전하기 위해 아래로 사라졌다.

동중산은 실내를 둘러보고는 그 호화로움에 혀를 내둘렀다.

"정말 사치스럽군요. 소박했던 소림사의 선실과 비교해 보니 전혀 다른 세상에 온 것 같습니다."

뇌일봉은 피식 웃으며 그의 말을 받았다.

"소림사야 강호에서도 건물이 투박하기로 이름난 곳이니 이런 곳과 비할 수는 없지. 솔직히 말해서 소림사에서 지낸 며칠은 너무 심심해서 좀이 쑤실 지경이었다."

눈치를 보고 있던 손풍이 재빨리 끼어들었다.

"어르신도 그러셨습니까? 저도 관절에 이끼가 끼지 않았나 걱정했습니다."

"이끼가 끼다니?"

"너무 풀만 먹고 지내서 뱃속에서 풀이 자라는 느낌이 들 정도였다니까요."

손풍의 넉살 좋은 말에 뇌일봉은 소리 내어 웃고 말았다.

"하하…… 이 녀석, 말 한번 재미있게 하는구나. 대체 그런 말은 어디에서 배운 거냐?"

손풍은 뇌일봉이 자신의 농지거리를 받아 주자 신이 나서 떠들어 댔다.

"제가 소싯적에 장안의 뒷골목을 제법 휘젓고 다녔지 않겠습니까? 그때 어울렸던 친구들 중 마달(馬達)이라는 녀석이 있었는데, 이놈이 워낙 육식(肉食)을 좋아해서 이놈의 부친이 육식을 금지시킨 적이 있었습니다. 열흘간 고기를 먹지 못한 마달은 사람들 앞을 지날 때마다 말처럼 히히힝! 하고 울어 댔습니다. 그의 아버지가 창피함을 느끼고 왜 그런 짓을 하느냐고 마달을 꾸짖자 마달이 뭐라고 대답한 줄 아십니까?"

뇌일봉은 호기심이 일었는지 급히 물었다.

"무어라고 했느냐?"

제208장 비무행로(比武行路)

"뱃속에 풀이 자라서 입을 열면 말 울음소리만 나오는데, 대체 나보고 어쩌란 말입니까? 히히힝!"

"크하하! 정말 괴짜로구나."

뇌일봉은 박장대소를 터뜨렸다. 뇌일봉뿐 아니라 못마땅한 얼굴로 손풍을 쏘아보고 있던 전흠마저 한쪽 입술을 꿈틀대며 피식거렸다.

동중산도 따라 웃으며 물었다.

"그 후로 마달의 부친께서는 육식을 금하지 않으셨겠군?"

그런데 의외로 손풍은 고개를 절레절레 흔드는 것이었다.

"아니오. 마달의 아버지는 자식이 말인데 부모인 내가 사람일 리가 있느냐며 자신도 육식을 하지 않으셨소. 결국 그 뒤로 마달의 집안에서는 채식(菜食)만 하게 되었다는 슬픈 이야기요."

"하하…… 정말 재미있는 부자로군. 손 사제의 친구들 중에는 그런 괴짜들이 많은가 보군그래."

"뭐 다 비슷한 종자들끼리 어울리는 법이라서 말이오. 개중에 좀 특이한 놈이라면 창(唱)을 기가 막히게 잘 부르는 녀석이 있었소."

동중산은 고개를 갸웃거렸다.

"창을 잘 부른다는 건 그다지 특이할 게 없는 것 같은데……."

"들어 보시오. 그 녀석 이름은 종화(鍾和)라고 하는데, 옛날에 소리를 잘 듣는 명인이었던 종자기(鍾子期)의 직계 후손이라고 떠벌리고 다녔소. 그런데 그 녀석이 창을 부를 때면 꼭 여자의 음성이 나온단 말이오. 보통 때의 목소리는 남자 중에서도 굵직한 편인데, 창만 부르면 간드러지고 녹아내릴 듯한 아리따운 여자의 음성이니 어찌 신기하지 않겠소?"

"듣고 보니 그렇군."

"그래서 우리는 술이 거나하게 취하면 종화를 골방에 처박아 놓고 노래를 부르게 했소. 골방문을 닫고 밖에서 들으면 절세미인이 부르는 노래를 듣는 듯한 기분이 들어서 말이오. 그 목소리가 어찌나 영롱하고 감칠맛 나던지 종화를 앞에 두고도 조금 전에 노래 불렀던 여자를 찾아내라고 떠들어 대는 주객(酒客)들이 한두 명이 아니었소."

"정말 기이한 사람이군. 그런 자들과 어울렸다면 손 사제도 평범한 사람은 아니었겠군."

화제가 자신에게로 넘어오자 웬일인지 손풍은 말을 아꼈다.

"나야 잘난 아버지를 둔 것 외에는 내세울 게 없는 인간이라는 건 사형이 더 잘 알지 않소?"

중인들은 손풍이 갑자기 철이 들었나 하여 눈을 크게 뜨고 그를 쳐다보았다.

손풍의 눈빛이 왠지 쓸쓸하게 보였다.

"사실 말이 나왔으니 말이지 그때 내가 사귀었던 녀석들은 비록 술친구로 만났지만 제법 쓸 만한 놈들이었소. 적어도 남을 등쳐 먹거나 친한 척하며 뒤통수를 후려갈기는 놈들은 아니었지. 그런 놈들은 진즉에 다 떨어져 나갔거든."

"그들이 보고 싶은가 보군."

"보고 싶기는. 종남파로 들어오면서 다 떨구어 버렸소. 아버지가 한 번만 더 그놈들과 어울리면 아예 호적에서 파 버린다고 해서 말이오. 아버지 눈에는 그들이 아무 하는 일 없고 한심하기 그지없는 파락호(破落戶)들로 보였겠지만, 그들도 다 나름대로의 삶에 충실한 사람들이오. 파락호에게는 파락호만의 인생이 있단 말이오."

넋두리를 하듯 중얼거리는 손풍의 눈빛은 어느 때보다도 깊게 가라앉아 있었다.

동중산은 한동안 그런 손풍을 가만히 바라보고 있다가 조용한 음성으로 말했다.

"언젠가는 자네의 부친께서도 자네를 인정하게 될 날이 있을 걸세."

손풍은 피식 웃었다.

"그런 건 바라지도 않소. 그저 내 한 몸 성하게 종남파로 돌아갔으면 더 바랄 것이 없겠소."

"왜 그런 말을 하는가?"

"솔직히 처음에는 그저 유람이라도 가자는 마음으로 따라나섰는데, 몇 번의 싸움을 코앞에서 보게 되니 심정이 복잡해졌소."

"어떻게 복잡해졌나?"

손풍은 고개를 갸웃거렸다.

"글쎄…… 두렵기도 하고 가슴이 떨리기도 했소. 저런 상황이 나에게 닥치면 끔찍할 것 같으면서도 한편으로는 은근히 그런 상황을 멋지게 헤쳐 나가고 싶은 생각이 든단 말이오. 동 사형이 그때 했던 말 기억하시오?"

"어떤 말 말인가?"

"그 강호인의 삶 어쩌구 했던 말 말이오."

"물론 기억하고 있네."

"그 말을 듣는 순간 나도 그런 삶을 살고 싶다는 욕구가 불쑥 치밀어 올랐단 말이오. 집에서도 내놓은 자식인 장안의 일개 파락호가 강호인을 꿈꾸다니 우스운 일 아니오?"

동중산은 진지한 얼굴로 고개를 저었다.

"그건 절대 우스운 일이 아닐세."

손풍은 다시 웃었으나 그의 눈자위는 약간 붉게 충혈되었다.

"정말 나 같은 놈도 강호인이 될 수 있는 거요?"

"그렇다네."

손풍은 갑자기 진산월을 돌아보았다. 진산월은 조용한 시선으로 그를 응시하고 있었다.

손풍은 진산월을 향해 물었다.

"장문인께서도 그렇게 생각하십니까?"

진산월은 묵묵히 그를 쳐다보고 있다가 담담하면서도 차분한 음성으로 말했다.

"네가 강호인이 되고 싶다고 느꼈다면, 그 순간부터 너는 이미 강호인이다."

손풍의 몸이 한 차례 부르르 떨렸다. 그는 눈자위를 실룩거리더니 넋 나간 사람처럼 중얼거렸다.

"내가 이미 강호인이라고?"

손풍은 갑자기 고개를 푹 떨구었다. 중인들은 모두 말없이 그를 지켜보고 있었다.

한참 후에 고개를 쳐든 손풍은 주위를 둘러보더니 버럭 소리를 질렀다.

"배고파 죽겠는데 도대체 음식은 왜 안 나오는 거야? 점소이! 여기 음식 언제 나와?"

그는 누가 뭐라 할 사이도 없이 자리에서 일어나 특실 밖으로 휑하니 사라져 버렸다. 중인들은 그저 어안이 벙벙한 채 그의 뒷모습을 바라볼 수밖에 없었다.

동중산은 조용히 웃으며 진산월을 바라보았다.

"정말 특이한 사제지요?"

"네가 잘 지켜보려무나."

"알겠습니다."

뇌일봉이 고개를 절레절레 흔들었다.

"정말 어디로 뛸지 예측하기 힘든 놈이로군. 문파에 저런 놈 하나쯤 있는 것도 그리 나쁘지 않을 것 같구나. 그나저나 허창에서부터 시작할 셈이냐?"

"그렇습니다."

"허창 부근에는 쓸 만한 문파가 별로 없을 텐데, 좀 더 큰 도시를 택하는 게 낫지 않겠느냐?"

"쓸 만한 문파는 없지만 쓸 만한 인물은 있습니다."

"그가 누구냐?"

"뇌력쌍절(雷力雙絶) 만씨 형제(萬氏兄弟)입니다."

뇌일봉은 눈을 번쩍 빛냈다.

"만혼(萬琿), 만경(萬鏡) 형제 말이냐?"

"그렇습니다."

"그들이 이 근처에 살고 있느냐?"

"허창의 동문 밖에 만가보(萬家堡)라는 것을 세워 지내고 있다고 합니다."

"만씨 형제라면 첫 비무행의 상대로 부족함이 없는 자들이다. 오히려 조금 벅찰지도 모르겠구나."

진산월은 낙일방과 전흠을 차례로 돌아보더니 이내 확신에 찬 음성으로 말했다.

"사제들은 잘해 낼 겁니다."

뇌일봉은 고개를 끄덕이다가 무언가 떠오른 듯 다시 물었다.

"대방 선사의 제의는 확실히 파격적이다만, 너희들만으로 무당파까지의 비무행을 실행할 수 있겠느냐?"

"대방 선사는 확실한 실력을 지닌 고수 세 명으로 충분하다고 판단했습니다. 그리고 저도 그렇게 생각합니다."

"숫자가 더 많은 게 좋지 않겠느냐?"

"숫자가 많으면 일정 규모 이상의 세력을 지니지 못한 문파는 비무에 응하지 않을 확률이 높습니다. 하지만 세 명뿐이라면 웬만한 문파는 모두 비무에 응할 겁니다."

뇌일봉은 잠시 생각하다가 수긍하는 빛을 띠었다.

"그렇군. 아무리 작은 문파라도 내세울 만한 고수 세 명쯤은 있을 테니 말이지."

"그렇습니다. 그리고 비무의 규모가 커지면 사상자(死傷者)가 나올 가능성이 높아집니다. 그것은 피해를 최소로 줄여야 하는 본 파로서는 절대로 피해야 할 일입니다."

"음. 확실히 그런 면이 있겠군. 우선은 첫 단추를 잘 꿰어야겠지. 만씨 형제는 호락호락한 인물들이 아니니 그들에 대해 사전에 잘 알려 줘서 낭패를 당하지 않도록 해라."

"알겠습니다."

"그나저나 음식 독촉하러 간 녀석은 왜 아직도 감감무소식인 거야? 주방까지 달려가서 무슨 사고라도 친 게 아닐까?"

뇌일봉의 말에 중인들은 어쩌면 그럴 수도 있겠다 싶어 모두 불안한 표정이 되었다.

다행히 그때 손풍이 방 안으로 훌쩍 들어왔다.

"음식이 왔습니다."

그의 뒤에는 서너 명의 점원들이 양손 가득 음식 접시를 든 채 낑낑거리며 들어오고 있었다.

중인들은 그 광경을 보고는 안도의 한숨을 내쉬며 서로 마주보고 웃었다. 뒤늦게 들어온 손풍만이 중인들이 웃는 이유를 몰라 어리둥절한 얼굴로 주위를 둘러볼 뿐이었다.

* * *

강호가 술렁이고 있었다.

그 시발점은 하남성 중부에 있는 작고 아름다운 도시, 허창이었다.

허창의 동쪽 외곽에 있는 만가보는 뇌력쌍절 만씨 형제가 세운 것으로, 비록 규모는 그리 크지 않았으나 만씨 형제의 명성 덕분에 하남성 전체에서 제법 널리 알려진 곳이었다.

만씨 형제는 뇌정신공(雷霆神功)과 패력권(覇力拳)이라는 두 가지의 상승절학으로 수십 년 동안 강호에 혁혁한 명성을 떨쳤으며, 하남성 전체를 통틀어도 능히 열 손가락 안에 꼽힐 만한 실력자라고 자타가 공인하고 있었다.

그런데 어느 날, 만가보의 정문에 몇 명의 인물들이 나타났다. 그들이 내민 배첩을 본 만씨 형제는 안색이 굳어질 수밖에 없었다.

비무첩(比武帖).
종남파의 무공으로 귀 파의 역량을 판단하고자 하오.
대종남 이십일 대 장문인 진산월 배상(拜上).

짤막하게 적힌 글귀는 그 광오함으로 보는 이들을 격분시키기에 충분한 것이었다.

종남파의 무공으로 역량을 판단한다니…… 상대방을 무시하는 듯한 그 문구에 격노한 만씨 형제는 그 아래에 적힌 종남파 장문인이라는 서명은 아예 신경도 쓰지 않고 대문 밖으로 뛰쳐나왔다.

상대가 누구든 이런 문구를 보고 참을 수는 없었던 것이다.

만씨 형제를 맞이한 종남파의 고수들은 장문인인 신검무적이 아닌 그의 두 사제들이었다. 그 점이 만씨 형제를 더욱 분노케 하여 만씨 형제는 거의 물불을 안 가리고 그들에게 덤벼들었다.

그리고 정확히 일각 후에 만씨 형제는 망연자실한 표정으로 등을 돌린 채 떠나는 종남파 일행들의 뒷모습을 쳐다보아야만 했다.

형인 만혼이 전흠이라는 무명(無名)의 고수에게 백여 초 만에 패했고, 동생인 만경은 이제 막 무명(武名)이 알려지기 시작한 옥면신권이라는 새파란 애송이에게 불과 삼십여 초 만에 무참히 패하고 만 것이다.

그 사실이 알려지자 강호인들은 종남파가 드디어 과거의 영화를 되찾기 위한 거보(巨步)를 내딛었다고 찬사를 보내는가 하면, 종남파가 구대문파로의 복귀를 위해 너무 무모한 일을 벌였다고 걱정하기도 했다. 그리고 비무첩에 적힌 문구를 트집 잡아 종남파가 자신들의 역량도 모르고 강호를 우습게 보고 있다고 질책하는 자들도 있었다.

어쨌든 종남파가 비무행을 하고 있다는 소식은 무서운 속도로 주위로 퍼져 나가 강호인들의 피를 들끓게 했다. 아직은 하남성 일대에서 발생한 작은 파문에 불과했으나, 조만간 이 파문이 강호 전체로 확산될 것임을 눈치 빠른 자들은 직감할 수 있었다.

종남파의 웅비(雄飛)를 위한 첫 단계인 비무행!

그것은 과연 어떤 결과를 맞게 될 것인지…….

* * *

야심한 밤이었다.

계절은 봄의 정점을 지나고 있건만 밤공기는 제법 차가웠다. 진산월은 창문 너머로 보이는 반월(半月)을 바라본 채 잠을 이루지 못하고 있었다. 검은 하늘에 외롭게 걸려 있는 반월은 왠지 보는 사람의 마음을 공허하게 만들고 있었다.

이곳은 하남성의 남부인 여남(汝南)에 있는 한 객잔이었다.

비무행을 시작한 지 오늘로 육 일째.

그동안 종남파는 모두 세 번의 비무를 했으며, 전부 압도적인 승리를 거두었다. 그러나 비무행은 이제 겨우 시작이며 조만간에 크나큰 고비를 맞이하게 되리라는 것을 모두들 알고 있었다.

당장 내일 방문하게 될 청의방(靑衣幇)만 해도 하남성에서 열 손가락 안에 꼽히는 대문파일뿐더러 청의방주인 청의신 곽존해는 강북 무림 전체에서 명성을 날리고 있는 절정 고수였다.

그의 휘하에는 그에 못지않은 고수들도 구름처럼 몰려 있다고 하니 그들 중 낙일방이나 전흠을 꺾을 만한 고수들이 없다고 장담할 수는 없었다.

하나 진산월이 내일에 대한 걱정 때문에 잠을 못 이루는 것은 아니었다. 이미 천하를 향해 비무행을 하기로 결심한 이상 청의방이 아니라 그보다 더한 문파와의 싸움도 두려워할 이유가 없었다.

진산월이 잠을 못 이루는 것은 달을 보자 누군가가 생각났기 때문이었다. 단순한 이유였다.

달빛…… 그리고 여인…… 그녀의 음성과 숨결이 지금도 지척에서 들리는 듯했다. 그녀의 향기가 옆에서 풍겨 오는 것 같았고, 그녀의 영롱한 눈빛과 그윽한 눈망울도 선명하게 떠올랐다.

그러니 어찌 잠들 수 있겠는가?

눈을 감았다 뜨면 그녀가 옆에 누워 있을 것만 같았다.

"후우……."

진산월은 깊은 한숨을 내쉬었다. 그러나 마음속의 괴로움이 가시기는커녕 오히려 더욱 짙어져서 감당할 수 없을 것만 같았다.

진산월은 더 이상 참지 못하고 자리에서 일어났다.

그리고 그때 창문에서 빛살 같은 광채 하나가 날아들었다.

쐐액!

파공음과 함께 날카로운 빛을 뿌리며 날아드는 비수 하나!

진산월은 비수를 잡아챘다. 비수 끝에 작은 쪽지가 매달려 있었다.

쪽지를 펴자 낯익은 필체가 눈에 들어왔다.

이 사람을 따라오세요. 기다리고 있겠습니다.

아무런 서명도 없이 짤막하게 쓰여 있는 글귀였다.

하나 그것을 본 진산월의 눈빛은 세차게 흔들리고 있었다.

여인의 고운 필치로 정성을 다해 쓴 듯한 글씨. 섬세하게 뻗은 획과 한 점 흐트러짐이 없이 그어진 선, 그리고 곱게 구부린 마무리까지 모두 한 사람의 솜씨였다.

그녀, 임영옥의 글씨인 것이다.

진산월은 비수에서 쪽지만 따로 떼 내어 손에 꼭 쥐었다. 그리고 용영검을 집어 들고는 주저 없이 창문 밖으로 몸을 날렸다.

창문을 빠져나오자 멀지 않은 지붕 위에 흑의인 한 명이 우뚝 서 있는 모습이 들어왔다. 그 흑의인은 전신에 야행복(夜行服)을 입고 머리에는 검은 두건까지 써서 그야말로 두 눈 외에는 아무것도 알아볼 수 없었다.

진산월이 자신을 쳐다보자 흑의인은 고개를 살짝 끄덕이고는 이내 신형을 날렸다. 진산월은 그의 뒤를 따라 몸을 움직였다.

흑의인의 신형은 표홀했으며, 자세 또한 부드럽고 유연했다. 진산월은 흑의인의 엉덩이가 약간 풍만한 것을 보고는 흑의인이 여인이 아닐까 추측했다.

혹시 임영옥인가 하는 생각도 들었으나 이내 고개를 가로저었다. 임영옥이라면 자신이 못 알아볼 리가 없었다. 아무리 전신을 야행복으로 감추었다 해도 한눈에 알아봤을 것이다.

흑의인은 여남의 도시를 빠져나가 여하(汝河) 강변으로 달려가고 있었다.

희미하게 내비치는 달빛 사이로 유성처럼 질주하는 흑의인의 모습은 왠지 이질적으로 보였다.

흑의인은 강변을 한참이나 더 달려서야 짙은 수림을 앞에 두고 걸음을 멈추었다.

진산월은 소리 없이 흑의인의 앞에 내려섰다.

흑의인은 묵묵히 진산월을 응시하고 있을 뿐 아무런 말이 없었다. 답답함을 느낀 진산월이 먼저 입을 열었다.

"그녀는 어디 있소?"

흑의인은 한참 동안이나 진산월의 얼굴을 찬찬히 쳐다보고 있더니 이윽고 낮은 음성으로 말했다.

"멀지 않은 곳에 있어요."

진산월은 안도와 불안의 심정이 마구 교차되었다. 그녀의 음성을 듣자 그녀가 임영옥이 아님을 확신할 수 있어서 안심이 되었고, 또 한편으로 아쉬운 생각도 들었다. 그리고 그녀의 입에서 임영옥이 가까운 곳에 있다는 말을 듣자 임영옥을 곧 만날 수 있다는 생각에 가슴이 미친 듯이 요동치기 시작했다.

진산월은 좀처럼 냉정을 잃지 않는 성격이었으나 지금은 마음속의 격동을 참기 힘들었다. 진산월이 평정을 되찾은 것은 약간의 시간이 흐른 후였다.

한 차례 심호흡을 하고 난 진산월은 흑의인을 향해 짤막하면서도 분명한 음성으로 말했다.

"그녀에게 안내해 주시오."

흑의인은 그 말에는 아무런 대꾸도 하지 않고 복잡한 빛이 일렁이는 눈으로 진산월을 응시하고만 있었다. 그러다 진산월이 참지 못하고 다시 입을 열려 할 때 돌연 질문을 던졌다.

"당신은 진정으로 그녀를 만나고 싶은가요?"

너무도 당연한 물음에 진산월은 오히려 허탈해질 지경이었다.

"물론이오. 나는 너무도 오랫동안 그녀를 기다려 왔소."

흑의인은 진산월의 말에 냉랭한 음성으로 대꾸했다.

"기다려 온 건 당신이 아니라 그녀예요. 당신은 약속을 어겼어요."

진산월의 눈썹이 꿈틀거렸다.

이년지약(二年之約). 그것은 자신과 임영옥만의 약속이었다. 그 약속을 다른 사람의 입으로 듣게 되니 가슴 한구석에 형용 못 할 감정이 휘몰아쳤다.

진산월은 간신히 떨리지 않는 음성으로 말했다.

"그래서 더욱 그녀를 만나야 하오."

흑의인은 여전히 냉소를 금치 못했다.

"그녀가 당신을 기다리다 지쳐서 다른 사람의 여인이 되었어도 말인가요?"

진산월은 가슴이 덜컥 내려앉는 것 같았다. 그는 떨지 말자고 생각했다. 아직은 아무것도 확실한 게 없다. 자신의 눈으로 직접 보고 자신의 귀로 직접 듣기 전에는 어떠한 상상도 해서는 안 되고, 어떠한 추측도 배제해야 한다.

"나는 그저 그녀를 만나고 싶을 뿐이오. 그 외의 모든 건 그 뒤에 해야 할 일이오."

두건 사이로 내보이는 흑의인의 눈에 심술궂은 표정이 떠올랐다.

"그녀가 당신을 만나고 싶지 않다면 어떻게 하겠어요?"

진산월은 어느새 평소의 담담함을 되찾았다.

"그렇다면 이런 식으로 나를 불러내지는 않았겠지."

흑의인은 말문이 막히는지 잠시 아무 말도 못하고 있다가 특유의 톡 쏘는 듯한 음성으로 말했다.

"제법 눈치는 비상하군요."

"이제 심술은 그만 부리고 그녀를 만나게 해 주시오."

흑의인의 눈빛이 앙칼지게 변했다.

"지금 내가 심술을 부리고 있다고 했어요? 정말 심술부리는 게 어떤 건지 보여 줄까요?"

"그녀가 나를 만나기 싫다는 둥 다른 사람의 여인이 되었다는 둥의 말로 나를 현혹시킨 게 심술이 아니고 뭐요?"

"당신은 그녀가 다른 사람의 여인이 되었다는 말을 믿지 않고 있군요."

"나는 그녀가 나에게 아무런 말도 없이 그럴 리는 없다고 믿고 있소."

그녀의 음성이 다시 냉랭해졌다.

"그녀가 당신의 허락을 받아야만 다른 사람과 결혼할 수 있단 말인가요?"

"이건 누가 허락하고 안 하고의 문제가 아니라 믿음과 신뢰의 문제요. 그리고 다른 사람은 결코 우리 사이의 신뢰에 대해 알 수가 없소."

진산월의 음성은 비록 그리 크지 않았으나 흑의인의 귀에는 천둥을 치는 것처럼 들렸다. 흑의인은 한 차례 어깨를 부르르 떨다가 문득 한숨을 내쉬었다.

"어쩜 당신은 그녀와 똑같은 말을 하는군요."

진산월은 급히 물었다.

"그녀가 무슨 말을 했소?"

"그녀도 당신처럼 믿음과 신뢰에 대해 말했어요. 당신이 이년 지약을 지키지 못한 것은 반드시 그럴 만한 이유가 있기 때문이라고. 그런 당신을 믿고 신뢰하기 때문에 언제까지고 기다릴 수 있다고."

진산월은 자신의 손을 내려다보았다. 얼마나 손을 꽉 쥐었는지 손톱이 손바닥을 파고들어 가 핏물이 내비치고 있었다.

그런데도 진산월은 어떠한 통증도 느낄 수 없었다. 오히려 지금까지 맛보지 못했던 달콤함이 마음 깊숙한 곳에서 끊임없이 솟구쳐 올라왔다.

'그녀가 나를 기다린다고 했다…… 언제까지고 기다릴 수 있다고 했다…….'

그는 마음속으로 이 말만을 뇌까리고 또 뇌까렸다.

흑의인은 미동도 않은 채 서있는 진산월을 가만히 바라보고 있다가 천천히 머리에 쓴 두건을 벗었다.

치렁치렁한 흑발이 폭포수처럼 어깨 위로 흘러내리며 보기 드문 미모의 얼굴이 나타났다.

진산월이 처음 보는 여자였다. 나이는 갓 이십 세쯤 되어 보였다.

티 없이 맑고 깨끗한 피부에 단정한 이목구비를 지니고 있어 보기만 해도 가슴이 시원해지는 미녀였다. 눈썹이 짙고 코가 오똑한 것이 자기 주관이 분명한 성격임을 알 수 있었다.

그녀는 별처럼 빛나는 눈으로 진산월을 바라보다가 붉은 입술을 살짝 열었다.

"내가 누군지 알아요?"

진산월은 묵묵히 고개를 저었다.

"나는 모용연(慕容燕)이에요."

진산월이 자신의 이름을 듣고도 아무런 반응이 없자 그녀는 몇 마디를 덧붙였다.

"나는 구궁보에서 왔어요. 그리고 내 오빠가 바로 모용봉이에요."

그 말에도 진산월은 전혀 표정의 변화가 없었다. 그녀의 고운 아미가 찌푸려졌다.

"내 말을 듣고 있는 거예요?"

"듣고 있소."

"그런데도 왜 아무 대꾸도 없어요?"

"그녀를 만나는 것만이 지금 나의 유일한 관심사이기 때문이오."

한마디로 말해서 그녀가 누구이든 관심 없다는 뜻이었다.

그녀의 고운 얼굴에 붉은 홍조가 떠올랐다. 부끄러워서가 아니라 화가 치밀어 올라서 그런 것이다. 그녀는 붉은 입술을 잘근잘근 깨물며 솟구쳐 오르는 화를 간신히 억눌렀다.

'언니가 말해 준 이자의 성격에는 사람의 속을 뒤집어 놓는다는 건 없었는데…….'

그녀는 몇 차례 심호흡을 하고 난 후에야 처음의 신색을 되찾았다. 그때까지도 진산월은 묵묵히 그녀를 응시하고 있을 뿐이었다.

"후우…… 당신을 그녀와 만나게 해 주겠어요. 대신 한 가지 조건이 있어요."

"말하시오."

"당신은 그녀의 몸에 손을 대서는 안 돼요. 어떤 일이 있어도 말이에요."

그녀의 말에 진산월은 갑자기 불안한 생각이 들었다.

"그녀의 신상에 무슨 일이라도 있소?"

모용연의 입가에 싸늘한 조소가 떠올랐다.

"그녀는 내 오빠와 결혼할 사이예요. 그런데 외간 남자와 살을 맞대면 되겠어요?"

그녀는 말을 하고도 얼굴이 잠시 붉어졌다. 그런 뜻이 아니었는데, 막상 말을 내뱉고 나니 몹시도 야한 의미로 들렸던 것이다.

진산월은 담담한 음성으로 되물었다.

"그녀가 그와의 결혼을 승낙했소?"

그녀는 잠시 머뭇거리다가 말했다.

"아직 오빠는 정식으로 청혼하지 않았어요. 그러니 그녀가 대답하고 자시고 할 것도 없지요."

그녀는 그가 무어라고 말하기도 전에 재빨리 말을 이었다.

"하지만 중추절이 지나면 오빠는 그녀에게 청혼을 할 거예요. 그리고 그녀도 그것을 거절하지 않을 거예요."

"그건 당신의 생각이오?"

그녀는 다시 화가 솟구치는지 눈빛이 험악해졌으나 이내 휑하니 몸을 돌렸다.

"당신과는 더 말하고 싶지 않아요. 그녀를 보고 싶으면 아무 말 말고 나를 따라와요."

진산월은 다시 자신의 손을 내려다보고는 손이 떨리고 있지 않다는 걸 확인했다. 그는 몇 차례 손을 쥐었다 폈다 하고는 천천히 저만치 앞서 가는 모용연의 뒤를 따라갔다.

멀지 않은 곳에 짙은 송림이 우거져 있었다. 그 송림 사이로 작은 오솔길이 나 있었는데, 모용연은 조금도 주저하지 않고 그 오솔길로 걸음을 옮겼다.

오솔길로 들어서자 소나무 특유의 향기가 밤공기에 섞여 폐 속으로 들어왔다. 진산월은 가슴 가득 그 향기를 들이마시고서야 비로소 마음속의 평정을 되찾을 수 있었다.

오솔길을 십여 장 들어서니 갑자기 길이 넓어지면서 작은 공터가 나타났다.

공터의 한편에 두 마리의 말이 이끄는 화려한 마차가 서 있었다. 그 마차의 주렴 사이로 한 사람의 인영이 희미하게 보였다.

진산월은 그 마차를 발견하는 순간부터 숨도 제대로 쉴 수 없었다. 그가 마차를 향해 걸음을 옮기자 모용연이 제지하려다 이내 포기해 버렸다.

그녀는 호기심과 기대감, 불안감이 뒤섞인 눈으로 마차로 다가가는 진산월의 뒷모습을 바라보고 있었다.

마침내 마차 앞에 우뚝 서게 된 진산월은 안력을 돋우어 주렴 안을 들여다보려 했다. 하나 주렴은 특수한 재질로 만들어졌는지 그의 가공할 안력으로도 제대로 볼 수가 없었다.

진산월이 주렴 안의 인물에 대해 확신하지 못하고 망설이고 있을 때, 주렴 안에서 음성이 들려왔다.

"오랜만이군요, 사형."

 그 음성을 듣는 순간 진산월은 하마터면 다리가 풀려 그 자리에서 털썩 주저앉을 뻔했다.

 낮게 가라앉아 있으면서도 한없이 영롱함을 느끼게 하는 그 음성…… 꿈에서도 듣고 싶어 밤잠을 설치게 했던 바로 그 음성…….

 임영옥의 음성이었다.

(군림천하 21권에서 계속)

환상이 숨쉬는 공간 파피루스 www.ipapyrus.co.kr

글을 좇는 사냥꾼 엽사!
『데몬 하트』『소울 드라이브』『마법무림』에 이은
그의 새로운 사냥이 시작된다!

엽사 판타지 장편소설
마계군주

"그 책을 가지면 무적이라도 된다는 겁니까?"
"무적? 그건 너무 쉬운데. 다른 건 안 될까?"
노력만큼은 가상하나, 재능이 없는 소년 제로
마계의 저승이 봉인된 마서(魔書) 그레이브와 만나다!

**마왕의 힘을 흡수하는 위대한 권능,
낙인의 군주**

지금 마계와 대륙의 주인이 바뀌리라
마계군주 제로의 이름으로!

환상이 숨쉬는 공간 **파피루스** www.ipapyrus.co.kr

묵직하고 강렬하게,
향 짙은 무협이 온다!

혈마도

서준백 신무협 장편소설

일생을 바친 마교, 젊음을 바친 정마대전
그 끝에 찾아온 것은 처절한 배신이었다

그들의 모습을 눈에 새기며 싸늘히 식어 갈 때
비참하고 원통한 염원으로 그는 맹세했다
세상이 피의 늪에 잠겨 든다 해도
네놈들에게 기필코 복수하겠노라고

모든 것을 뒤바꾸어 주마
너를 멸시하던 놈들을 좌절시키고 짓뭉개 주마
천외유천(天外有天)!
이제, 세상 위에
또 다른 세상이 있음을 보여 주겠다!

환상이 숨쉬는 공간 **파피루스** www.ipapyrus.co.kr

PAPYRUS MODERN FANTASY
카르마이 현대판타지 장편소설

최대 장르문학 사이트 초단기 화제작
투데이 조회수 및 선호작 베스트 1위

남자 김태풍의 전성시대가 찾아온다!

비참한 현실을 반전시키기 위해 10년의 세월을 발악했다
하지만 소리쳐도 소용없었고, 억울해도 참아야 했다
그 순간 찾아온 고대 마야의 기연!
이제 옛날의 태풍을 생각지 마라

"그때는 그때고, 지금은 다르지!"

벼랑 끝에서 펼쳐지는 진 · 검 · 승 · 부
세상을 향한 태풍의 도전이 시작된다!

환상이 숨쉬는 공간 **파피루스** www.ipapyrus.co.kr

PAPYRUS ORIENTAL FANTASY

바우산 신무협 장편소설

흑운 진천하

黑雲

천하를 피로 물들게 한 지독한 혈투.
광명신과 암흑신의 전설이 다시 깨어난다!

『흑운진천하』

처참하게 잿더미가 된 백리가문.
그곳에 살아남은 단 한 명의 생존자.
복수를 꿈꾸는 그에게 찾아온
잊을 수 없는 소중한 인연.

"세상은 나를 잊지 말았어야 했다."

**흑운이 세상을 암흑으로 물들이는 순간
단 하나의 빛이 세상을 구하리라!**

환상이 숨쉬는 공간 **파피루스** www.ipapyrus.co.kr

『절대비만』 『월풍』 『만인지상』 『신궁전설』 『독종무쌍』
이름만 들어도 설레는 작가, 전혁! 그가 내놓은 또 하나의 大作!

전혁 신무협 장편소설 **절륜공자**

산동을 날던 제비, 사형대로 추락하다?

가진 것이라곤 찢어질 만큼의 가난과 평범한 몸뚱이뿐이던 백이건!
질 나쁜 친구의 꼬임에 넘어가 '제비'계를 평정했으나
결국엔 관아로 끌려가 목숨을 잃을 지경에 놓이고……

절체절명의 순간! 그에게 찾아온 예상치 못한 사건!
제비도 찾아보면 약에 쓰일 곳이 있다?!

"으아악! 이건 말도 안 돼. 도대체 내가 왜 이렇게 된 거냐구?"

새로운 삶을 살게 된 백이건의 무림 작업(?)기!
여심을 울렸던 나쁜 남자 백이건!
그가 이제 무림과 밀당을 시작한다!

환상이 숨쉬는 공간 파피루스 www.ipapyrus.co.kr

파피루스 10주년과 함께하는 대작 열전 「흥해라, 신무협!」 그 네 번째!

곤륜용제

김태현 신무협 장편소설

「화산검신」이후, 작가 김태현의 귀환!
그의 손에서 무위자연의 전설이 깨어난다!

「곤륜용제」

순수했기에 둔재라 보는 시선도,
그저 자유로웠기에 질투하는 마음도,
자연(自然)을 품었기에
자운이 보기엔 모든 것이 아름다웠다

사람이 아닌, 곤륜이 품은 아이 자운!

그가 이치를 깨닫고, 첫발을 내딛는 순간,
곤륜(崑崙)에서 용제(龍帝)가 강림하리라

환상이 숨쉬는 공간 파피루스 www.ipapyrus.co.kr

이훈영 신무협 장편소설
PAPYRUS ORIENTAL FANTASY

금강동인

「무무진경」「십만마도」「광해경」의 작가 이훈영.
무협 역사의 또 다른 신화가 될 그의 신작!

「금강동인」

천년 소림의 숨겨진 비사, 금강십팔나한.
구전룡에 의해 파괴된 한 구를 복구시키기 위해
말도 잊고 사람의 마음도 잊어버린 한 소년.

불가의 법은 이토록 잔인하다!

그런 소년에게 찾아온 단 하나의 빛!

"배운 것들을 모조리 잊어라. 그럼 너는 다시 사람이 될 수 있다."

하나의 동인에서
다시 사람이 되기 위해 떠나는 송인의 행보!

세상이 피로 뒤덮인 순간,
　　금강 아라한의 전설이 시작된다!